Der Prozeß ·
Der neue Prozeß

고려대학교 청소년문학시리즈 020

소송 · 새로운 소송

Der Prozeß
Der neue Prozeß

페터 바이스
문광훈 옮김

고려대학교출판부
KOREA UNIVERSITY PRESS

차 례

소송

Der Prozeß

등장인물

요셉 K　한 은행의 대리, 30세
그루바하 부인　하숙집 여주인
뷔르스트너 양　하숙집의 세입자
몬타그 양　하숙집의 세입자
대위　그루바하 부인의 조카, 하숙집 거주자
프란츠　법정 대리인, 경비원
빌렘　법정 대리인, 경비원
감시관
카미너　은행원, 경비원 조수
쿨리히　은행원, 경비원 조수
라벤슈타이너　은행원, 경비원 조수
사장 대리인　K의 은행 상관
사장　은행 지배인
검사 하스테러　K의 지인
재판소 정리廷吏
정리의 아내
법정 간수
피고인들
예심판사
대학생
태형리笞刑吏
상인
화가 티토렐리
화가 티토렐리의 하녀
삼촌
변호사 훌트
레니　변호사의 여조수
공장 주인
블록　피고자
이탈리아 상점 친구
부사제副司祭
K를 도와주는 남자
여러 남자와 여자　법정 앞의 장소에 사는 사람들
법정 심문 시의 동석자
은행의 종사자들

9

무대는 단계적으로 높아지는 세 높이로 나눠져 있다.
앞 무대: 오른쪽에는 침대 하나, 세면대, 의자가 몇몇 있고, 왼편에는 책상과 책상에 딸린 쿠션 의자가 있다.
앞쪽 공간은 약간 깊다.
중간 무대: 왼편에는 두세 개의 더 넓은 계단이 위쪽으로 나 있고, 오른쪽에는 약간 더 좁은 계단이 나 있다. 이 높이에서 빠른 장면 전환을 할 수 있어야 한다. 이것은 무대를 돌림으로써 혹은 무대 요소를 전환하거나 회전하거나 옮김으로써 이루어진다. 여기에 가구가—가장 좋은 것은 정육면체인데—필요하다.
뒤 무대: 여기서부터 대중이 등장하는 장면이나 넓은 장소의 묘사 등 공연 확장이 가능하다. 중간 무대로부터 뒤 무대까지 설치된 물품들은 쉽게 연단이나 위층석(갤러리)으로 바뀔 수 있다. 앞 무대는 넓지만 낮은 서가로 중간쯤에서 분리되는데, 이 서가 밑부분은 무대 중간에 자리한다. 이 서가는 열린 채로, 내부 공간이 여러 번 변할 수 있게 되어 있다.
앞 무대의 설치물은 모든 장면에서 변함없다. 뒤 무대는, 따로 언급되지 않는 한, 어둡게 비춰진다. 줄거리는 1913년 7월 3일에서 1914년 7월 2일 사이에 일어난다.

카프카의 책 《소송》을 연극으로 만들기 위한 사전 언급

내 연극의 출발점은 카프카의 텍스트에 가능한 한 가깝게 밀착하려는 시도부터다. 내 자신의 허구적 일탈이나 어떤 '시대에 맞는' 현상에 일치된 차원으로 소재를 옮기는 전환(번역)은 내게 무의미하게 여겨졌다. 이전에 이 작품을 연극으로 만들거나 영화로 만든 경우에도 그런 변화가 있었는데, 이때 변화는 주인공 K를 익명의 소시민으로 혹은 기술이나 정치의 톱니바퀴 속에서 사는 인간으로 특징 지어졌다.

극작가는 카프카가 창조한 작품 뒤에 온전히 서서, 책의 내용에 걸맞을 수 있는 장면적 수단만 찾는다. 텍스트의 첨가 부분은, 줄거리 진행에 필요하다면, 카프카의 일기나 편지 그리고 짧은 산문 작품에서 뽑아냈다. 내가 시도한 주제상의 유일한 확대 부분은 사건들을 일정한 역사적 틀 안에 배열한 데 있지만, 그러나 이것 역시 매우 절제해서 적용했고, 그것은 카프카 자신의 전기에 근거해 있다.

카프카의 전개사에 따라 소송이 일어나는 시공간은 1913년 7월 3일부터 1914년 7월 2일 사이이다. 그것은 그의 서른 번째 생일에 시작하여 서른한 번째 생일 하루 전날 저녁에 끝이 난다. 이 날짜는 2차 발칸전쟁의 발발과 사라예보에서의 살인을 둘러싼 시간—이 살인 때문에 제1차 세계대전이 발발하게 되는데—에 일치한다. 드라마를 이렇게 분명하게 정해진 시공간으로 옮겨 놓은 것은 내용에 최대한의 구체성을 부여하기 위한 노력에서다.

이것은 필요 불가결했다. 이 이야기에서 묘사된 것은 하나의 주관적 세계에서 나온다. 무대 작업의 실천은 이념과 사상을 보이도록 만드는 데 있기 때문에 객관성이 획득되어져야 한다. 두려움과 환각, 강박관념이 내면에서 일어나는 개별 인간은 육체적으로 우리 앞에 자리한다. 책을 읽으면 귀에 속삭이듯 다가오는 것이 무대에서는 손으로 잡을 수 있는 것처럼 전환되어져야 한다. 우리가 받아들이는 것은 자기 환상 속에서 가공하는 꿈의 요소들이 아니라 행동방식과 돌발 사건 그리고 행위들이다.

K는 일정한 직업 활동을 한다. 그는 어느 하숙집의 한 방에서

산다. 그는 사람들 사이에서 움직이고, 사람들은 그를 보고 판단한다. 사람들 — 그의 동료 행위자들은 동시대의 한 사람을 만나지만, 어떤 비전이 그를 괴롭히는지 이들은 개의치 않는다. K가 무대 위에 세워져야 한다면, 그것은 먼저 한 특별한 개체가 살아 있는 세계에 나타난다는 전제조건 아래서 일어난 것이다.

소설에서 K는 어떤 측정 가능한 시간 속에 있지 않다. 그는 그저 사고 연상들의 얼개 속에서 움직이는데, 이 얼개는 검증할 수 있는 법칙성에서 벗어나 있다. 책을 읽어 보면, 이것은 타당한 것으로 받아들여진다. 외부 세계에 관해 언급되는 것이라곤, 꿈의 분석이란 전문용어로 말하자면, 낮의 잔여물로 지칭되는 것뿐이다. 문학의 중심을 에워싼 사회적 정치적인 사건에 대한 어떤 의식적 관계는 존재하지 않는다.

꿈을 외부 현실의 언어로 번역할 때 (그리고 관객에게 무대는 늘 하나의 외부 현실에 상응하는데) 시간 차원에 대한 의존관계가 즉시 발생한다. 무대는 하나의 논리를 요구한다. 극도의 불합리성 속에서도 모든 행동 조처는 앞선 조처 위에 자리한다. 책을 읽을 때 그런 일관성에 대한 요구는 사라진다. 현재적 순간은 언제나 다시 새롭게 만들어질 수 있다. 시간 속의 틈은 심사숙고를 통해 메워지기도 한다. 말해진 것과 듣는 것 사이에는 어떤 분리도 없다.

내용을 무대에서 공연할 때 거리가 생겨난다. 무엇이 우리 앞에서 일어나고, 그것은 한때 체험되었고 지금은 추체험되는 어떤 전형적이고 중요한 일이다. K는 글의 인물Schriftfigur로서 완전히 자기 자신 위에 서 있었고, 그래서 스스로 자기에게 충분했던 사람인데, 이 K가 어떻게 다른 사람들에게 영향 미치는지 무대에서 확인된다.

책을 다시 읽으면서 내 눈에 띄었던 사실은, K를 끌어내려 결국 파괴하는 힘이란 전체적으로 보아 소시민성의 힘이란 점이었다. 그가 고통당한 모든 것, 그리고 절망적 노력에도 그가 빠져나올 수 없는 것은 부르조아 시민계급Bürgertum이 만든 완고한 편협성, 법률 그리고 광기의 영역에서 나온다. 가장 가까운 그의 주변 사람이란 소시민들이고, 그는 이들의 판단에 노출돼 있다. 이들과 마주해서 그는 자기를 주장하려 하고, 이들로부터 인정받고자 하며, 그들 요구를 바르게 평가하고자 한다. 그는 이런 사회의 일원으로 있고, 삶의 태도에서, 그의 직업에서, 그의 거처에서 그리고 책임 있는 관청과 사무실에서 자기를 지키려는 일 외에는 어떤 다른 것도 생각하지 않는다. 처음 그는 관습의 서열화 속에서 여전히 자기를 확신한다. 그런 후 가중되는 압력 아래 일을 더 이상 제대로 처리할 수 없을 때, 그는 그 모든 계율과 단절하려고 애쓰지 않는다. 그 반대다. 즉 그는 이제 그 계율의 의미 안으로 들어서려 한다. 거기서 계율의 비인간성을 인식할 때조차도 그는 반역하지 않는다. 그는 굴복하고, 결국 자포자기한다.

K가 처해 있는 죄과의 상태, 그리고 자기를 정당화해야 하는 끊임없는 충동은 종교적 문제와는 아무런 관계가 없다. 그는 신화적 힘들에 노출되어 있는데, 이 힘들은 완전히 사회적 성격을 띠고 있고, 그것은 강요와 협박을 통해 낡은 사회제도를 유지하려는 세력들의 것이다. 이 사회의 대변자들은 비열함과 거짓 속에서 자기를 드러낸다. K는 이 모든 걸 분명하게 본다. 그럼에도 불구하고 모든 것은 늘 그를 다시 거짓의 옹호자들 — 억압에 봉사하는 판사와 법정에게로 이끈다. 그의 계획에서 고통스러운 것은 자기기만에 있고, 그는 이 기만에 헌신한다. 그에게 나타나는 사람들은 가장 지위 낮은 관리

나 막일꾼 그리고 앞잡이들이고, 그래서 그는 더 높은 심급에 가게 해 달라고 간청하며, 이들에게 도움과 정의를 얻고자 한다. 이에 반해 저 위에는 거짓과 강제의 진짜 관리자들이 머무르고 있다. 그가 지칠 대로 지쳐 순응하게 되는 것은 사실 이 사람들 때문이다. 그가 관계하는 소매상인이나 속물들, 부패한 출세주의자들은 그에게 사적으로 아무런 관심도 없다. 그들은 체제의 도구일 뿐이고, 그래서 K만큼이나 부자유하다.

삶에 적대적인 세력들로부터 그는 왜 등을 돌리지 않는가? 왜 그는 마음 편해지는 상태를, 이런 상태가 있음을 예감함에도 찾지 못하는가? 왜 그는 자기를 짓누르는 걸 없애기 위해 분노와 절망의 에너지를 사용하지 않는가?

왜냐하면 그는 자기의 계급 속박으로부터 나오지 않기 때문이다. 그가 시도하는 모든 것은 그의 현존을 지금까지 규정했던 규범들 안에 사로잡혀 있다. 그는 이 영역에서 한 은행의 수석 대리라는 높은 자리까지 차지한다. 그에게는 부하 직원과 급사가 있다. 그들에게 그는 상관이자 명령자로 나타난다. 그는 만나는 여성들을 가부장적 소유의 틀에 따라 대한다. 그는 스스로 다른 사람을 경멸한다. 그가 만난 동료 피고인들은 늘 그와 같은 부류다. K는 이런 소송에서 자기 계급에 결박된 자다.

그는 가난한 자들, 노동자들의 숙소를 지나간다. 그들 눈에 그는 은행의 대표자로서 한 명의 적이다. 그에 반대하여 일어나는, 그래서 진리에 더 가까이 그를 데려갈 수도 있었을 다른 소송은 그에게 닫혀 있다. 그는 자기가 불변이라고 간주하는 자기 질서의 일그러진 거울 사이에 속박되어 있다. 그는 그 자신의 이 허약함에 의해 허물어진다.

페터 바이스

제1막

1장 하숙집에서

앞 무대: 침대 오른쪽에는 K가 납작하게, 몸을 쭉 편 채, 누워 있다. 요를 목까지 끌어올린 채. 그는 아직도 자고 있다.
서가와 왼편 계단 사이에 프란츠가 있고, 그는 두 명의 법정 위임자 중 한 사람이다. 그는 호리호리하고 젊다. 검은 천으로 된, 꽉 끼는 운동복을 입고 있다. 이 운동복에는 여러 개의 호주머니와 버클, 단추와 허리띠가 달려 있다. 거기에 각반까지. 그는 팔짱을 끼고 있다.
중간 무대: 계단 왼편으로 빌렘이 서 있고, 그는 두 번째 경비원이다. 그는 좀더 나이가 많고 몸집이 크다. 그 역시 검은 옷을 입고 있지만, 재단이 간단하고 기름때 때문에 더럽고 번지르르하며, 지나치게 작다. 소매도 너무 짧은데, 그 아래 작업 셔츠를 입

고 있다. 큰 탁자 왼편으로 아침 식사가 차려져 있다. 하숙집 주인인 그루바하 부인은 식탁 뒤쪽 좁은 면 옆에 서 있다. 두 손을 식탁 위에 받친 채. 그녀는 긴 앞치마를 두르고 있고, 이 치마의 끈은 정강이 부분에서 꼭 죄어져 있다. 그녀 배는 그 때문에 앞으로 둥글게 튀어나왔다. 그녀의 회색 머리카락은 위로 틀어 올려져 있다. 그녀 뒤에는, 어슴푸레한 어둠 속에서, 세 명의 경비원 조수—라벤슈타이너, 쿨리히, 그리고 카미너가 서 있다. 세워진 깃과 소맷부리, 넥타이 그리고 조끼가 있는 검은 업무복을 모두 입고 있다.

아침 식탁 옆 오른편에는 대위가 서 있다. 그는 이 하숙집에 산다. 그는 앞쪽이 젖혀진 잠옷을 입은 채 아침 체조—무릎 굽히기, 팔 펴기, 호흡 연습을 한다.

그 이외에는 모두 움직이지 않고, 뭔가를 기다리며, 있다.

오른쪽, 앞 무대의 침대 위로, 뷔르스트너 양의 방 모서리가 보인다. 그녀는 그러나 자리에 없다. 그녀 침대는 깨끗하게 덮여 있다. 그 옆으로 작은 탁자가 있고, 그 위에는 사진이 세워져 있다. 옷장 하나와 의자 하나.

K는 갑자기 놀라 멈칫한다.

K　뭐지?

반쯤 기운을 차린 채, 주위를 두리번거린다. 프란츠가, 팔을 옆으로 쭉 뻗으며, 그쪽으로 돌아다본다.

K　그루바하 부인!

프란츠는 한 걸음 그에게 다가간다.

K　당신은 누구요?

프란츠　그들이 불렀소.

K　그루바하 부인이 내게 아침을 가져오기로 되어 있는데.

프란츠　(빌렘 쪽으로 몸을 돌리며) 그루바하 부인이 그에게 아침 식사를 가져왔으면 하는데.

빌렘은 작은 웃음을 터뜨리고, 프란츠 역시 덩달아 웃는다.

프란츠　그건 안 되오.

K　새롭군.

K는 이불을 획 젖히고는, 잠옷을 입은 채, 침대에서 튀어나오듯 빠져나온다. 그리고 그의 옷이 놓인 의자 쪽으로 가 바지를 서둘러 입는다.

프란츠　여기 있고 싶지 않소?

K　(그루바하 부인 쪽으로 몸을 돌리며) 그루바하 부인! 왜 날 안 깨웠습니까?

프란츠가 그의 길을 막고 섰다. K는, 아무도 그를 잡지는 않았지만, 마치 빠져나가려는 듯 몸을 움직인다. 빌렘은 계단을 내려가 K한테 간다.

빌렘 멀리 가선 안 되오. 당신은 체포되었으니까….

K (두 경비원을 번갈아 쳐다보며) 그렇게 보이는군. 대체 이유가 뭐요?

빌렘 그걸 우리가 말할 순 없소.

K는 세면대로 간다. 잠옷을 벗는다. 항아리 물을 대야에 붓는다. 얼굴과 윗몸을 씻는다. 프란츠는 잠옷을 집어 올린다. 그는 옷을 만지며 옷장으로 가 옷가지를 뒤진다. 그 사이에 그루바하 부인이 일어나 천천히 앞으로 등장한다. 대위는 체조 연습을 끝내고, 아침 식탁으로 간다. 세 명의 조수 역시 천천히 식탁으로 다가선다.

그루바하 부인 그게 오늘이군요. 그의 생일 말이죠. 서른 살 생일. 당신을 위해 빵 하나 구웠어요, 대리님!

빌렘 (그루바하 부인 쪽으로 몸을 돌리며) 손님에게도 그걸 줄 수 있을 텐데!

세 명의 조수가 식탁 쪽으로 서둘러 온다. 쿨리히와 카미너가 자리 잡고, 목에 냅킨을 감는다. 그러고는 빵을 썬다. 그들은 빵을 먹고 커피를 마시기 시작한다. 라벤슈타이너는 빵 한 조각과 커피 한 잔이 담긴 접시를 빌렘에게 가지고 간다. 빌렘은 K 가까이에 바짝 붙어 서 있다. K는 몸을 닦고는 프란츠에게 가는데, 이 프란츠 뒤로 빌렘이 따라간다. K는 옷장에서 셔츠를 꺼낸다. 프란츠는 이것을 뺏는다.

프란츠 이렇게 좋은 셔츠는 안 됩니다요.

그는 다른 셔츠를 그에게 건넨다. K는, 손에 셔츠를 쥔 채, 서 있다.

프란츠 그건 우리가 보관할 겁니다. 다른 빨랫감처럼. 운좋게도 당신에게 일이 안 일어나면, 그때 모든 걸 우리가 돌려줄 거요.

K 뭘 말하는 거요? 당신은 어느 기관 소속이오?

빌렘 시간이 되면, 모든 걸 알게 될 겁니다. 우리가 그렇게 친절하다는 걸 기쁘게 여기시오. 이건 그 모든 규정에 어긋나니까.

K (얼굴이 찡그러져 괴로운 웃음이 나올 듯하다.) 이젠 이해가 되는군. 즐겁군, 그 모든 게. 은행 동료들이 이걸 생각해 낸 거로군. 몇 명 일꾼은 거리에서 데려왔고. (그는 힘차게 웃는다. 그러고는 두 명의 경비원도 웃게 만들려고 한다.)

멋진 생일 농담이오!

빌렘 (빵을 커피 찻잔에 담근다.) 당신 처지에 당신이 순응하지 않는다는 거요.

K 도대체 내가 어떻게 체포될 수 있단 말이오?

빌렘 (배를 K에게 부딪친다.) 지금 또 시작이군. 그런 질문에 우린 대답 못합니다.

K는 책상 쪽으로 걸어가, 서랍에서 종이 몇 장을 꺼낸다. 프란츠는 그를 뒤따라온다.

K 여기 내 신분증이 있소. 당신 신분증도 내게 보여 주시오. 그리고 무엇보다 체포영장을!

프란츠 제기랄!

두 경비원들은 요란한 웃음을 터뜨린다. 식탁의 조수 역시 웃음을 터뜨린다. 이 웃음으로 카미너는 숨을 헐떡이며 사레들린다. 대위는 그 사이에 식탁 옆 그들 옆에 앉아 신문을 펼친다.

프란츠 빌렘, 자네 들었지! 체포영장을 묻고 있어. 영장을 그에게 보여 줘.

빌렘 (이제 거의 음울한 어조가 되어) 정당성이나 체포영장에 관해 우리와 토론을 벌여 이 끔찍한 소송에서 곧 빠져나가려는 거요? 우린 하급 직원일 뿐입니다요. 서류로는 우릴 잘 알 수 없을 겁니다. 우린 당신 일과 아무 상관없어요. 당신 옆에서 경비 서는 일 외에는. 이 일에 대해서 우린 사례를 받았죠. 우리가 일 해 주는 기관은, 체포하기 전에, 그 원인을 아주 자세히 조사했어요. 아무런 오류도 없어요.

K　당신 상관한테 날 데려가 주시오!

빌렘　상관이 그걸 원한다면 그러겠습니다. 그 전엔 안 됩니다.

식탁에서는 대위가 세 조수 앞에 신문을 펼쳐 놓는다. 그는 납작한 손으로 신문을 넘긴다.

카미너　전쟁이라고?

라벤슈타이너　전쟁?

대위　내가 말했소, 전쟁이 일어났다고!

K는 몇 걸음 움직여 왼편 계단으로 간다. 그러나 그 앞에 프란츠가 선다.

프란츠　그렇게 벌거벗은 채 갈 겁니까? 도대체 어떻게 행동하는 겁니까! 삼십 년 동안이나 아이처럼 행동하다니. 빌렘, 이리 와. 우리가 옷을 입히자.

프란츠는 K를 중앙, 완전히 앞쪽으로 데리고 간다. 그는 그의 손에서 셔츠를 빼앗고, 무릎을 구부려, 그쪽으로 곧장 온 빌렘의 도움을 받아, 등을 대고 그 위에 K를 눕힌다. 빌렘은 쫙 편 손을 K 가슴 위에 놓고, 그의 갈비뼈를 쓰다듬는다. 그리고 중간 손가락으로 가슴 위를 두드린다. 일정한 움직임 속에서 이 모든 것은 무슨 의식儀式을 치르는 것 같아 보인다. 그러고는 곧 그를 일으켜 세워 셔츠를 입히고, 옷깃과 넥타이를 바로잡아 준다.

세 조수들은 그 사이에 일어섰다. 그들은, 몸을 앞으로 굽힌 채, 서서 그 장면을 주시한다.

빌렘은 K를 옷장으로 데려간다. 프란츠는 조끼와 작은 외투 하나를 옷장에서 꺼낸다.

K　그 옷 말고!

빌렘　검은색 외투여야 합니다.

K　내가 법정에 출석해야 한단 말이오?

빌렘　검은색 외투여야 해요.

빌렘은 그에게 조끼와 외투를 입힌다.

그루바하 부인　(식탁에서 세 조수 쪽을 향해) 대리님의 아침을 당신들이 완전히 뺏어 먹으려는군!

카미너　오늘 우린 아무것도 못 먹었단 말입니다!

라벤슈타이너　우린 너무 일찍 나왔어요!

그루바하 부인은 마지막 빵 조각을 접시에 놓는다. 접시와 찻잔을 가지고 그녀는 앞쪽 계단으로 간다. K는 벗어나려고 한다.

빌렘　당신에게 충고하자면, 조용히 행동하고 무엇이 지시될지 가만히 기다리세요. 생각을 가다듬으면서. 대단한 것을 당신에게 요구할 겁니다.

그루바하 부인은 위쪽 계단 앞에 선 채로 있다. 접시와 찻잔을 손에 들고.
대위는 신문을 다시 접고 일어난다.
뒤편으로부터 한 남자가 앞쪽으로 등장한다. 그는 단순한 검은색 옷을 입고 있다.

남자　(K에게 몸을 돌리며) 대리님, 그냥 나가시오. 이 사람들 신경 쓰지 말고. 당신에게 어떤 해도 끼칠 수 없을 거요.

라벤슈타이너　(냅킨으로 입을 닦으며) 신사 양반, 모르는 일에 끼어들지 마시오.

남자는 뒤로 천천히 물러나, 어두운 뒤편으로 사라진다. 조수들은 뷔르스트너 양의 방 모서리 쪽으로 가는데, 이곳에서는 감시관이 기다리고 있다. 프란츠는 오른편 계단을 통해 그들에게 올라간다. 라벤슈타이너는 침대 위에서 기지개를 켠다. 그는 작은 탁자에서 사진을 집어 들고 바라본다. 카미너와 쿨리히는 옷장을 연다. 그들은 여자 옷을 끄집어낸다. 카미너는 그 옷으로 쿨리히를 변장시킨다. 그에게 코르셋을 입히고, 치마와 블라우스를 입히고, 풍성한 꽃으로 장식된 큰 모자를 씌운다. 그는 흡족한 듯 동료를 세심히 살핀다. 이 동료는 자신을 거울로 관찰한다. 그루바하 부인은 접시와 찻잔을 든 채 아직 서 있다. 그녀의 입은 놀라서 벌어져 있다. 대위는 차렷 자세로 서 있다. 신문지를 팔 아래 낀 채.

빌렘 (K의 어깨 둘레에 팔을 걸치며) 당신 꽤 놀랐죠?

K 물론 놀랐소. 그러나 아주 놀란 건 아니오.

빌렘 많이 안 놀랐다고요?

K 놀라는 일에라면 난 익숙해 있소. 그걸 심각히 받아들이진 않소. 특히 오늘 일은 말이오.

빌렘 왜 특히 오늘 일은 안 그렇다는 거요?

K 좋아요, 그건 장난이 아니오. 그 대가가 너무 크고, 다른 한편으로 그리 특별히 중요할 수도 없소. 난 고발되었소. 그러나 털끝만치의 죄도 난 없소. 누가 날 고발했소? 누가 소송

을 걸었소? 당신이 대체 관리요? 당신들 중 누구도 정복을 입고 있진 않소.

빌렘 당신은 커다란 과실 상황에 처해 있습니다. 우린 당신 일에 그리 중요하지 않아요. 당신이 고발당했다고 내가 말할 순 없소. 당신이 그런지는 나 역시 모른단 말이오.

K 나의 체포 원인에 대해 내가 아무것도 몰라야 한단 말이오?

빌렘 얘기할 때 당신은 더 조심해야 합니다.

라벤슈타이너는 액자에 든 여러 사진들 중 하나를 꺼냈고, 그것을 가슴 쪽 호주머니에 숨긴다. 프란츠는 작은 탁자를 비우고는 그걸 침대 앞 중간에 세운다. 라벤슈타이너는 일어선다. 프란츠는 탁자 뒤 침대 위에 시험 삼아 앉아 보고는 탁자를 바로 세운다. 그러고는 일어선다. 세 명의 조수들은 옷장 앞에서 일어선다. 그들의 자세는 뭔가를 잔뜩 기대하는 듯하다. 쿨리히는 여전히 변장 차림이다.

프란츠 (놀란 듯 날카롭게) 감시관이 당신을 부릅니다!

빌렘은 K의 팔을 꽉 잡는다. 그를 왼편 계단을 지나 중앙의 자리로 끌고 올라간다. 그루바하 부인과 대위는 옆쪽으로 물러난다. 그루바하 부인은 K에게 접시와 찻잔을 건네준다. 그러나 K는, 빌렘에 붙들린 채, 그녀를 지나, 뷔르스트너 양의 방 모서리 쪽으로 간다.

K 당신들은 뷔르스트너 양의 방에도 들어갔소? 그루바하 부인! 뭐라도 말해 주세요!

그루바하 부인 저 양반들은 말했어요. 방이 필요하다고.

K 그래서 그걸 허용했단 말입니까?

그루바하 부인 세든 여자는 집에 없어요.

K 뷔르스트너 양은 점잖은 숙녀예요. 사람들이 날 비난하는 건 뷔르스트너 양과는 아무런 관계가 없습니다.

그는 빠져나와, 전화기 있는 곳으로 몇 걸음 되돌아 걸어간다. 이 전화기는 왼편 계단 모서리 옆에 놓여 있다.

K 전화하고 싶소. 하스테러 검사와. 내 좋은 친구요!

빌렘 당신은 물론 그렇게 할 수 있소. 하지만 그게 어떤 의미가 있을지 난 모르겠소.

K 어떤 의미? 내가 말 그대로 체포됐다면, 한 검사에게 전화하는 게 아무런 의미가 없다는 말이오?

빌렘 물론 의미 있죠. 전화하도록 하시오.

K는 수화기를 든다. 그러다가 곧 멈춘다. 잠시 그렇게 있다. 빌

렘, 그루바하 부인, 대위는 그를 쳐다본다. 그런 다음 그는 수화기를 다시 놓는다. 빌렘 쪽으로 되돌아간다.

K　아니, 더 이상 하고 싶지 않소.

빌렘　보시오.

변장한 조수를 쳐다보며 K는 놀라 팔을 든다.

쿨리히　그러나 대리님.

카미너　그렇지만 우린 당신을 돕기 위해 여기 왔답니다.

라벤슈타이너　당신을 기쁘게 해 주고 싶어요.

빌렘은 앞서 간다. 그는 K에게 탁자 쪽으로 가라고 눈짓하는데, 이 탁자 뒤의 침대에 감시관이 앉아 있다.

감시관　들어오시오!

K　(의자 쪽으로 돌아본다.) 여기 앉아도 됩니까?

감시관　흔한 건 아니지만.

쿨리히가 옷가지를 던지는 사이, 프란츠는 K를 탁자 쪽으로 데리고 간다.
그루바하 부인과 대위는 귀를 기울이며, 이 사람들 쪽으로 몸을 돌린 채, 서 있다.

K　내게 지금 말해 주십시오. 이 일을 당신에게 청탁한 자가 누구인지?

감시관　그렇게 시끄럽게 굴지 마시오! 당신은 뷔르스트너 양을 아오?

K　약간.

감시관　약간이라고?

K　그녀는 한 사무실에서 근무합니다.

감시관　거기서 하는 일이 뭐요?

K　속기 사무원입니다.

감시관　확실하오?

K　왜 묻는 겁니까?

감시관　아주 일찍 일하러 가는 것 같아서.

K　그건 잘 모릅니다.

감시관　집에는 아직 오지 않았나요?

프란츠　(그루바하 부인 쪽으로 돌아보며) 그루바하 부인! 뷔르스트너 양은 오늘 저녁에 귀가하지 않았습니까?

그루바하 부인　(이쪽으로 달려오며) 그 여자를 못 봤어요.

감시관　밤엔 자주 집에 없소?

그루바하 부인 가끔 그렇죠. 가끔 그녀는 아주 늦어서야 돌아오기도 해요.

K (흥분하여) 무슨 이유로 날 이 방으로 데려 왔습니까?

감시관 여기가 처음이오?

K 그렇습니다.

빌렘 괜찮지 않습니까? 바쁜가요? 그래서 가고 싶은가요?

K (당혹하여) 우선은 내게 대답해 주시오. 그런 다음, 내가 가고 싶어 하는지 물으시오.

감시관은 웃으며 일어난다. 프란츠 역시, 마치 조사가 끝나기나 한 것처럼, 갑자기 느긋하게 움직인다. 세 조수가 친절한 몸짓으로 K한테 걸어간다.

K (더 불안해져서) 사안이 끝난 겁니까? 가장 바람직한 건, 당신들의 조처가 옳은지 아니면 틀린지 더 이상 생각하지 않는 겁니다.

갑자기 마음이 가벼워져, 그는 감시관에게로 가서, 그에게 손을 뻗는다.

K 일을 화해적으로 마무리 지읍시다.

감시관은 입술을 깨물고는, K의 내뻗은 손을 쳐다본다. 그런 후 그는 뷔르스트너 양의 침대에 놓인 모자를 집는다. 그것은 딱딱하고 둥근 검은색 모자다. 그는 두 손으로 천천히 그리고 조심스럽게 모자를 쓴다. 마치 처음 써 보는 것처럼. K는, 손을 내뻗은 채, 아직도 서 있다.

감시관 당신에겐 모든 게 너무도 간단히 일어나군요. 화해로운 결말인데! 아니, 그렇게는 안 되오. 그게 절망거리라고 말하고 싶진 않소. 안 되지. 그 이유는? 당신은 체포되었을 뿐, 그 이상은 아니기 때문이오. 그걸 내가 알려야 했소. 오늘은 그것으로 충분하오. 그래, 이젠 작별할 수 있겠군. 그러나 잠시 동안이오. 당신은 지금 은행으로 출근하고 싶겠지?

K (항의하듯) 체포되었는데, 어떻게 내가 은행에 갈 수 있단 말입니까?

감시관 내 말을 잘못 이해했군. 당신은 분명 체포되었소. 그렇지만 그 때문에 직업 활동이 방해받는 건 아니오. 당신 생활은 아무것도 변한 게 없으니까.

K 그렇다면 체포된 사실을 전달할 필요도 없었죠.

감시관 그건 내 의무였으니까.

K 기이한 의무군요.

감시관 시간 낭비하지 마시오. 당신은 은행에 가고 싶어하오. 말하자면, 내가 억지로 그걸 시킨 건 아니란 말이오. 당신이 스스로 원한다는 사실만 생각하시오. 당신의 지각이 가능한 한 눈에 안 띄도록, 여기 세 남자들—당신 동료가 뒤따를 거요.

K는 조수들을 놀라 쳐다본다. 이 사람들은 고개 숙여 인사한 후, 웃으며 신분을 밝힌다.

쿨리히 은행은 넓습니다. 대리님. 그래서 낮은 직원들을 대개 눈여겨보지도 않습니다.

카미너 그렇지만 우린 날마다 만납니다. 내가 우편물을 가져갈 때면.

K 물론이오, 카미너 씨. 용서하시오! 안녕하시오, 쿨리히 씨. 라벤슈타이너 씨, 즉시 일하러 갑시다!

그는 이 사람들에게 손을 내민다. 이 사람들은 반원을 그리며 그 앞에 선다. 그 뒤로 감시관과 빌렘 그리고 프란츠가 눈에 띄지 않게 사라진다. 그루바하 부인은 그 사이에 바닥에 내팽개쳐진 옷가지를 모아 옷장에 건다. 그런 다음 그녀는 아침 식사가 차려진 식탁으로 서둘러 가서, 거기를 치운다. 대위는 물러나 있다.
쿨리히, 카미너 그리고 라벤슈타이너는 계단 오른편으로 내려가, 무대 앞쪽에서 K의 모자를 찾는다. 모자를 찾아, 접시돌리기 놀이를 하듯, 서로에게 던지며 논다.
K는 왼편으로부터 무대 앞쪽으로 내려온다. 카미너는 즐거운 듯 모자를 그에게 건넨다. K는 모자를 쓴 후, 옷깃 칼라와 옷매무새를 바로잡는다.
그런 다음 K는 왼편 책상 쪽으로 간다.
쿨리히, 카미너 그리고 라벤슈타이너는 그의 뒤를 따른다.

2장 은행에서

회전무대에 의하지 않는 장면 전환 시에 공간의 변화는 순간적으로 일어나야 한다. 은행 직원들이 서류 더미, 종이 꾸러미를 들고 분주히 오가면서, 무대 도구들을 밀거나 덮거나 돌리는 데 참여한다.
무대 중간: 왼편으로 의자들이 한 줄로 서 있다. 그쪽에서 고객 혹은 청원인들이 자리 잡고 있다. 서류와 종이로 뒤덮인 큰 탁자 하나. 오른편 서가는 금고가 된다. 서서 글을 쓰는 높은 책상에서 돈이 지불된다. 오른편으로 한 무리의 남자들이 영업 장부를

살피고 있다. 타자기, 계산기가 딸가닥거린다.

뒤 무대: 한 줄의 창구가 있고, 그 뒤로 고객들이 있다. 이들은 가끔, 은행 직원 쪽으로, 창구 안쪽으로 얼굴을 들이댄다. 일거리가 잦아든 평상시의 모습. 모든 움직임은 제어되어 있고 질서정연하다.

K는, 책상 쪽으로 가는 길의 앞쪽에서, 모자를 벗는다. 쿨리히는 모자를 받고, 중간 옷장의 왼편 옷걸이에 그것을 건다. 카미너는 편지 몇 통을 책상 위에 놓고, 봉투칼을 이용해 그걸 열어 본다. 봉투에서 편지지를 꺼내 펼친다.

라벤슈타이너는, K가 책상 의자에 앉기 전에, 서둘러 그에게 간다. 마치 마술 기구를 다루듯, 가슴팍에서 사진을 꺼내 K에게 건넨다.

라벤슈타이너 기억하시라고.

K가 사진을 여전히 주시하는 동안, 그는 멀어진다. 쿨리히는 도장, 도장인주, 펜대, 종이를 책상 위에 정렬한다. 카미너는 오른쪽 침대 위에 검은 가죽덮개를 놓는다. 쿨리히와 카미너는 떠나고, 라벤슈타이너가 다시 나타난다.

라벤슈타이너 사장대리인은 이미 당신에 대해 물었습니다. 내가 그에게 말했지요. 당신은 집에 있다고. 오래전부터 일하고 있다고! 오래전부터 일한다고 말이죠!

위쪽 오른편 무리에서 사장대리인이 등장한다. 그는 몸집이 크고 힘 있으며 우아한 옷차림을 하고 있다. 오른편 계단 아래로 서둘러 내려오는데, 손에는 책 몇 권이 들려 있다. 라벤슈타이너는 뒤로 물러난다. K는 여전히 책상 앞에 서서 사진을 관찰한다. 사장대리인은 그 뒤에 몇 걸음 떨어져서, 냉소적 미소를 띠며 그를 바라본다. K는 펄쩍 놀라, 책상 위의 사진을 손으로 숨긴다.

K　아니, 전 방금 도착했습니다!

사장대리인　그렇지만 대리! 당신 능력으로는 곧 만회할 거요. 오 년 동안 회사에 다니면서 결코 한 번도 지각 안 했으니까! 시간 엄수와 신뢰성 그 자체라오. 그 밖에 오늘 날짜의 의미를 내가 잊기라도 한 것 같소?

그는 K에게 손을 내민다. K는 왼손을 먼저 내민다. 오른손은 아직 사진에 놓여 있기 때문이다. 그런 후 그는 완전히 몸을 돌려 사장대리인에게 오른손을 내민다.

사장대리인　(기이하게 즐거운 표정을 지으며) 1913년 7월 3일이라! 당신에게 여기 (그는 가슴 호주머니에서 편지봉투를 하나 꺼낸다) 역시 사장님의 이름으로 보너스를 지불하려고 하오.

K　(당황하여) 그렇지만 이건 —

사장대리인 자, 자—

그는 K의 손에 편지봉투를 쥐어 준다. 그러면서 책상 위에 펼쳐진 채 놓인 사진에 주목한다. 그는 그것을 들어 올려 쳐다본다.

사장대리인 예쁜 여자군.

K는 사진을 뺏으려고 한다. 사장대리인은 막는다.

사장대리인 대체 나머지 사람들은 누구요?

K (당혹하여) 나의 지인들, 친척들입니다.

사장대리인 당신의 약혼자요? 아, 멋져요. 날씨도 좋고, 돔 앞에 그녀는 서 있고. 당신이 이 사진을 직접 찍었군. 각도가 약간 비뚤어졌지만, 유감스럽게도.

사장대리인은 사진을 다시 한 번, K가 잡으려고 했으므로, 뒤로 장난하듯 뺀다. 그런 후 그는 웃으며 사진을 넘겨준다.

사장대리인 아니면 전혀 새롭게 정복한 거요?

K (괴롭다는 듯) 사장님! 저기 고객들이 앉아 있어요. 차례가 되길 기다리며 말이지요.

사장대리인 소액 저축자들인데 뭐. 그래, 불안해져 있군!

그렇지만 당신도 알다시피, 우린 요즘 대부해 줄 수 없소. 전시 기간에는 말이오. 우린 얼마나 쉽게 그런 상황에 휩쓸려 들어가는지 말이야.

K는 귀담아 듣는 것 같지가 않다. 그는 책상 위로 몸을 숙이고 있다. 그 위에 손을 받친 채.
사장대리인은 K의 어깨에 손을 놓는다.

사장대리인 그러나 당신은, 내가 이해하기로, 지금 안전을 원하오. 그래요, 우리는 가정이나 가족을 꾸려야 하오. 뭔가 기댈 수 있는 걸 가지려면.

사장대리인은 왼편 중앙으로 올라간다. 동시에 라벤슈타이너는 청원인 가운데 한 사람을 계단 아래로 데리고 간다. 이 사람은, 고개를 숙인 채, 책상 가까이에 서 있다. 반면에 라벤슈타이너는 뒤쪽으로 간다. K는 그를 알아채지 못한다. 그는 소파에 자리 잡는다. 그는 한 손에 사진을 들고, 다른 손으로 가위를 쥔 채 사진 속 여성 인물을 왼쪽 오른쪽으로 조심스레 잘라 낸다. 그러고는 가슴 호주머니 안으로 사진을 숨긴다.
오른편 위쪽으로부터 사장이 이쪽으로 내려온다. 그는 홀쭉하고 병든 것처럼 보이는 늙은 신사다.
다른 편으로부터 라벤슈타이너와 카미너가 급하게 와서, 청원인을 다시 데려간다. 이 청원자는 줏대 없이 그를 따른다. 사장은 K의 의자 뒤에 서 있다. 그는 잔기침을 한다. K는 주위를 돌더니, 벌떡 일어선다.

K　사장님!

사장　이 사람, 나 듣고 있소. 기분이 언짢은 모양이군. 당신은 한 번도 아픈 적이 없었는데, 무슨 일이오?

K　아닙니다. 아무것도.

사장　휴가라도 한번 가고 싶소?

K　아주 감사합니다, 사장님. 그렇지만 그렇게 할 수 없습니다.

사장　그래도 혼자잖소. 의무를 가진 것도 아니고.

K는 말이 없고, 고개를 숙인다.

사장　옳소! 그렇게 칩거한 채 당신은 살아왔소. 당신은 지위에 어울리는 집이 필요하오. 당신은 아주 열심히 일하오. 당신은 지나치게 자신을 힘들게 하고 있어요. 내 집을 방문할 시간이 한 번도 없었으니까.

K　(망설이며) 사장님—

사장 왜 그러시오? 무엇이 대체 일어난 거요? 내가 믿을 수 있게 말해 보시오.

K 오늘 아침에 — (그는 중단한다.)

사장 그래요 —

K는 말없이 서 있다.

사장 그래요. 당신은 너무 늦게 왔소. 알다시피, 그렇게 시작할 수 있소. 한 번이라도 그리 늦게 깨어난 사람은 자리에서 완전히 쫓겨날 수도 있소.

그는 팔을 K의 팔 아래로 끼고는, 비스듬히 기댄 채, 천천히 K와 이리저리 오간다.

사장 저녁에 어떠했는지, 그 모든 걸 아침에 다시 발견하게 되는 건 좋은 일이오. 그래요, 그 모든 걸 저녁에 놓아둔 대로 두 눈 뜬 채 파악하려면 아주 침착해야 하오. 깨어나는 건 그 때문에 하루 중 가장 위험한 순간이기도 하지. 이 순간을 한 번 이겨 내면, 그렇게 되면 아무것도 변하지 않는데, 우리는 하루 종일 안심하고 지낼 수 있지.

K 그렇지만 저는 —

사장 그래 당신은?

K 아닙니다. 특별한 가능성이 지금 있습니다! 큰 가능성입니다!

사장 좋소! 당신은 아직 경력의 초기요. 당신은 더 높이 승진하려고 애쓰고 있소. 그 점을 난 높게 평가해요. 당신은 우리가 가진 최고 인력 중의 한 사람이니까.

그는 멈춰 서서 K의 두 팔을 잡고, 사이를 좀 떼더니, 그를 쳐다본다.

사장 난 많은 걸 당신에게 아직 기대하오.

그는 몸을 돌려 왼편으로 간다. 그리고 다시 한 번 돌아본다.

사장 저녁에 곧장 우리 집에 오시오.

K는 인사한다.
쿨리히와 카미너는 사장에게 다가간다. 그들은 그의 팔을 잡고 부축한다. 그를 왼편 위쪽으로 데리고 간다. 고객들이 의자에서 일어나, 인사한다.
K는 잠시 그대로 서 있다가, 오른편 세면대로 서둘러 간다. 외투를 벗고, 얼굴을 대야 속에 푹 숙이고는 물을 끼얹는다. 뒤편의 사무실 공간이 어두워진다.

3장 하숙집에서

중앙 무대: 여기에는 책상 하나만 비춰진다. 그 옆에 그루바하 부인이 앉아 실뜨기를 한다. 그녀 앞에는 양말 한 무더기가 있다. 그 앞 세면대에서 K가 얼굴을 닦고, 외투를 입는다. 그런 후 그루바하 부인에게 몸을 돌린다.

K　분명 그런 일은 다시 없을 겁니다.

그루바하 부인　(일감에서 눈을 떼어 위로 쳐다보며, 나직이) 아니, 다시 그럴 순 없어요.

K　진심입니까?

그는 식탁 옆의 그녀와 마주보며 선다.

그루바하 부인　예. 너무 심각하게 생각진 말아요. 일어난 게 세상의 전부는 아니니까! 그래요, 대기자들이 내게 몇 가지를 얘기했어요. 중요한 건 당신의 행복이고, 그건 정말이지 나도 품고 있는 생각이에요. 몇 가지 얘길 들었어요. 그렇지만 나쁜 건 아니에요. 당신은 체포되었지만, 강도의 경우와 같은 건 아니에요. 이 체포 — 이렇게 바보 같은 걸 말하다니, 죄송해요 — 는 내가 잘 이해 못하는, 그러나 꼭 이해해야만 하는 것도 아닌 어떤 배운 것처럼 일어나요.

K 당신이 말한 건, 그루바하 부인, 바보 같은 게 결코 아닙니다. 나는 당신 견해와 부분적으로 같아요. 단지 그 전체에 대해 더 예민하게 판단할 뿐입니다. 난 그것을 배운 것으로 여기는 게 아니라 아무것도 아닌 것으로 여겨요. 난 기습당했고, 그게 다예요. 그 점에 대해선 정말이지 아무것도 말하고 싶지 않군요. 당신 판단만 듣고 싶군요. 당신이 나와 일치하다니, 기쁘군요.

그는 책상 위로 고개를 숙이고, 그녀에게 팔을 내뻗는다. 그루바하 부인은 그러나 쳐다보지 않는다. 그녀는, 아주 진지해져, 한동안 말이 없다.

그루바하 부인 (눈물을 억제하려는 듯) 너무 심각히 생각진 말아요.

K 내가 심각히 여기는지도 모르겠군요.

그는 기운을 얻고는, 손을 도로 뺀다.

K 대위는 집에 있나요?

그루바하 부인 (정신이 없는 듯) 오늘 아침 그는, 당신이 체조를 함께 안 했다고 아주 실망해 있더군요.

K　아직도 그는 점령지에 근무합니까?

그루바하 부인　(아직도 정신이 나간 듯) 우리가 징집할 거라고 여기나요?

K　뷔르스트너 양은 있습니까?

그루바하 부인　(그제야 위를 쳐다보며) 아니에요. 그녀에게 볼일이 있나요?

K　그저 몇 마디 말하고 싶어서죠.

그루바하 부인　그녀가 언제 올지는 몰라요.

K　제가 그녀 방을 요구한 점에 대해 사죄하려고 말이죠.

그루바하 부인　그건 필요 없어요. 그 여잔 아무것도 모르니까요. 모든 걸 정리해 두었거든요. 직접 보세요.

그녀는 일어서서, 뷔르스트너 양의 방 모서리로 간다. 가구 위로 약한 불빛.

K　(그루바하 부인의 책임이라도 있는 듯이 힐책하며) 그 여자는 너무 늦게 오는군요!

그루바하 부인　젊은 사람들이야 다 그렇죠.

K　그래도 너무 심해요.

그루바하 부인　당신 말이 맞아요. 뷔르스트너 양에게 똑같은 말은 하고 싶지 않아요. 그녀는 착하고 예쁜 처녀예요. 친절하고 예의 바르며 성실한. 그렇지만 좀더 자부심을 가지고 더 삼가야 한다는 것도 맞는 말이죠. 그 여자가 후미진 거리에 있는 걸 내가 자주 봤거든요. 게다가 늘 다른 남자와 함께였어요.

K　(갑작스레 분노하며) 당신은 내 말을 오해했군요! 난 그녀를 잘 알아요. 당신이 말한 건, 어느 것도 안 맞습니다.

그는 몸을 돌린다. 왼편 뒤쪽으로 간다. 그루바하 부인은 그를 따라간다. 그녀의 치마가 위로 젖혀지고, 끈이 팔랑거린다.

그루바하 부인　대리님! 당신에게만 내가 그 일을 털어놨다고요! 하숙집이 깨끗하게 유지되려면, 결국 세입자 마음에 들어야죠.

K　깨끗함이라! 하숙집을 깨끗하게 하려면, 먼저 나한테 알려야죠.

그는 계단 아래 앞쪽으로 뛰어간다. 그의 침대 위로 몸을 던진다.

잠시 뒤 그는 벌떡 일어나, 이리저리 오간다.

그루바하 부인은 일감을 한데 모아, 퇴장한다.

K는 다시 침대에 눕는다.

나직한 노래 소리가 들린다. 어두운 뒤편으로부터 뷔르스트너 양이 앞으로 등장한다. 그녀는 뭔가를 흥얼거리며, 큰 반원을 그리며, 그녀 방으로 간다.

K는 침대에서 일어난다.

뷔르스트너 양이 방으로 들어간다. 그녀는 큰 비단 숄을 어깨에서 걷고, 옷장 거울 앞에서 단추를 끄르기 시작한다. 모자는 아직 벗지 않는다. 그녀는 쿨리히가 입고 있던 것과 같은 옷차림을 하고 있다.

K는 침대에서 벌떡 일어나, 옷자락을 바로 하고, 왼편 계단 위로 올라간다. 그리고 검은 정육면체 가구 옆을 지나, 뷔르스트너 양에게 간다.

K (속삭이듯) 뷔르스트너 양.

뷔르스트너 양 (몸을 돌리며) 여기 누가 있나요?

K (나타나며) 접니다.

뷔르스트너 양 아, 당신?

K 당신과 몇 마디 얘기하고 싶어서—.

뷔르스트너 양 지금 말이에요? 꼭 지금이어야 해요?

K 예.

뷔르스트너 양 너무 피곤해서 쓰러질 것 같아서요. 하지만, 들어오세요.

그녀는 침대 쪽으로 돌아간다. K는 그녀 앞에 몇 걸음 떨어져 서 있다.

뷔르스트너 양 뭘 하려는 거죠? 정말 궁금하군요.

K 지금 상의해야 할 만큼 일이 급하지는 않다고 당신은 말하겠지요, 그러나—.

뷔르스트너 양 서두를 저는 늘 잘 안 들어요.

K 그 때문에 부담이 덜어지군요. 당신 방은 오늘 아침, 내 잘못으로, 어질러졌습니다.

뷔르스트너 양은 방 대신 K를 조사하듯 응시한다.

뷔르스트너 양 내 방을?

K 그래요. 조사위원회가 여기로 왔습니다.

뷔르스트너 양 (두 손을 엉덩이에 놓으며) 당신 때문에요?

K 그래요. (그는 작은 탁자 위의 사진들을 가리킨다.) 예를 들면 당신 사진들도—.

뷔르스트너 양 (이제 사진을 쳐다보며) 헝클어졌군요. 예, 사진 한 장이 없어졌어요!

K 이 사람들 때문입니다! 그런 후 날 심문했습니다.

뷔르스트너 양 그럴 리가요!

K 그래요. 내가 무죄임을 당신은 대체 믿나요?

뷔르스트너 양 그래요, 무죄라고 제가 말할 수는 없어요. 당신을 잘 알지 못하니까. 조사위원회를 직접 보낸 걸 보면, 중대한 범죄인 것은 틀림없어요. 그렇지만 당신은 죄가 없어요. 침착한 걸 보면, 어쨌건 당신이 감옥에서 탈출한 게 아니라는 걸 알 수 있으니까요. 당신이 그런 범죄를 저지를 수도 없을 거고요.

K 조사위원회는 내가 무죄라는 걸 알고 있을 겁니다.

뷔르스트너 양 대체 무슨 일이래요?

K 바로 그게 난점이죠. 나조차 알지 못해요.

뷔르스트너 양 (실망한 듯) 그렇다면, 이 밤늦은 시각에 날 방문할 필요는 정말 없잖아요.

K 내가 아는 건 당신에게 말했소. 그건 조사위원회도 아니었소. 내가 그렇게 부른 건, 어떤 다른 이름이 없어서예요. 조

사된 건 아무것도 없었소. 난 체포되었을 뿐이오.

뷔르스트너 양은 웃는다. 그녀는 침대 위에 앉는다.

뷔르스트너 양 대체 어땠는가요?

K 끔찍했소.

뷔르스트너 양 그건 너무 일반적이군요.

K 그게 어땠는지 보여 줘야 됩니까?

뷔르스트너 양 너무 피로하군요. 당신이 들어오지 않도록 했어야 했는데.

K 탁자를 침대 앞으로 밀어도 될까요?

뷔르스트너 양 뭐 생각난 거라도 있어요?

K 그렇지 않으면 보여 줄 수 없으니까.

그는 작은 탁자를 이미 그녀 앞으로 밀친다. 그러고는 그 앞에 선다.

K (뷔르스트너 양을 가리키며) 거기 감시관이 앉아 있어요. 그리고 거기 (그는 주위를 가리킨다) 경비원 한 명이 서고. 저기 옷장 옆엔 조수들이 서 있어요. 이놈들 중 한 명이 당신 옷을 입었습니다. 바로 이 옷입니다. 그리고 이 모자도—

뷔르스트너 양　제발, 목소리 크지 않게, 온 집 안 사람들을 깨우는군요.

K　감시관이 부르고 있어요. 지금 그가 오네요. 당신을 이해시키려면, 소리치지 않을 수 없습니다. 그는 내 이름을 부르군요.

뷔르스트너 양은 손가락을 입 앞에 댄다.

K　요셉, 그가 소리치군요—.

뷔르스트너 양　오, 당신 이름이 요셉이군요?

K　(소리 지르며) 요셉! (더 크게) 요셉!

구석에서부터 문을 세게 두드리는 소리. 뷔르스트너 양은 놀라, 가슴에 손을 얹는다.

K　누가 거기 두드렸소?

뷔르스트너 양　확실히 대위예요. 그렇게 고래고래 소리 지르는 건.

K는 탁자를 제자리에 도로 세운다. 뷔르스트너 양은 모자를 벗는다. 그녀의 붉은 머리카락 중간에는 가리마가 타져 있고, 목덜미에서 단단히 묶여 있다.

K는 그녀 손을 잡고, 그 다음엔 손목을 잡는다. 그는 그녀 이마에 키스한다.

뷔르스트너 양 가세요! 멀리! 가시라니까요! 뭘 원하나요! 그가 모든 걸 듣고 있어요. 당신이 어떻게 날 괴롭히는지.

그녀는 선다. K는 그녀의 손목을 아직도 쥐고 있다.

K 내게 화났소?

뷔르스트너 양 아니에요. 난 결코 그리고 아무에게도 화내지 않아요.

K는, 그녀 손목을 잡은 채, 그녀 옆에서 걷는다. 그런 후 그녀를 갑작스레 포옹한다. 그리고 놀랄 정도로 격렬하게 그녀 입에, 그녀 얼굴에, 목에 키스한다.
다시 문을 두드리는 소리, 이번에는 조심스럽다. 대위의 헛기침 소리가 거기서 들린다. K는 서둘러 떠난다. 뷔르스트너 양은 선 채로 있다. 그녀의 옷은 앞쪽이 열려 있고, 코르셋이 보인다.
왼편 커다란 탁자 뒤쪽에서 대위가 나타난다.
K는 탁자 옆을 지나, 왼편 계단으로 뛰어 아래로 내려간다.
대위는 그를 따른다. 그는 잠옷을 입고 있고, 그 윗도리를 깨끗이 턴다. K가 옷자락과 칼라 깃을 앞쪽으로 연다. 대위는 외투를 바닥 위로 던지고, 몸을 구부린 채, 싸움 자세를 취하며 계단 위에 선다. 그는 손가락 마디에서 뿌드득 소리를 낸다. K는 놀라 돌아서서, 손을 올려 방어 자세를 취한다. 대위는 단숨에 튀어 올라, 입을 넓게 비죽이며, K에게 다가가더니, 그를 바닥에 내던진다. K는 거의 막지 못한다.

대위는 무릎으로 그 위에 올라타서, 쭉 뻗은 그의 팔을 내리누른다.

대위 (숨을 헐떡이며) 아침 체조를 당신은 안 했소. 그러니 저녁 운동만큼은 나한테 허락해야지!

그들 위로, 뒤쪽에서 뷔르스트너 양이 옷을 벗고는, 코르셋의 단추를 푼다. 그러면서 그녀는 나직이 다시 노래한다.

그런 다음 대위가 벌떡 일어서더니, 몇 번 무릎 굽히기를 하면서, 팔 근육을 우쭐대며 자랑한다. 그는 경쾌한 걸음으로 왼편 계단 위로 올라간다. 사라진다.

K가 팔을 활짝 벌린 채 등을 대고 누워 있는 동안, 뷔르스트너 양은 아래 치마를 벗는다. 그녀는 벌거벗은 채, 뭔가를 웅얼거리며 서 있고, 팔을 높이 들어 머리에 물 한 통을 쏟아 붓는다.

어두움.

4장 은행에서

사무실 공간으로부터 갑작스레 생겨난 소음. 날카로운 전화벨 소리가 더해진다.

K는 기력을 얻어 바닥에서 일어난다.

라벤슈타이너는 전화기 있는 데로 달려가 수화기를 들었고, 거기서 고개를 끄덕이며 서 있다.

K는 옷가지를 정돈한다.

라벤슈타이너 대리님! 당신과 통화하고 싶다는데요.

라벤슈타이너는 수화기를 높이 들고 서 있다. K는 그에게 달려간다. 그는 수화기를 들고 고개를 끄덕이며, 몇 번 인사한 후 수화기를 내려놓는다. 골똘히 무슨 생각에 잠겨 전화기 옆에 서 있다.

사장대리인이 뒤에서 그에게로 걸어 나온다.

사장대리인 나쁜 소식이오?

K (놀라서) 아니, 아닙니다.

K는 저쪽 아래 전면으로 나간다. 사장대리인이 그를 따른다.

사장대리인 질문이 하나 있는데— 일요일에 내 배에서 파

티를 같이 하겠소? 멋진 만남이 될 건데. 당신 지인들도 이미 초대했소. 하스테러 씨 같은—

그는 돌아서서 위쪽으로 간다. 거기엔 그 검사가 와 있다. 이 사람은 빠른 걸음으로 내려온다.

K　검사님!

검사는 K쪽으로 다가와, 그에게 친절하게 인사한다.

사장대리인　오겠나? 어서 오게!

K　고맙습니다만, 오전엔 시간이 나질 않아요. 의무 사항이 있으니까요.

사장대리인　유감이군.

사장대리인은 벌써 퇴장한다. K는 그를 붙잡는다.

K　(사과하며) 방금 전화를 받았는데, 내가 어디론가 가야 한다고, 그런데 몇 시인지 말하는 걸 잊었다고 합니다.

사장대리인　한 번 더 물어보시오.

K　그리 중요하진 않아요.

사장대리인　그래도 물어볼 수 있소.

K 아니, 그럴 수 없습니다. 난 무조건—

사장대리인 (퇴장하며) 그렇다면 다음에—

검사는 K 둘레에 팔을 두른다. 그는 몸집이 넓고 힘이 세다. 머리엔 기름을 바르고, 중간쯤에 가르마를 탔다. 짧은 코밑수염이 솔같다.

검사 어이 친구, 자네를 방해하지 않았길.

K 아니, 무슨 말씀—

검사 그렇지만 다시 말하지 않을 수 없네. 이해 많은 친구와는.

K는 거부하는 듯한 손짓을 한다. 그러고는 검사의 포옹을 빠져나간다. 약간 앞으로 몸을 숙인 채, 그와 마주 보고 선다.

검사 (억눌린 목소리로, 팔을 옆으로 쳐들며, 마치 자기 앞에 짐을 굴리듯이) 난 공판과 공판을 오가며, 모든 왜곡과 거짓을 강력하게 기소하려 하네. 난 밤을 새며 일하기도 하네. 자료, 모든 책의 문장들, 증인의 진술, 심리 서류, 결정 근거 이것들은 헤쳐 나갈 수 없을 정도로 빽빽하네! 나는 내 기소장을 열 번 아니면 스무 번이고 쓰네. 그럴 때마다 난, 이번엔 마침내 명예가 회복될 거라고 여기네. 그러다가 피고자 앞에 내가 서면—그가 어디에서 왔고, 대체 어떤 지하세계에서 올라왔던 간에—, 그 사실 구성 요건 전체가 갑자기 무너지고 터져 증발되어 버리네. 그래서 내 판단은 어떤 지엽적인 게 되어 버리고, 난 완전히 새로 시작해야 하네.

K 그렇지만—

검사 그렇지만?

K 그렇네! 자네가 대변하는 법정은 손에 쥘 듯 생생하네! 자네가 발견한 것은 취소될 수 없네.

검사 무슨 말인가?

K 자네 판결로—비록 자네는 불충분하다고 간주하고, 또 그건 늘 불충분하겠지만—, 자넨 피고를 일정한 배열로 분류하네. 자네가 가장 혹독한 벌을 내린다고 해도, 자넨 피고에게 은혜를 베푸는 것이네. 그건 흡족한 일이지!

검사 좋네. 우린 우리의 규범을 가지고 있네. 그걸 우린 고수해야지. 그게 아니라면 어디에 기댈 것인가. 우리에겐 우리의 원칙이 있네. 좋아, 아주 좋아. 그러나, 우리가 어떤 죄과를 제시하고 죗값을 요구할 때, 갑자기 다른 세력들이 나타난다면, 그리고 이 세력들에게 우리가 더 이상 책임이 없다면, 그럴 땐 어떻게 되는 건가? 그때 뭔가가 일어나고, 군중이 일어서며, 개별 사안이 풀려나면서, 어떤 숨 막힐 듯하고 폭력적인 것이 거기서 등장하네.

K (강조하면서) 자넨 피고를 곤란에 빠뜨려선 안 되네!

검사 다른 사람들은 지금 판사에게 가고 있네.

K 어떤 양해도 더 이상 없다면, 어떻게 되는가? 어떤 공통의 것도 더 이상 발견되지 않는다면?

검사는 몇 걸음 이리저리 오간다. 그는, 힘없이 팔을 든 채, 멈춰 선다.

검사 이 일에 대해선 자네와 절대 말하고 싶지 않아. 대신 헬레네에 대해. 자넨 그녀를 만났어. 내 집에서. 그녀를 어떻게 생각하나?

K (괴로운 표정으로) 검사 친구, 내겐 그럴 권한이 없어—.

검사 그것만 말해 보게!

K (말을 더듬으며) 그녀 옷이, 눈에 많이 띄었다고나 할까—.

검사 등 패인 옷을 입기에는 그녀가 너무 뚱뚱해. 그 옛날무도복 말이지! 보풀 달린 그 모든 장식이라니. 그 옷 입은 모습을 자네는 보지 않을 거라는 걸 난 알아. 그녀는 하루 종일 침대에 누워 있네. 연작소설을 읽으며 말이지. 아무렇게나 하품하고, 부끄러움도 없이 날 기다리지. 그녀는 머리도 빗지 않네. 그녀의 검은 곱슬머리는 또 얼마나 엉켜 있는지!

K 검사 양반! 그렇지만 모든 기소장이 없어진다면, 판단하는 게 어렵고 사는 게 불가능하다고 해서 변론마저 할 수 없다면, 우린 얼마나 좌절할 것인가 생각해 보게.

검사 (다시 K에게 다가와, 그의 어깨를 잡으면서) 요셉, 자네가 그걸 말하다니? 난 자네를 재미없는 사업가로 알고 있는데! 책임 있는 인간으로! 충일한 삶을 추구하는 사람으로 말일세!

K 난 비참하고 무능한—.

검사 (K를 다시 안으며) 요셉! 날 헤르베르트라고 부르게! 편히 대하게, 내 친구! 내일 오게나! 자넬 소개하고, 저 멀리, 강가에서 돛단배를 타고 태양을 향해 나아가세. 포도밭을 따라!

K는 그에게서 벗어나며, 고개를 흔든다.

검사 (퇴장하며) 자넬 기다리겠네!

검사는 뒤편으로 사라진다. K는 요동도 없이 제자리에 서 있다. 사무실 공간의 소음이 커진다.
라벤슈타이너, 쿨리히, 카미너가 이쪽으로 온다. 그들은 책상 위의 서류를 정리하고, 의자를 밀어 세우고, 세탁대 위의 통에 새로 물을 채운다. 통 속의 사발을 비우고, 이 통을 밖으로 가져간다. 이렇게 하는 동안 그들 몸은 K쪽을 향해 있다.

카미너 당신은 주소를 받았지요?

K는 묻는 듯 쳐다본다.

카미너 당신에게 그 집 번호를 말했을 텐데?

K 뭘 원하는 거요?

라벤슈타이너 당신이 내일 어디로 갈 건지 우린 압니다. 당신 일에 첫 조사를 하러 가지요.

쿨리히 언제나 그렇듯 신중하게도, 일요일에 공판을 하게 했습니다. 그래서 당신 직장 일을 방해 안 되도록 말이에요.

라벤슈타이너 밤에도 사실은 할 수 있는데도. 그러나 그땐 상태가 그리 좋지 못할 거니까요.

쿨리히 아침 아홉 시에 가면, 제일 좋을 겁니다.

카미너 율리우스 가에 있습니다. 먼 길이지요. 도시 앞, 화물역 부근이에요.

K는 팔 동작으로 직원들을 내쫓는다. 그러고는, 마치 뛸 준비를 하듯, 서 있다.

5장 법정 앞에서

앞 무대는 변함이 없는 반면에, 그 밖의 무대는 멀리 옮기거나 밀거나 위치 변화가 갑자기 일어남으로써, 그리고 소도구의 회전이나 전환이 일어남으로써, 뒤죽박죽된 공간으로 변한다.
중간 무대: 옆에서부터 그리고 뒷면에서부터 사람들이 여러 방식으로 꽉 막힌 생활 영역들 — 침실이나 창고로 곧장 밀려들어 온다. 이들은, 뉘앙스의 차이를 보이면서, 탁자, 베개, 침대 주위에 몰린다. 남자들은 셔츠만 걸치고 있고, 여자들은 종종 속치마를 입고 있으며, 팔에는 아이를 안고 있다. 많은 사람들이 옷을 반쯤 걸친 채 누워 있고, 포옹한 두 사람도 보이고, 한 남자는 맨발로 앉아 신문을 읽으며, 누군가는 바구니와 물통을 이리저리 나르고, 누군가는 대야에서 빨랫감을 씻은 후 말리려고 줄 위에 펴서 넌다. 침대 커버를 털고, 이불이 높이 풀썩댄다.

뒤 무대: 여기서도 여러 공간이, 말하자면 연단이나 복도 그리고 사다리가 놓이고, 사람들이 그 위로 기어오른다. 그들은 건물 구조 뒤에서, 잘 보이지 않지만, 움직인다.
무대장치의 설치와 더불어 이런저런 목소리나 부르는 소리 혹은 피리 소리, 노래가 뒤섞인 소음이 들리기 시작하고, 여기에 뭔가를 만들 때 나는 두드리는 소리, 망치 소리, 그리고 아코디언이나 플루트의 희미한 음악 또한 들린다.
이 심한 혼잡은, 그러나 서두름 없이, 차라리 차분하고 느긋하며, 무심하고도 냉정하다.
여기 사는 몇몇 사람들은 K 앞으로 지나가고, K는 떨 듯한 자세로 거기 서 있다.
K는 작업복을 입은 젊은 한 사람의 팔을 꽉 잡는다.

K　여기 어디서 공판이 열립니까?

노동자　공판이라고요?

K　법원 공판 말이오.

노동자　그것에 대해선 아무것도 몰라요.

노동자는 멀어진다. 한 꾸러미의 커다란 침구류를 든 여자가 K 옆을 지나가다가 부딪힌다. 그는 옆으로 비키면서, 뭔가 찾듯이 주변을 두리번거린다. 그리고 다른 여자 쪽으로 몸을 돌린다. 이 여자는 앞치마 같은 헐렁한 셔츠를 입고 있고, 물이 가득 찬 통을 들고 있다.

K　여기서 공판이 일어납니까?

여자는 물통을 세우고, 젖은 팔뚝으로 이마를 문지른다.

여자　그래요. (그녀는 저 위 뒤편을 가리킨다.) 하지만 저곳은 이미 차 있네요.

K　누군가 날 기다리고 있습니다.

여자　그러면 가 보죠. 날 따라 오세요. 당신이 들어가면 문을 닫을 거니까. 더 이상 들어가선 안 돼요.

그녀는 함께 왼편 계단 위로 올라가 밀려드는 군중 속으로 들어간다. 여기에서 모든 것이 새로운 변화에 대응해 움직인다. 빨랫줄이 줄어들고, 침대는 덮인다. 정육면체에서 연단이나 (관람석의) 층, 자리가 만들어진다. 방의 거주자 대신 이제는 길고 검은 상의와 제복 차림의 남자들이 보인다. 이런 옷가지의 재단은 구식이고, 그래서 그건 대개 헐렁하게 걸쳐져 있고, 몸에도 헐렁하다. 어떤 회합인 듯 줄지어 앉은 참석자 중 많은 사람들이 흰 수염을 하고 있는데, 이들의 가부장적 외모는 뭔가 뻣뻣하고 인위적이다. 그들은 억지로 품위 있는 모습을 띠며 두 큰 무리를 이루며, 왼편과 오른편에 앉아 있다. 몇 사람들은 앞 무대까지 와 있고, 오른편 침대 위에 자리 잡고 있다. 왼편, 책상 뒤에서도 한 무리가 앉아 있고, 왼편 계단도 좌석으로 이용된다.

많은 사람들이 쿠션과 방석을 가지고 왔고, 얼핏 보기에 오래 걸릴 공판을 대비하고 있다. 그들은 모두 작고 둥근 배지를 상의의 옷깃에 달고 있다. 중얼거리는 목소리가 비등하듯 계속된다. 오른편에서 몇몇 남자들이 근엄한 검은 옷차림으로 나온다. 그들은 책상 주위로 모여, 거기서 다 떨어지고 해진 공책과, 완전히 너덜해진 책을 자기 주변에 편다.

예심판사는, 작은 체구로 숨을 헐떡이며, 등받이를 책상 쪽으로 돌린 채, 의자에 앉는다. 그는 모여 있는 사람들 쪽으로 시선을 던져 휘 돌아보고는, 납작한 손으로 책상 바닥을 친다.

조용해진다.

오른편 위에서 이제 세탁하는 여자가 등장한다.

K는 그녀를 따라온다.

그들 둘은 오른편 계단을 내려온다.

예심판사는 조끼 호주머니에서 시계를 꺼낸다. 그는 K를 쳐다본다.

예심판사 당신은 한 시간 오 분 전에 나타났어야 했소.

모인 사람들이 잠시 웅얼거리고 투덜대는 소리.

K 아주 늦긴 했지만, 이제 여기 왔습니다.

오른편에서, 그리고 앞과 뒤편에서 짧게 박수 치는 소리.

예심판사 그래요. 그러나 난 당신을 심문할 의무가 더 이상 없소.

왼편에서 투덜대는 소리.

예심판사 그렇지만 예외적으로 난 해 보려 하오. 앞으로 나오시오.

그 앞에 앉은 몇 사람들이 서로 밀쳐 내면서, K가 지나가도록 해 준다. 예심판사는 서류 중 하나에서 종이를 넘긴다. 구겨지고 마구 그어진 종이들이 떨어져 나간다.

예심판사 그래, 당신은 도색공이오?

K 아닙니다. 큰 은행의 수석 대리입니다.

오른쪽 K 뒤에 모여 앉은 사람들은 웃기 시작한다. 이 웃음소리는 너무도 절실해서 K는 덩달아 웃지 않을 수 없다. 사람들은 포복절도할 만큼 요동치며 웃고, 마치 기침경련할 때처럼 몸을 뒤흔든다. 가장 높은 오른쪽 위 자리에서도 요란한 웃음소리가 여기저기서 난다. 왼쪽에서는 그러나 방청객들이 조용히 있다.

K 예심판사님, 내가 도색공인지 묻는 당신 질문은 내 소송의 모든 방식을 잘 보여 줍니다. 그건 어떤 소송도 아니라고

당신은 반박할 수 있습니다. 당신이 정말 옳아요. 그건, 내가 소송으로 인정할 때에만, 소송이니까요. 하지만 난 잠시 동안만, 말하자면 동정심에서 인정합니다.

그는, 박수를 다시 기다리는 듯, 주위를 살핀다. 그렇지만 이번에는 팽팽한 침묵이 깔려 있다. 이 침묵 속에서 세탁부洗濯婦가, 그와 예심판사 사이로, 걸어 나온다. 그녀는 통을 놓고, 빨랫감을 꺼내어, 쫙 소리 나게 이리저리 흔든 후, 맨팔 위에 걸친다. 모든 시선이 그녀를 향해 있다. 예심판사 역시 의자에서 엉거주춤 일어서, 그녀의 모든 행동을 따라 본다. 그런 다음 그녀는 통을 잡고는 왼편 계단 위로, 그래서 뒤편으로 되돌아간다. 여기서 그녀는 사라진다. 이제 모든 사람은 다시 K에게 몸을 돌린다. 예심판사는 뒤쪽으로 몸을 기댄다. 그는 거의 누운 자세이고, 그래서 두 다리가 허공에 드리워져 있다.

K　아무 소용없습니다! 예심판사님, 당신 노트도 내가 말하는 걸 입증합니다.

그는 예심판사에게 가서, 그의 손에서 공책을 빼앗아, 손가락 끝으로 종이 가운데를 잡고는 그걸 높이 들어 올린다. 양쪽으로 꼼꼼하게 적힌, 그래서 더 쓸 곳이 없는 종이들이 밑으로 너덜거린다.

K　이것이 예심판사의 서류들입니다. 그 속에 무엇이 들었는지 조용히 읽어 보세요, 예심판사님. 난 이런 범죄 기록부를 두려워 안 해요!

여기저기서 방청객들이 상당히 주목하며 K쪽으로 목을 뺀는다.

K　내게 일어난 건 그저 개별적인 한 사례입니다. 그 자체로 그리 중요하진 않아요. 심각하게 여기지도 않고요. 그러나 그건 모든 사람에게 행해진 소송 사례지요. 이 다수를 난 대변합니다. 나에 대해서가 아니라.

오른쪽 뒷줄에서 박수 소리가, 손을 높이 든 채, 여기저기서 들린다. 거기에 몇몇 외치는 소리도 있다.

첫 목소리　왜 그렇지 않겠소!

두 번째 목소리　브라보!

세 번째 목소리　다시 브라보!

K　난 연사로서 성공하고 싶지 않습니다. 단지 공적 폐해에 대한 공개적 논의를 원합니다. 자, 들어 보십시오. 저는 열흘 전에 체포되었습니다. 체포된 사실 자체는 우스꽝스럽지만, 그러나 지금은 안 그래요. 침대에 누워 있을 때, 날 덮쳤어요.

경비원들 — 이 비도덕적인 고용인들은 뇌물을 받으려 했습니다. 그들은 거짓말을 하며 내 옷과 세탁물을 얻어 내려 했어요. 그 밖에도 그들은 내가 아주 좋게 여기는 한 여성의 방도 더럽혔답니다.

왼쪽에서 분노한 목소리가 들린다. 오! 퓌, 거기에 야유까지 더해진다.

K　게다가 이 사람들은 여자 세입자를 속이려 했고, 내가 근무하는 은행의 세 직원까지 데리고 왔어요. 왜? 내 위신을 깎아내리려고 말입니다! 내 직장의 자리를 뒤흔들려고!

예심판사는, 약간 고개를 끄덕이며, 왼편 방청객 쪽으로 쳐다본다.

K　그리고 여기, 저 이외에, 예심판사님은 여러분 중의 누군가에게 어떤 비밀신호를 보내고 있습니다. 즉 명령에 따라 움직이는 사람들이 여기 있어요. 나는 그 신호가 지금 야유를 일으키는지 아니면 박수 소리를 일으키는지 잘 알지 못합니다. 내게 그건 아무래도 좋지요. 고용 직원에게 큰 소리로 명령할 권한—'지금 야유하시오' 혹은 '지금 박수 치시오' 같은—을 난 예심판사에게 위임했거든요.

예심판사는 참지 못해 그의 동석자 쪽으로 몸을 돌린다. 이들은 모두 머리를 처박고 있다. K는 탁자 쪽으로 간다. 주먹으로 탁자판을 세게 친다.

K　이젠 제 말을 마무리하겠습니다. 당신은 나중에 평가를 안 할 수도 있어요!

책상가의 남자들은 경청한다. 그들은 다시 K쪽으로 주의하며 몸을 돌린다. 뒤쪽에서는 중얼거리고 소근대는 소리가 나직하게 생긴다. 그게 목소리인지는 불확실하다.

K　(더 커져 가는, 소근대는 소리를 향해 말하기를) 이 법정 뒤에 하나의 커다란 조직이 있다는 사실은 의심의 여지가 없습니다. 이 조직은 매수되는 경비원이나 우둔한 예심판사를 고용할 뿐만 아니라, 높은 그리고 최고 지위의 판사를 떠받칩니다. 아마 사형집행인까지 지원하겠죠. 난 이런 말을 두려워하진 않습니다. 여러분, 이 거대한 조직의 의미는 무엇인가요? 그건 죄 없는 사람이 체포되는 데, 그래서 이런 사람에게 의미 없고 결과 없는 소송을 시작하는 데 있어요.

왼편 중간 지점에 날카롭게 외치는 남자들의 목소리. 물러선 방청객 뒤로 여자 세탁부 보인다. 키가 작은, 얼굴에 온통 성긴 수

염이 난 한 남자가 그녀를 껴안고 있다. 두 사람은 앞으로 다가선다. 그는 낄낄 웃으며 여자를 꽉 붙들고 있다. 많은 사람들이 뛰어들어 그들 주위로 밀려든다. 소곤거림이 커져 울려 퍼지는 소리가 된다.

K 역시 왼편 계단 위로 올라가 이 두 사람에게 서둘러 가려 한다. 여자는 그에게 손을 내민다. 그는 이미 그녀 앞에 가까이 있고, 그 손을 잡으려고 한다. 몇몇 나이 든 사람들이 그를 밀쳐 낸다. 그의 손가락이 그들 수염을 스친다.

K 당신들은 모두 누구요? 당신들이 단 배지는 무엇이죠! 당신들 모두는 직원들이죠! 당신들은 모두 이 법원 소속일 겁니다! 당신들은 방청객이자 염탐꾼으로 내 주위에 몰려들었어요. 어떻게 사람이 죄 없는 자의 체면을 떨어뜨리는지, 당신들은 배우게 될 거요. 날 놔 주시오, 그렇지 않으면 치겠소!

그는 앞으로 빠져나가려 한다. 예심판사는 그러나 자리에서 일어나, 그의 길을 막아선다.

예심판사 잠깐만! 피체포자에게 주어지는 심문의 이점이 오늘로 박탈됐음을 당신에게 알리지 않을 수 없소.

K 사기꾼 같으니라고! 난 당신 모두를 심문하겠소!

그는, 팔을 옆으로 내뻗으며, 펄쩍 뛴다. 그리고는 두세 번 이리 저리 돌진하다가, 팔을 머리 위에 누른 채, 오른쪽 침대 위로 몸을 던진다. 그 사이 무대장치가 아주 급히 치워지고, 무대를 새로 짓는 왁자한 소리가 들려온다.

6장 하숙집에서

세게 부딪히는 소리와 쿵쿵 울리는 듯한 타격 소리를 동반하면서 무대가 변한 후 정적이 찾아든다.
K는, 팔을 머리 위에 올린 채, 침대 위에 누워 있다.
중간 무대: 그루바하 부인이 탁자 옆에서 뜨개 양말 위에 다시 앉는다. 뷔르스트너 양의 방 모서리에서는 대위가 침대 쿠션에 기대 있다. 그는 제복 차림이고, 목 긴 구두를 신고 있다. 그는 긴 파이프 담배를 피운다.
한 젊은 처녀가 가방 짐을 푸느라 바쁘다. 뷔르스트너 양은 옷가지를 받아, 열린 옷장 안에 걸고, 그것을 서랍 안에 정돈해 넣는다. 그런 후 그 처녀는 등받이 없는 긴 의자(터키식의)를 잠자리로 만든다. 그녀는 다리를 절뚝거리고, 그 걸음은 지지부진하다. 가구들을 이쪽 저쪽으로 밀어 버린다.
K는 침대에서 일어선다. 그는 손으로 얼굴을 문지른다. 그는 그

루바하 부인한테 간다.

K 도대체 뷔르스트너 양의 방에 무슨 일이 있습니까?

그루바하 부인 몬타그 양이 자기 물건을 뷔르스트너 양 방으로 옮기고 있어요.

뒤편에서 몬타그 양이 큰 가방을 자기 뒤에 끌고 온다. 그루바하 부인은 그녀 쪽으로 몸을 돌린다.

그루바하 부인 (탄식하듯) 저 여자를 돕고 싶지만 고집이 세요. 모든 걸 직접 운반하려고 하거든요. 뷔르스트너 양은 놀라워요. 이 몬타그 양을 세입자로 둔 건 벌써부터 내게 성가신 일이었죠. 그런데 이제는 뷔르스트너 양이 그녀를 자기 방으로 들이네요.

K 뷔르스트너 양에게 가졌던 의심을 당신은 버렸습니까?

그루바하 부인 (깍지 낀 손을 그에게 들어 보이며) 대리님, 당신은 내 말을 너무 심각하게 받아들이군요. 난 아무도 괴롭히고 싶지 않아요. 최근에 내가 얼마나 괴로웠는지 당신은 결코 알지 못할 거예요! 난 세입자들을 욕하지 않을 수 없었어요. 당신은 그 일을 믿고, 내가 해약을 통고해야 한다고 말했죠!

그들과의 계약을 취소하라고!

그녀는 울기 시작하고, 흐느끼며 앞치마를 얼굴 위로 가져간다.

K　울지 마세요. 그리 나쁜 건 아니었습니다. 우린 서로 이해하지 못했습니다. 어떤 낯선 여자 한 명 때문에 내가 당신과 적이 될 수 있다고 정말 믿는 겁니까?

그루바하 부인　바로 그거예요. 난 늘 묻곤 했어요. 왜 대리님이 뷔르스트너 양을 그렇게 보살피는지 말이죠. 왜 그녀 때문에 그가 나와 싸우죠? 화난 말 한마디에도 내가 잠 못 잔다는 걸 알면서도 말이에요.

호통치는 소리가 들린다. 이때 몬타그 양이 가방을 놓는다.

K　저거 들리죠?

그루바하 부인　(일어서며) 조용히 해 달라고 할까요?

K　그녀는 이사 갈 건데요, 뭐.

그루바하 부인　(생각 없이) 그래요—

K　그렇다면 자기 물건을 저쪽으로 옮겨놔야겠군요.

그는 화가 돋우어진 듯 돌아서더니, 앞쪽으로 되돌아간다. 몬타그 양은 천천히, 다리를 절뚝거리며, 그루바하 부인 쪽으로 온다. 그루바하 부인은 일하던 것을 한군데로 모은다. 몬타그 양은 그녀 옆에 선 채, 뭔가를 속삭이며, 손으로 K를 가리킨다. K는 그녀에게 등을 돌리고 있다.

그루바하 부인 (외치며) 대리님! 몬타그 양이 당신과 몇 마디 말을 나누고 싶다는군요. 하지만 당신은 지금 누구도 안 만나고 싶겠죠?

K (급하게 몸을 돌리며) 아니 괜찮소! 물론이오! 그녀가 오길 기대하고 있어요.

K는 자기 넥타이를, 예민해진 듯, 손가락으로 만지작거린다. 그루바하 부인은 뒤로 물러난다. 뒤편은 어두워진다. 뷔르스트너 양의 방 모서리 위쪽만 밝다. 대위는 몸을 길게 뻗는다. 뷔르스트너 양은 그 옆, 침대 모서리에 앉는다.
몬타그 양은 K에게 다가간다. 윗몸을 기우뚱하게 움직이는 것이나 노 젓는 듯한 팔 동작 때문에 그녀는 수영하는 사람이나 혹은 날아가려고 애쓰는 사람 같아 보인다.

몬타그 양 절 아는지 모르겠어요.

K 확실히 알지요. 당신은 이미 오랫동안 여기서 살았으니까.

몬타그 양 그렇지만 당신은 하숙집에 별 신경을 쓰지 않아요.

K 안 쓰죠. 앉지 않겠습니까?

그는 그녀에게 책상의자를 내민다. 그리고는 다른 의자를 끌어와, 그녀 앞에, 조금 더 떨어져서, 앉는다.

몬타그 양 내 친구 부탁으로 몇 마디만 얘기하고 싶군요. 그녀를 용서해 달라고 당신에게 부탁했어요. 그리고 그녀 대신 제 말을 경청해 달라고요. 내가 지금 말할 것 외에는 어떤 다른 것도 당신에게 말할 수 없다고 그녀는 말했어요. 그렇지만 난 당신에게 더 많은 걸 얘기할 수 있어요. 왜냐하면 어느 편에서도 난 상당히 자유로우니까요. 그렇게 당신도 생각지 않으세요?

K 그래, 얘기할 건 뭡니까? (그는 불안한 듯 의자에서 이리저리 들썩인다.) 뷔르스트너 양은 분명 사적인 말은 하지 않을 거예요. 그걸 내가 부탁했지만.

몬타그 양 그래요. 아니면, 오히려 전혀 아닐 수도 있고요. 그녀는 그걸 너무도 분명히 말해요. 일반적으로 사적인 생각을 말하는 건 허락되지 않거나, 그렇다고 해서 그 반대인 것도 아니죠. 그러면서도 그런 진술이 불필요하다고 여길 수도 있어요. 이번 경우가 그렇지요. 내 친구는 이 얘기에서 무엇이 중요한지 알아요. 그 때문에 이런 상담이 이루어진다면, 그건 누구에게도 이롭지 않을 거라고 확신하고 있어요. 어제서야 비로소 내게 그 점을 그녀는 말했고, 그것도 피상적으로 말이지요. 당신에게도 이 상담이 그리 중요하지 않을 거라고 말했죠. 이런 생각도 아마 그녀는 우연히 했을 것이고, 별 설명 없이 그 모든 것의 무의미를 인식했을 겁니다.

K는 일어선다. 그는 잠시 동안, 결정하지 못한 듯, 서 있다.

K　고마워요. (그는 인사를 한다.)

몬타그 양은 그러나 아직도 앉아 있다.

K　뷔르스트너 양은 내가 요청한 진술의 의미를 과장했습니다.

몬타그 양　그래요?

K　그녀에게 내가 뭘 원한다고.

몬타그 양은 일어선다.

K 뷔르스트너 양이 도대체 믿고 있는 게 뭔가요, 이 타자수 여자가—

몬타그 양 그렇게 말하다니!

그녀는 그 앞에 침을 뱉는다. 다리를 절뚝거리며 왼편 위로 올라간다.

K (그녀 뒤쪽으로 소리치며) 몬타그 양, 그렇진 않아요! 난 그녀에게 청혼하려 해요. 나 역시 그렇게 글로 썼어요. 난 그녀에게 부탁하려고 해요—

몬타그 양은 여기에서 사라진다.
뷔르스트너 양은 침대 모서리 위에서 노래하며 조용히 앉아 있다.
그런 다음 그녀는 대위 위로 몸을 숙인다. 동시에 어두워진다.
신음 소리와 탄식, 때리는 소리가 잦아들고 고함 소리가 억눌려지는 걸 들을 수 있다.

7장 은행에서

앞 무대 뒤편의 전체 공간은 어둠에 싸여 있다. 앞 무대 역시 그저 희미하게 조명이 비춰져 있다. 중간에 놓인 넓은 옷장 틈으로 빛이 들어온다. 이 옷장에서 흐느껴 울고, 뭔가를 치는 듯한 소음이 들린다.
K는 옷장 가까이 걸어간다. 그리고 귀 기울이며 서 있다가, 두 개의 옷장 문을 옆으로 열어 젖힌다.
길게 뻗은 낮은 공간이 나타난다. 옆쪽은 서류 더미로 차 있다. 앞쪽, 서류와 평가서 사이에는 완전히 벌거벗은 두 남자가 누워 있다. 이들은 경비원인 프란츠와 빌렘이다. 그들은 팔을 앞으로 쭉 편 채, 배를 깔고 누워 있다. 그들 위로 검은 가죽옷의 한 남자가 서 있는데, 목에서부터 가슴 깊은 곳까지, 그리고 두 팔도 드러내 놓고 있다. 그는 다시 때리려고 회초리 다발을 높이 든다.

K　(흥분하여) 뭣 때문에 여기로 쫓겨 왔습니까?

프란츠　(기운을 차리며) 선생님! 우리는 매를 맞았습니다. 당신이 예심판사에게 우리에 대한 불평을 했기 때문이에요.

K　난 불평하지 않았소. 난 내 집에서 일어난 일만 말했소.

빌렘　(팔꿈치로 몸을 지탱하며) 선생님! 우리가 받는 돈이 얼마나 형편없는지 안다면, 우릴 더 좋게 판단했을 겁니다. 난 가족을 부양해야 하고, 여기 프란츠는 결혼하려고 합니다. 어떻게든 사람은 더 나아지려고 하죠. 하지만 일만으로 그럴 순 없어요. 옷감에 우리가 눈멀게 된 건 잘못이었어요. 그러나 빨랫감이란 지키는 사람 거라는 건 전통이기도 하죠. 체포된 사람에게 그런 물건이 대체 무슨 의미가 있겠어요!

K　난 당신들의 처벌을 원하진 않았소. 내게 중요한 건 오직 원칙이었소.

빌렘　프란츠, 이 양반이 우리의 처벌을 바라진 않았을 거라고 내가 말하지 않았나? 자네 들었지? 우리가 벌 받아야 한다는 걸 그가 전혀 알지 못했다는 거 말이야.

태형리笞刑吏(때리는 관리)는 회초리로 빌렘의 등을 때린다. 빌렘은 신음을 내지른다.

태형리　(K에게 몸을 돌리며) 그런 말에 신경 쓰지 마. 처벌은 정당하고 피할 수도 없어.

빌렘　아닙니다. 당신이 우릴 고발했기 때문에 우리가 처벌받는 겁니다. 그렇지 않았다면, 아무 일도 안 일어났을 겁니다. 우리가 뭘 했는지 다들 알았다고 해도 말이죠.

그는 한 대 더 맞는다.

빌렘 (끙끙대며) 이게 정의란 말입니까? 우리 두 사람은, 특히 나는 경비원으로서 오랫동안 인정받았어요. 승진하리라는 전망도 있었고요. 이 사람처럼, 확실히 태형리도 될 수 있었어요. 이 사람은 누구에게도 고발 안 당하는 행운을 가졌죠.

그는 이리저리 몸을 뒤척이며, 방금 자기 얼굴을 때린 태형리를 가리킨다.
K는 회초리 쪽으로 손을 뻗는다. 가늘고 긴 그 매를 만진다.

K 이런 매로 고통스럽게 하다니. 이 두 사람을 안 때릴 순 없단 말이오?

태형리 없소! 그들 말을 모두 믿어선 안 됩니다. 두려움 때문에 벌써 반쯤 넋이 나갔으니까. 보시오, 그가 얼마나 살쪘는지. 살찐 데는 때려도 별 소용없소. 왜 저렇게 살쪘는지 아시오? 체포된 사람들의 아침 식사를 죄다 먹어 치웠기 때문이오.

태형리는 빌렘을 두 번 때린다. 한 번은 가슴 위로—그러자 그는 몸을 되돌렸기 때문에—, 한 번은 등짝에.

빌렘은 비명을 지른다.

K 대체 그렇게 소릴 내질러야 하오? 누구라도 듣는다면, 그 자리를 내놓아야 할 거요.

빌렘은 자기의 비명소리를 손으로 억누르려고 한다.

프란츠 보다시피, 우린 소리 안 지르려고 애쓰고 있습니다.
K (태형리에게) 이들을 가게 놔둔다면, 두둑히 돈을 주겠소.

그는 편지봉투를 꺼낸다.

태형리 그런 다음에 당신은 나마저 고발하려 들겠지. 그리고 내게 매질하겠지.
K 정신 차리시오. 이 두 사람이 처벌받길 원했더라면, 내가 지금 풀어 주려고 하진 않을 거요. 난 이들이 죄지었다고 결코 생각지 않소. 아니오. 죄진 건 조직이오! 죄가 있는 것은 고위 관리들이란 말이오!
빌렘과 프란츠 바로 그래요!

태형리가 다시 높이 든 회초리를 K가 잡는다.

K 고위 판사를 당신이 매질한다면, 난 그걸 막진 않을 거요. 어쩌면 더 세게 때리도록 돈을 줄지도 모르고!

태형리 난 뇌물은 받지 않소. 내 일은 매질하는 것이고, 그래서 매질할 뿐이오.

프란츠는 앞으로 기어가, K의 발을 꽉 붙든다.

프란츠 선생님, 우리 둘에게 아량을 베풀 수 없다면, 나만이라도 풀려나게 해 주세요. 빌렘은 나보다 나이가 많소. 그는 둔해요. 일찍부터 매를 맞았으니까. 그렇지만 난 면목이 없어요. 저 아래 거리에서 내 신부가 기다리고 있으니까요!

그는 K의 바지에 눈물을 닦는다. 태형리는 프란츠를 뒤로 떼어 놓고, 회초리 다발을 두 손으로 묶는다.

태형리 이제 끝이야!

그는 엄청 세게 프란츠를 여러 차례 친다. 빌렘은 옆으로 기어가, 크게 입을 벌린 채 쳐다본다.
프란츠는 길고 날카롭게 울리는 고함을 토해 낸다.

K (귀를 막으며) 소리 지르지 마시오! 소리 내지 말아요! 이

집의 모두가 듣겠소!

쓰러져 있는 프란츠를 발로 밀어 옷장 안으로 넣고는, 문짝을 닫는다. 그러나 매 맞은 자는 안 들어가려고 머리와 어깨로 버틴다. 저 멀리 위로부터, 랜턴을 높이 든 채, 카미너와 쿨리히 그리고 라벤슈타이너가 이쪽으로 달려온다. K는 등으로 옷장을 막고 서서, 힘으로 문을 닫았고, 두 손으로 그것을 친다.

카미너 뭡니까? 여기 누가 있어요?

K 나요!

카미너 뭐가 일어났습니까, 대리님?

K 아니오, 아니오. 개 한 마리가 마당에서 짖고 있을 뿐이오.

쿨리히 하지만 개는 마당에 없는데.

라벤슈타이너 옷장과 관련된 건 아니오?

K 아니오. 그저 모든 게 엉망진창이 되어 그렇소. 당신들은 내일 옷장을 청소해야 하오! 그 더러움에 빠질 지경이오.

라벤슈타이너 (옷장을 열기 위해 이쪽으로 가면서) 지금 하면 안 됩니까?

K (그를 뒤로 밀치며) 안 되오, 안 되오! 지금은 안 되오! 지

금은 안 돼!

그는 등을 옷장에 기댄다. 그리고 두세 번 손으로 문을 친다.

K　가시오! 가시오!

세 명의 직원들은 왼편으로 천천히 물러난다. 그리고는 옷장 위쪽에 서 있다. 그들 중 두 명은 왼편에, 한 명은 오른편에. 그렇게 그들은 귀를 기울이며, 램프를 높이 든 채, 머물러 있다.
안쪽에서 옷장 문을 밀어내고 있고, 빛 들어오는 틈이 넓어진다.
K는 온 힘을 다해 문을 막고 서 있다.
잠잠해진다.
어두움.

제2막

8장 법정 앞에서

위쪽 무대의 뒤엉킨 공간에는 좌석의 줄이나 연단, 자리가 이전처럼 있는데, 그러나 지금은 비어 있다.
중간 무대: 여기에만, 긴 나무 의자 위로 대기자들이, 마치 은행의 고객이나 청원인들이 보여 주는 것과 비슷한 배열로, 왼쪽에 앉아 있다. 그들은 검은 옷차림이고, 많은 이들이, 약간의 허술함이 없진 않지만, 고상한 모습을 하고 있다. 그들은 검은 모자를 의자 밑에 둔다. 그들은 서로 분리된 채 앉아 있고, 서로 얘기를 나누지 않으며, 상대방을 향해 몸을 돌리지도 않는다. 한 쌍은 서류가방을 무릎 위에 얹었고, 다른 쌍은 서류 뭉치를 가지고 있는데, 그는 이 서류 종이를 뒤적인다. 무엇이 일어나는지 보기 위해 그들은 가끔 앞을 쳐다보거나, 아니면 그저 자기에게 몰두한 채 앉아 있다.

앞쪽 책상 위에는 예심판사의 다 쓰여진 공책과 책이 놓여 있다. 하나는 너덜너덜한 상태로 펼쳐진 채 바닥 위에 놓여 있다.

K는, 중앙에서, 등으로 옷장을 기대고 있고, 문을 납작한 손으로 옆에서 누른다.

오른편에 있는 계단 아래로 한 여자가 오는데, 그녀는 이전에 빨래통을 들고 나타난 적이 있던 여자다. 그녀는 이제 거칠고 검은 수건으로 된, 위까지 채운 옷을 입고 있다.

그녀가 나타날 때, K는 일어선다.

여자 당신은 소환됐나요?

K 아니요. 그렇지만 왔소.

여자 오늘 심리審理는 없습니다.

K 매주 일요일엔 심리가 있지 않소?

여자는 고개를 흔든다. K는 책상 앞으로 간다. 판결서 중의 하나를 든다.

K 저 책들을 내가 볼 수 있소?

여자 아니요, 그건 허락되지 않아요.

K 그런데도 판사는 법률서를 아무렇게나 놔두다니.

여자 그럼요.

K (돌아서면서) 그렇다면 난 가겠소.

여자 예심판사에게 알릴까요?

K 그를 압니까?

부인 물론이죠. 남편이 재판소의 정리廷吏거든요.

K (놀라서) 결혼하셨나요?

여자 최근의 그 사건 때문에 그러시군요?

K 잊혀진 거요.

여자 어쨌건 내가 당신을 데려온 건 좋았어요.

K 왜 그렇소?

여자 당신이 준 인상은 아주 안 좋았거든요.

K 당신은 그저—

여자 어디에도 보호막은 없어요. 내 남편도 타협했죠. 제자리를 지키려면, 그걸 감수해야죠. 그리고 내 뒤에 있는 건 대학생이고요. 법원 직원들은 그에게 도움을 많이 받아요. 그는 곧 더 큰 힘을 가질 거예요.

K 서로가 서로에게 맞추고 있군.

여자 여기서 몇 가지를 당신은 고치겠다고요? 난 이미 당신 말에서 그걸 느꼈는데, 그 말은 제 맘에 들었어요. 그렇지만 일부만 들을 수 있었죠. (그녀는 갑자기 그의 손을 잡는다.)

뭔가 바꿀 수 있을 거라고 믿으시나요?

K　사실 어떤 걸 개선시키려고 내가 여기 온 건 아니오. 당신이 예심판사에게 그렇게 말했다면, 그는 당신을 비웃거나 처벌할 거요. 결코 자발적으로 난 이 일에 관여하고 싶진 않았소. 단지 내가 체포당했기 때문에 어쩔 수 없이 난 이 일에 개입하게 된 거요. 날 위해서 말이오. 이 일에서 도움이 될 수 있다면, 난 물론 하겠소. 이웃 사랑 때문이 아니라, 당신 역시 날 도와줄 수 있기 때문이오.

여자　내가 그 일을 어떻게 할 수 있다는 거예요?

K　가령 여기 있는 책을 지금 내게 보여 주는 것 말이오.

여자　그럼 그렇게 하지요.

여자는 바닥에 놓인 책을 들어 올리는데, 그 책의 두꺼운 겉장은 망가져 있다. 그녀는 겉장을 소매로 문지르더니 K에게 건넨다. 그는 책을 펼친다. 그림 한 장이 보이는데, 한 남자와 한 여자가 벌거벗은 채 소파에 있는 모습을 그린 조야한 소묘다. 그는 책을 덮는다.

K　천박하고 점잖지 못한 그림이군!

여자　연인이군요.

K　판사들은 저런 돼먹지 못한 그림으로 시간을 축내고 있소.

여자는 웃는다. 그녀는 책상에서 두 번째 책을 집어 들어, K에게 준다.

K　(책 제목을 읽으며) 그레테가 남편 한스에게서 감수해야 했던 고통들! 여기서 연구하는 것들이란 바로 이런 법률 서적이군. 저런 인간들에게 내가 재판받다니.

여자　전 당신을 도울 거예요.

K　당신이 위험에 처할지도 모르는데 그걸 정말 할 수 있단 말이오?

여자　오세요. 우리 그걸 얘기해요.

그녀는 그를 침대로 이끌더니, 앉는다. 그의 손을 잡는다.

여자　눈이 예뻐요. 내 눈도 아름답다고들 말하지만, 당신 눈은 더 아름다워요. 처음 여기에 왔을 때, 당신은 곧 내 맘을 끌었죠.

K는 그녀에게서 손을 빼낸다. 그리고 몇 걸음 뒤로 물러난다.

K　난 당신이 날 도와줄 수 있다고 믿지 않소. 날 실제로 도

와주려면, 고위 관리와 관련 맺게 해야 하오. 당신은 기껏 여기 돌아다니는 하급 직원만 알고 있겠지. 당신은 내 맘에 들지만, 그러나 당신은 내가 싸워야 할 무리에 속하오.

여자는 일어나, 다시 그의 손을 쥔다.

여자 그런 식으로 당신이 떠나선 안 돼요. 나에 대한 잘못된 판단을 갖고서 말이에요.

그녀는 그를 침대로 다시 끌고 간다. 그는 그녀 옆에 앉는다.

K 내가 있는 게 그리 중요하면, 난 기꺼이 머물겠소. 내겐 시간이 있소. 하지만 아무것도, 날 위해서는, 내 소송에서는 하지 마시오. 중요한 건 결과가 아니오. 유죄 판결이 난다면, 난 웃을 뿐이오. 소송이 끝까지 가리라는 점에 난 어쨌든 회의적이니까. 차라리 내가 믿는 건, 관리의 나태와 망각 때문에 소송이 중단될 거라는 거요.

여자 끼어들지 말라고요? 예심판사는, 당신이 생각하듯, 그렇게 게으르지 않아요. 그는 많은 걸 적어요. 당신을 심문한 후에도 밤새 썼어요. 그러고는 내 침대로 와, 얼마나 그가 많이 썼는지 내게 보여 줘요. 그는 날 소중하게 여기죠. 그 증거가 있어요. 여기, 봐요.

(그녀는 일어나, 치마를 무릎 위까지 걷어 올려, 그에게 양말을 보여 준다.)

이걸 그가 선물했어요. 예쁜 양말이죠. 내가 신기엔 너무도 예쁜. (그녀는 말을 멈추고, K의 무릎 위에 손을 얹는다. 치마를 여전히 위로 걷어 올린 채.) 쉿! 베르톨트가 우릴 지켜보고 있어요.

연단 위에서 대학생이 나타난다. 그는 손가락으로 붉은색 성긴 수염을 헤집는다. K는 그쪽으로 넘겨다본다. 그제야 여자는 치마를 내린다.

여자 이제 그에게 가 봐야 해요. 곧 돌아오겠어요. 그런 다음, 당신이 날 받아 준다면, 함께 갈 거예요. 당신이 어디로 가든 난 갈 것이고, 당신이 원하는 걸 나와 할 수 있을 거예요. 내가 여기서 떠날 수만 있으면 말이죠.

그녀는 K의 손등을 쓰다듬는다. 대학생은 바닥을 발로 쿵쿵 울린다. 그녀는 그에게 달려가, 그 대학생의 팔에 몸을 던진다.

대학생 (여자를 포옹한 채, 그녀 옆을 지나 K를 쳐다보며.) 그를 저렇게 자유롭게 돌아다니게 해선 안 되었는데. 그건 잘못된 결정이었어. 그 점을 난 예심판사에게 말했거든. 하나의 심문과 다른 심문 사이 동안에는 그를 자기 방에 잡아뒀어야 하는데 말이지.

K는 손을 여자에게로 뻗는다.

K　와요!

대학생　(날카로운 목소리로) 안 돼! 안 됩니다! 당신이 그녀를 가져선 안 되지.

놀랄 만큼 세게 그는 여자를 움켜잡고는, 그녀를 멀리 데려간다. K는 이들을 뒤쫓아 가서 여자를 풀어준다.

여자　아니에요, 그를 놔두세요! 그는 예심판사에게 날 데려다 줄 거예요.

K는 몸을 돌린다. 대기자들이, 별 관심도 없이, 쳐다보다가 이제 몸을 구부린 채 그리고 뻣뻣하게 다시 앉는다.
재판소 정리廷吏가 낡은 긴 상의를 입고 나타난다. 흔히 보는 단추 사이에 두 개의 도금된 커다란 단추가 달려 있다. 그것은 그의 품위를 알려 주는 유일한 표시다.

정리 한 여자를 못 봤습니까?

K 당신이 법정 정리인가요?

정리 그래요. 그런데 당신은 피고자이고, (그는 이름을 기억하려는 듯) 그래, 이제야 기억나는군. 그렇지만 오늘은 심리가 없습니다.

K 압니다. 당신 부인과 말을 나눴소. 대학생이 그녀를 예심판사한테 데려갔소.

정리 보세요. 늘 그녀를 내게서 데려가요. 이런저런 일을 시키면, 난 할 수 있는 한 빨리 달리죠. 그리고 돌아오면, 그녀는 떠나가 있어요. 그리 매인 몸이 아니었다면, 난 그 대학생을 벌써 벽에 짓뭉개 버렸을 겁니다. 그걸 늘 꿈꾸죠. 여기 벽에, 팔을 뻗고, 손가락은 펼치고 다리는 꼬인 채, 핏방울을 여기저기 뚝뚝 흘리며, 붙어 있겠죠. 그렇지만 꿈인 걸요.

K 다른 도움은 없소?

정리 어떤 도움도 없어요. 반란을 일으켜야 합니다.

K 그건 주제넘은 짓이오! 난 이미 생각해 보았소. 그들은 여기 셋방으로, 창고로 날 끌고 왔소. 내가 있는 방은 대기실이 딸린 큰 공간이오! 창문으로는 시내 중앙광장이 건너

다보이오!

정리 그래요. 당신 지위로 보자면, 당신이 그 모든 판사보다 높습니다. (그는 대기자를 가리킨다.) 하지만 그들이 앉은 모습을 봐요. 여기 있는 저 사람은 (그는 별 생각 없이 한 사람씩 차례로 가리킨다) 세관감독관입니다. 저 사람은 먼 곳까지 여행한 큰 상인이고요. 여기 있는 사람은 주정부 임원입니다.

K 이들은 피고인이오?

정리 예. 모두, 여기 보이는 모두는 피고자들입니다.

K는 앉아 있는 사람들을 잠시 쳐다본다. 그리고는 큰 상인으로 지칭된 신사 쪽으로 몸을 돌린다. 그는 회색 머리카락을 하고 있고, 우아하게 재단된 신사복을 입고 있다. 그러나 옷깃 칼라는 벌려져 있다. 그는 손으로 그 남자를 잡는다.

K 내가 물어도 될지 모르겠지만, 당신은 뭘 기다리시오?

신사는 당황한 듯 자리에서 벌떡 일어선다.

정리 (그에게 달려가 몸을 부딪치며) 무엇을 당신이 기다리는지 저 양반이 묻고 있소. 대답하시오!

상인 난 기다리오. (그는 멈춘다.)

다른 사람들 몇몇이 일어서서 합류한다.

정리 가시오! 길을 비키시오!

그들은 뒤로 물러난다.

상인 한 달 전에 나는 다시 내 일의 증거를 제출했습니다.

K 큰 수고를 하는군요.

상인 그래요. 내 일인 걸요.

K 나도 고발당했소. 그러나 난 증거도 제출하지 않았고, 그 같은 어떤 것도 달리 하진 않았소.

상인 (믿지 못하는 듯 망설이며) 어쨌든 난 증거를 제출했습니다.

K 내가 고발됐다는 사실을 당신은 못 믿는 거요?

상인 (불안한 듯) 아, 아니요, 확실히 믿어요.

K는 이 남자의 팔을 가볍게 잡는다. 그는 곧 날카로운 소리를 지른다. K는 그를 의자 있는 쪽으로 다시 민다. 그는 여기서 구부정하게 웅크리고 앉아 있다. 다른 사람들 역시 다시 자리를 잡는다. 검고 궁색한 옷을 입은 한 감시자가 바닥에 질질 끌리는 긴 칼을 차고 나타난다. 그의 다리는 뻣뻣하고, 보폭은 짧다.

정리 아무것도 아니오. 저기 한 사람만 다시 불안해졌군.

감시자는 아직도 잠시 서 있다. 두 손을 허리에 놓은 채, 대기자들을 매서운 눈빛으로 관찰한다.
정리가 K와 함께 앞쪽으로 간다.

K 그게 어떨지 난 아오. 이젠 떠나야겠군.

정리 아직도 모든 걸 보지는 못했어요.

K 모든 걸 보고 싶진 않소. 어디가 출구요?

K는 여러 방향으로 향한다. 그는 불안하게 가다가, 흔들리며 멈춰 선다. 손을 이마에 놓는다.
다시, 법원을 처음 갈 때처럼, 소근대는 소리가 억눌린 채 일어난다.

K 여기엔 참 복도도 많군요. 날 도와주시오.

정리 소리치지 마세요. 여기엔 도처에 사무실이 있어요. 사람들이 저기서 일합니다.

K 내게 길을 알려 주시오!

소음이 더 커진다. K는 의자에 몸을 받친다.

정리 편치 않습니까? 현기증이 납니까? 좀 앉고 싶어요?

K는 앉는다.

정리 드문 일은 아닙니다. 모두가 처음엔 그런 경기驚氣를 하지요. 이곳은 좀 거북하니까. 다음에는 익숙해질 겁니다.

K는 일어서려고 하다가, 다시 주저앉는다.

정리 병실에 데려다 드릴까요?

K (힘들게 일어서며) 아니요. 병실에는 안 가겠소! 이젠 걸을 수 있소. 여기를 나갈 수 있다면, 분명 곧 나아질 거요. 조금만 날 부축해 준다면.

중얼거리는 소리와 소근대는 소리가 쿵쿵 울리는 소리로 변해 간다. 뒤편 공간은 사람들로 이제 채워진다. 다시 작고 궁색한 식구들이 나타난다.
치마와 앞치마만 두른 여자들. 셔츠 소매와 작업복을 입은 남자들. 앞쪽 옆에서도 이들이 합류한다. 대기자들이 의자에서 무리지어 일어나더니, 정리가 그러하듯, 사라진다.
오른편 계단 아래로 한 무리가 온다. 몇 남자들은 큰 더미의 침구류를 어깨에 지고 있고, 몇 여자들은 가재도구로 찬 바구니와 물통 그리고 상자를 들고 있다.

한 여자는 보로 감싼 젖먹이를 팔에 안고 있다.

첫 번째 여자 (K를 가리키며) 당신이 관리인인가요?

사람들은 K 주위로 모이고, K는 고개를 숙인 채 의자에 앉는다.

두 번째 여자 (뒤편에서 나오며) 저기 관리인이 있군!

첫 번째 남자 (한참 위에서) 그에게 빌어 봐요!

두 번째 남자 (아래에서, 공구를 팔에 끼고) 그가 은행에서 일하는지 물어봐요!

첫 번째 여자 (K에게 다가서며) 당신은 은행에서 근무하나요?

세 번째 여자 (위에서) 은행의 대리죠!

K는 당황해서 위를 쳐다본다.

첫 번째 여자 신사 양반, 우리가 풀려나도록 해 주세요!

세 번째 남자 그저 일자리만 다시 갖는다면, 우린 집세를 지불할 겁니다!

네 번째 남자 (한참 위에서) 그를 던져 버려!

네 번째 여자 그 집이에요!

K는 흔들거리며 일어서다가, 의자 등받이에 몸을 기댄다.

다섯 번째 여자 (앞에서) 아무것도 못 듣는 척 하는데요.

두 번째 남자 그건 쉽지!

젖먹이를 안은 여자 (K 앞에 무릎 꿇고 앉으며) 선생님, 우린 대체 어디로 가야 하나요? (그녀는 그의 손을 잡고 입맞춘다.)

K는 마치 눈먼 사람처럼, 두 손을 더듬으며 몇 걸음 걸어간다.

첫 번째 여자 연기해 주세요!

K는 옆쪽으로 움직인다. 수수한 옷차림의 한 남자 — 그는 첫날 아침에 하숙집에서 보이던 바로 그 사람인데 — 가 그에게 다가가, 그의 팔을 부축하여 오른쪽 침대로 데려간다. 가재도구를 든 한 무리가 왼편으로 계속 걸어간다.

네 번째 남자 그를 들여보내는 게 아니었는데!

뒤편에서, 쿵쾅대며, 호통치는 소리와 부딪치는 소리 속에서 공간의 변화가 시작된다.
남자가 K를 침대로 끈다. K는 침대 모서리에 앉는다.

K 그런 경련 때문에 내가 아픈 적은 없는데. 스스로 생각해도 놀랍군.

K는 침대 위에 눕는다. 남자는 K가 눕는 것을 돕는다.

K　고맙소, 아주 고맙소. 이미 좀 나은 것 같군.

뒤편의 소음이 가라앉는다. 남자는 천천히 뒤로 물러난다.
위의 전체 무대가 어두워진다.

9장 하숙집에서

K는 침대에서 기지개를 켠다.

K 위로, 방 모서리에, 뷔르스트너 양이 야외복 차림으로 옷장 거울 앞에 있다. 그녀는 머리카락을 손질한다. 그녀에게 걸쳐 주려고 몬타그 양이 망토를 집어 든다.

왼편 위 식탁에서 그루바하 부인이 식기류를 씻고 있다.

앞 무대로 난 계단과 그녀 사이로 대위가, 제복 바지에 멜빵을 하고 위에는 셔츠만 걸친 채, 나타난다.

K는 갑자기 벌떡 일어선다.

K　(오른편 위쪽으로 부르며) 뷔르스트너 양! 친애하는 아가씨! 내 말 들어 보시오!

그는 오른편으로 난 계단 위로 뛰어간다. 손을 든 채, 마치 보이지 않는 문을 두드리려는 듯, 서 있다.

K　당신에게 설명하지 않을 수 없소. 당신에게 말하고 싶군요.

뷔르스트너 양　다시 날 괴롭힌다면, 도움을 청하겠어요.

K　들어가게 해 주시오!

몬타그 양　그루바하 부인! 란츠 씨!

그루바하 부인이 위로 쳐다본다. 대위는 등을 구부린 채, 싸우려는 자세로, 천천히 왼편 계단 아래로 간다.
K는 몸을 돌려 세면대로 급히 가서, 대야에 고개를 숙인다. 물을 얼굴에 붓는다.
대위는 손뼉을 친다. K는 방향을 홱 바꾼다.

대위 어떤가?

K 아니오! 안 되오!

뒤편에서 한 남자가, 넓은 파나마모자를 쓰고, 뾰족 수염에 코안경을 낀 채, 나타난다. 그는 그루바하 부인에게 간다. 이 부인은 일어나 K를 가리킨다.

그루바하 부인 대리님, 손님이 왔군요! 당신 삼촌이에요!

그 신사는 K쪽으로 급히 간다. 그동안 대위는 뒤로 물러난다.

삼촌 소식 들었다, 요셉!

K (얼굴을 닦으며) 앉지 않으실래요? 무슨 일인가요?

삼촌 제발이지 요셉, 그게 사실이냐? 도대체 그게 사실일 수 있단 말이냐?

K (불안스럽게 주위를 살피며) 삼촌이 뭘 원하는지 전 도저

히 모르겠네요.

삼촌 요셉, 넌 내게 늘 진실만 말했지.

K 알아요, 이제 뭘 말하시는지. 제 소송에 관해 들으셨군요.

삼촌 그래. 네 소송에 대해 들었단다.

K 소리를 낮추세요! 누구로부터 들으셨나요?

대위와 그루바하 부인은 그러는 동안에 왼편 위쪽에서 귀 기울이며 일어선다. 오른편에서 뷔르스트너 양과 몬타그 양이 들어온다. 그들은 모두 미동도 않고 서 있다.

삼촌 (목소리를 줄이지 않고) 네 사무실에 먼저 들렀지. 거기 직원 몇 사람이 내게 말하더구나. 네가 아직도 심리 상태에 있을 거라고. 어떤 심리냐고 내가 물었지. 대리를 고발한 소송이라고 말하더군. 어떤 종류의 소송이냐고 내가 물었어. 바로 이 소송이라고, 그것도 좀 심각한 소송이라고 말했어. 그 이상은 그들도 알지 못했어. 대체 무슨 소송이냐, 요셉? 형사소송은 아니지?

K 형사소송이에요.

삼촌 여기 조용히 있어도 형사소송이란 시달림을 넌 받고 있는 게지?

K　(지친 듯) 조용히 있으면 있을수록, 출구를 찾는 데는 더 좋아요.

삼촌　요셉! 자신을 생각해. 네 친척과 네 좋은 이름을 생각하고. 넌 지금껏 우리의 영예였어. 우리의 치욕이 되어선 안 돼!

K　그렇게 큰 소리로 말하진 마세요. 사람들이 듣겠어요.

그루바하 부인과 대위가 멀리 계단 모서리까지 나선다. 몬타그 양은 뷔르스트너 양 어깨 둘레에 팔을 걸친다.

삼촌　(흥분하여 이쪽저쪽으로 오가며) 오, 가엾은 네 어머니! 그녀는 그걸 견뎌내지 못할 거야!

K　그만하세요!

삼촌　나로선 정말 이해할 수 없구나! 그게 어떻게 될지만이라도 내게 지금 말해다오. 어떤 소송인지 솔직히 말하거라.

K　흔히 있는 법정 소송은 아니에요.

삼촌　안됐구나.

K　왜 그렇죠?

삼촌　여건이 안 좋다는 뜻이지. 어쩌다가 그렇게 됐지? 그런 일은 갑자기 생기는 건 아닌데. 널 위해 내가 모든 걸 할 거라는 걸 알지. 그래, 난 아직도 네 후견인이고, 오늘에 이르도록 그 점을 자랑스럽게 여겨 왔단다. 물론 난 지금도 널 도울 거야. 시골 우리 집으로 가자. 넌 쉬어야 해.

K　난 모든 일에 어떤 의미도 주지 않아요.

삼촌　요셉, 넌 변한 듯하구나. 그렇지만 평소엔 늘 분명한 이해력을 가졌었는데. 소송에 지고 싶으냐? 그게 뭘 뜻하는지 알지?

그건 네가 간단히 지워진다는 걸 의미해. (그는 모자를 획 벗더니, 당황하여 머리카락을 쥐어뜯는다.) 요셉, 네 무관심 때문에 내가 미칠 지경이야! 널 쳐다보면, 소송을 한다는 것은 이미 소송에서 패했다는 걸 뜻한다는 속담을 믿고 싶은 심정이구나!

K　삼촌, 흥분해서 이로울 건 없어요.

삼촌　지금 가장 중요한 건 일체 시간을 낭비하지 않는 거야. 지금 곧장 변호사 훌트에게 가자꾸나. 나의 학교 친구야. 너도 분명 그 이름을 알 거야.

K는 고개를 가로젓는다.

삼촌　아니라고? 이상하군. 그는 변호사로서 명성이 자자한데.

K (상관없다는 듯) 삼촌이 뭘 하시든 제겐 다 괜찮아요.

삼촌은 K의 팔 아래 자기 팔을 낀다. 그는 모자를 다시 쓴 다음, K를 자기 옆에 바짝 당기고는 K와 함께 이리저리 걷는다.
대위, 그루바하 부인, 뷔르스트너 양, 몬타그 양이 뒤로 물러난다. 대위는 제복 윗도리를 입는다. 몬타그 양은 뷔르스트너 양을 뒤쪽까지 배웅한다. 거기서 대위는 뷔르스트너 양에게 다가가고, 그녀에게 팔을 주더니, 그녀와 함께 퇴장한다. 그루바하 부인과 몬타그 양 역시 사라진다.
배경은 어두워진다.

삼촌 뭐가 일어났는지 이제 말해다오.

K는 침묵한다.

삼촌 여자 문젠가?

위의 무대가 어두워지는 동안, 한 여자가 희고 긴 앞치마 차림으로, 오른편 침대에 큰 솜털 이불을 놓는다. 흰 수염을 가진 나이 든 한 남자가 그 이불 안으로 기어든다. 그는 두 개의 큰 쿠션에 몸을 뒤로 기댄다.

삼촌 다 밝혀질 거야. 그 변호사가 널 분명 도울 거야.

10장 변호사 옆에서

간호사 앞치마를 두른 여성인 레니가 뭔가를 보호하는 듯한 동작을 취하며 침대 앞으로 나타난다.
삼촌은 K를 내버려두고, 침대로 온다. K는 조금 떨어진 채 서 있다.

삼촌 약간 늦긴 했지만, 훌트 씨는 우릴 보호해 줄 거야.

레니 변호사 선생님은 아프세요.

삼촌 심장병이오?

레니 그럴 거예요.

변호사 레니, 누가 왔나?

삼촌 네 오랜 친구, 알베르트라네.

변호사 아, 알베르트군.

삼촌 (레니를 옆으로 밀면서 변호사에게 다가선다.) 그래, 정말 그리 안 좋은가?

변호사 그 어느 때보다 화가 나. 아예 잠을 못 자거든. 날이 갈수록 기력도 없고.

삼촌 제대로 돌봐주는 사람이 있나?

변호사 무엇보다 안정이 필요해. 레니가 잘 간호해 주네.

삼촌 (레니 쪽으로 몸을 돌리며) 우리만 있게 해 주게. 긴급한 일을 친구와 상의해야 하니까.

레니 아시다시피, 선생님은 너무 아프셔서 어떤 일도 상의할 수 없어요.

삼촌 (그녀를 치기라도 하려는 듯 손을 높이 들며) 가 보게!

변호사 (급히 일어서며) 레니가 있어도 말할 수 있네!

삼촌 나와 관련된 건 아니야. 그건 내 조카, 요셉의 일이라네.

그는 요셉을 가리키고, 요셉은 앞으로 나와 인사한다.

변호사 오. 당신이 있는 줄 전혀 몰랐어. 레니, 가 봐.

레니는 K를 쳐다보며 뒤로 물러난다.

변호사 자네 조카 일에 관한 한, 그런 힘든 일에 내 힘이 미칠 수 있다면, 난 아주 행복할 걸세. 내 심장이 감당 못한다면, 완전히 포기하는 게 명예로울 것이고.

K 어떻게 그걸? 제 소송에 대해 대체 어디서 알게 됐나요?

변호사 난 변호사가 아니오? 법원 사람들과 교류하고, 이런저런 소송에 대해 사람들이 얘기해요. 게다가 눈에 띄는 일, 말하자면 친구 조카와 관련되는 특별한 건수라면 기억하지요.

K 이 법원의 사람들과 교류하나요?

삼촌 넌 애처럼 묻고 있구나.

변호사 내 분야의 사람들과 교류하지 않으면, 대체 누구와 교제하겠소?

K 그렇지만 당신은 사법부 전당에서 근무하지 법정에서 하는 건 아니죠.

변호사 당신이 생각해야 할 것은, 그렇게 교제하면서 내가 고객을 위해 많은 혜택을 가져온다는 사실이오. 물론 지금은 병 때문에 지장받지만, 좋은 친구들은 내게 오고, 거기서 몇 가지를 알게 되지요.

왼편, 책상 뒤에서, 마치 부서지는 도자기에서 나듯, 쨍 하는 작은 소리.

K (몸을 돌리며) 뭣이 일어났는지 살펴보겠어요.

그는 서두름 없이 침대에서 멀어진다. 삼촌은 침대 가에 앉아, 변호사 위로 고개 숙인다.

삼촌 간호원이 가고 나니, 자네 얼굴은 훨씬 건강해 보이는군.

변호사는 웃는다. 그는 뭔가를 속삭인다. 두 사람은 웃는다. 변호사는 침대 이불을 헤집더니 큼직한 포도주 한 병을 꺼낸다. 삼촌은 그가 큰 회색빛 잠옷 걸치는 걸 돕는다. 두 사람은 속삭이고, 나직이 웃으며 퇴장한다. 포도주 병이 변호사의 내려뜨린 손에서 흔들거린다.
왼편 책상 뒤에서 레니가 나타난다. 그녀는 흰 가운을 벗고, 지금은 긴 치마에 흰 블라우스를 입고 있다.

레니 아무것도 아네요. 접시를 빠뜨렸군요. 당신 데려오는 걸 생각하다 보니.

K 나도 당신을 생각했소.

레니 그럼 더 좋죠. 들어오세요.

그는 책상 의자 있는 곳으로 그녀를 데리고 간다. K는 거기에 앉고, 그동안 그녀는 그 앞으로 살짝 지나간다.

레니 연락하지 않아도 당신 스스로 오리라고 난 생각했어요. (그녀는 팔을 그의 무릎 위에 놓는다.) 아마 당신 맘에는 내가 전혀 안 들겠죠?

K 그리 호감 주지는 않소.

레니 오!

K는 중앙 옷장 위에 세워진 하나의 큰 사진을 주목한다. 거기엔 법관복 차림의 한 남자가 있다. 그는 도금된 높은 옥좌에 앉아 있지만, 그러나 침착성과 품위에서가 아니라 두 손을 옆 팔걸이에 놓은 채, 마치 다음 순간에 급히 뛰어오를 듯한 자세를 하고 있다. 몇 개의 계단이 그 옥좌 쪽으로 놓여 있다.

K (사진을 가리키며) 아마 저 사람이 내 재판관일 거요.

레니 난 그를 알아요. 자주 여기로 오지요.

K 지위가 높소?

레니 예심판사요.

K 또 예심판사군. 고관들은 숨어 있어. 그렇지만 옥좌에 앉아 있군.

레니 모든 게 허구죠. 그는 실제로 주방용 의자에 앉아 있어요. 낡은 모포가 깔린. 그렇지만 당신은 소송을 늘 생각해야죠?

K 그리 많이 생각진 않소.

레니 당신이 저지른 과오는 아니에요. 당신은 너무 고집 세다고, 난 그렇게 들었어요.

K　누가 그렇게 말했소?

레니　너무 그렇게 고집 부리지 말아요. 이 법정에 대항할 순 없어요. 우린 자백해야 돼요. 다음 기회엔 인정하도록 하세요. 그러면 아마 빠져나올 수 있을 거예요. 그렇게 할 때만. 그렇지만 그것도 뜻밖의 도움 없이는 어려워요. 내가 당신을 도울 거예요.

K　이 법정에 대해 많은 걸 이해하는군. 여기서 필요한 거짓 행위에 대해서도.

레니는 그쪽으로 다가선다. K는 그녀를 무릎 위로 끌어당긴다. 그녀는 치마를 펴고, 블라우스를 바로잡는다. 그런 후 두 손으로 그녀는 그의 목에 매달리고, 뒤로 기대더니 그를 빤히 쳐다본다.

K　내가 인정하지 않는다면, 날 도울 수 없소?

레니　그래요. 그렇게 되면 당신을 도울 수 없어요. 당신은 내 도움을 바라지도 않을 거예요. 당신에게 중요치 않을 테니까. 당신은 고집 세고, 그래서 설득당하지도 않을 거예요. 애인 있나요?

K　아니요.

레니 아니, 있잖아요?

K 그래, 있소. 하지만 내가 그녀를 부인했다는 것, 그래도 사진 한 장 지닌다는 것만은 생각해 줘요.

레니 그걸 보여 주세요.

K는 구겨지고 접힌 사진을 가슴의 호주머니에서 꺼낸다. 레니는, 그의 무릎 위에서 구부정한 자세로, 그 사진을 자세히 들여다본다.

레니 (사진을 가리키며) 옷의 끈을 너무 꽉 죄었군요. 내 맘에 들지는 않는데. 그녀는 당신에게 부드럽고 친절할 것 같군요. 하지만 그녀가 당신에게 무엇을 할 수 있을까요?

K 그녀는 부드럽거나 친절하지도 않고, 날 위해 뭘 하지도 않을 거요.

레니 그녀에게 많은 걸 기대하지 않는군요. 그러니까 그녀는 당신 연인이 아니군요?

K 연인이에요.

레니 그녀가 떠나면, 당신은 그녀를 그다지 그리워하지 않을 것 같아요. 혹시 그녀를 어떤 다른 사람, 가령 나와 바꾼다면, 어떻게 될까요?

K 생각해 볼 만하군. 하지만 당신에 비하면 그녀는 큰 장점을 가지고 있어. 내 소송에 대해선 전혀 모르니까.

레니 그건 장점이 아니죠. 그녀는 당신에게 그리 가까이 가지 않았군요. 그녀의 다른 장점은 없나요?

K (곰곰이 생각하며) 없어요—

레니 어떤 육체적 결함이라도 가졌나요?

K 육체적 결함?

레니 그래요. 전 그런 결함이 있어요. 여기 (그녀는 손바닥을 편다) 중지中指와 약지藥指 사이의 수막을 보세요.

K 물갈퀴군. 불안한 듯 멋진 발톱이군!

그는 그녀의 손가락을 여러 번 벌렸다가 다시 모은다. 그리고 그 위에 고개를 숙이고, 불안하게, 내키지 않는 듯 입을 맞춘다.

레니 오! 당신이 내게 키스하다니!

그의 무릎 위에서 그녀는 더 높게 몸을 세운다. 그에게 입을 맞추고 그를 깨문다.

레니 당신이 날 바꿨군요! 보세요. 이제 당신은 나를 바꿨어요!

그녀는 그를 의자에서 끌어당기고, 큰 소리로 웃으며, 책상 뒤로 데리고 간다.
동시에 오른편에서 삼촌이, 파나마모자를 쓰고, 다시 나온다. 그는, 팔을 위로 든 채, 뭔가를 찾는 듯 이리저리 걷는다. 누군가를 부르며 그는 앞 공간의 왼편 구석까지 간다. 그러고는 뒤편 위로 사라진다.

삼촌 요셉! 요셉! 도대체 이 녀석은 어디에 숨었지? 구원이 가장 가까이에 있는 지금 여기를 떠나다니! 요셉, 자, 이제 와! 변호사가 널 기다린단 말이야! 널 위해 앉아 있어! 그는 널 위해 벌써 청원서를 쓰기 시작했어! 요셉! 요셉!

뒤편에서는 장면 전환을 위해 쿵쾅대며 두들기는 소리가 이미 시작된다.

11장 은행에서

무대 공간의 부산스런 조작. 쿨리히, 카미너 그리고 라벤슈타이너가 들락날락하고, 서류를 책상에 놓으며, 침대 위에 가죽이불을 놓는다. 공간이 변하는 동안 침대에서 누비이불을 걷어낸다.

이들은 세면대 통의 물을 대야에 붓고, 항아리를 채우며, 이 대야를 밖으로 가져간다. 모든 것은, 책상 아래 바닥에 웅크린 K를 못 본 채, 행해진다. 그들은 여러 차례 그에게 아주 가까이 다가와, 그의 손과 발을 밟을 뻔하기도 한다. 마치 그를 일부러 보지 않는다는 걸 알려 주기라도 하는 것처럼.

사장대리인과 공장주, 은행 고객은 과장된 손짓을 하며 위쪽 왼편에서 들어온다.

사장대리인은, 말하는 동안 K를 찾는 듯, 주위를 돌아보지만, 그를 발견하지 못한다.

공장주 봉기요! 혁명이요! 대체 어디 시설이 아직 안전하겠소?

사장대리인 무기, 무기요! 당신에게 말하지만. 당신에게는 최고의 (그는 K를 발견하고는 K를 가리킨다) 배당금이 지급될 거요! 그렇지만 대리님! 여기서 대체 당신은 뭘 하시오?

K (당황한 듯 앞쪽으로 기어 나오며) 바람이 부는군. 식탁 서류가 다 날아가 버렸어요.

그는 일어선다. 손에 쥔 몇 장의 종이를 탁자 위에 놓는다.

사장대리인 공장주에겐 여기 아주 중대한 일거리가 있겠군.

공장주는 가방에서 몇 장 서류를 끄집어내 책상 위에 펼친다. 사장대리인은 그 위로 고개를 숙인다. 그의 시선은 K가 쓴 서류에 닿는다. 그는 한 장을 들어 올린다.

사장대리인 (읽는다.) 청원서라! 상급 법원에 대한! 누구를 고발한 거요?

K 아닙니다. 변론문일 뿐이에요. (그는 멈춘다.)

사장대리인 은행을 위한 것이길 바라오.

공장주는 이미 자기 서류에 신경 쓴다.

공장주 여기서 문제 되는 건 최근에 당신이 날 위해 해 준 주식매입 관련 산정이오. 보시오, 여기 몇 가지 항목이 있는데, 이 항목을 난 명확히 알지 못해요. 아마 작은 실수가 있은 듯 싶은데, 그건 드문 일이오. 지금까지 당신은 한 번도 잘못 산정한 적이 없으니까. 그런데 당신은 내 말을 전혀 안 듣는군요.

K 들어요. 듣습니다!

공장주 (불친절하지 않게) 아니, 당신은 뭔가 전혀 다른 걸 생각하는군요.

내가 여기기엔, 그건 어려워요.

사장대리인 조용히 숙고하는 게 그 일엔 필요해요. 오늘 일에 당신은 너무 짓눌린 것 같으니까. 가장 좋은 건 내가 그 일을 안 시키는 거겠죠. 게다가 대기실에서 당신을 기다리는 사람들도 있고.

K 아니, 아닙니다. 제가 곧—

사장대리인은 벌써 서류를 들었다. 그는 공장주에게 몸을 돌린다.

사장대리인 오세요. 우리가 그걸 해명할 겁니다.

그가 왼편에서 계단 위로 올라가는 동안, 공장주는 잠시 아직도 서서, K를 검사하듯 응시한다.

공장주 끔찍한 가을이군. 날씨 때문에 당신이 괴로워하는 것 같은데?

K 그래요. 두통이 있어서. 집안사람들이 다 걱정하는 거죠.

공장주 아주 옳은 소리군. 누구나 자기 십자가를 짊어져야 해요.

그런 다음 그 역시 퇴장한다. 라벤슈타이너가 등장한다.

라벤슈타이너 지금 내가 할 수—

K 안 되오! 아무도 들여보내선 안 되오!

라벤슈타이너는, 어깨를 들썩이며, 사라진다. 마치 모든 걸 포기하는 듯한 손짓을 하며. K는 이리저리 오가기 시작한다. 빈 침대 쪽으로 몸을 돌린다.

K 변호사님! 당신은 대체 뭘 합니까? 아직도 내 일을 맡고 있나요? 당신은 아직 한 번도 내게 묻지 않았어요. 물을 게 그리 많은데도 말입니다. 묻는 것이야 말로 주된 일이지요. 묻는 대신 직접 얘기해 보세요. 그 무슨 끝도 없이 지겨운 말들입니까! 얼마나 많은 소송에서 당신은 전부 혹은 일부 이겼나요. 당신은 큰 경험이 있다고 말합니다. 당신의 첫 청원서는 이미 거의 마무리됐다고. 그러면서도 그것이 법원에서는 읽히지 않을 거라고 당신은 다시 말해요. 그런 건 서류 더미에 놓일 뿐이라고. 어떻게? 그렇군요! 그건 흔히 다른 데로 옮겨지거나, 아니면 완전히 잃어버리기도 하죠. 그래, 그래, 그건 아쉬운 일입니다. 하지만 이유가 없는 건 아니에요. 어째서요? 변론은 본래 절대 허용되지 않으니까요. 아! 그저 견뎌야 하죠. 그렇고 그렇죠. 법원이 인정한 변호사는 없어요. 사람들은 가능

한 한 변론을 없애려고 하죠. 모든 건 피고자한테 덮어씌울 수 있도록 말이지요. 근본적으로는 그리 나쁜 관점은 아니지요.

그럼에도 당신은 자신을 불필요하다고 생각하지 않군요, 변호사님. 훌트 변호사 선생님. 왜 그런가요? 당신은 심리 때도 입장이 허락되질 않아요. 당신은 소송에 대해선 아무것도, 아무것도 몰라요! 사사로운 연고를 가지고 내 일을 다루진 마세요! 아! 변론의 주된 가치가 그 점에 있군요. 당신은 염탐하고 매수하고 정보를 캐내는군요. 그렇지만 내 말엔 귀를 기울이려고 하지 않는군요. 어떻게 그럴 수 있죠? 내가 생각하는 건 중요하지 않다는 거죠? 나에 대해 당신이 다른 사람에게서 얻어들은 것만 중요하다는 거죠? 그 점에서도 난 당신을 계속 믿어야겠군요! 어떻게? 그렇지 않다면, 소송은 당신을 벗어날 테니까. 아니, 아니에요. 나 때문에 그게 일어나진 않아요! 한 피고인이 한 변호인을 가진다면, 뭐가 일어나든 그는 그 곁에 있어야 합니다! 뭘 말하나요? 변호사도 함께 갈 수 없는 방향으로 소송이 진행되는 건 흔히 일어나죠. 그때는 대변할 수도 없죠. 보세요! 가장 좋은 관계도 더 이상 도울 수 없어요. 특이하죠! 소송이란 어떤 도움도 더 이상 줄 수 없는 단계로 접어들게 되죠. 그런 경우가 예외라고 당신은 말합니다. 행복한 예외라고. 그 결과란, 전체적으로 보면, 아주 즐거운 거죠. 아주 즐거워요! (그는 고개를 두어 번 끄덕인다.) 소송은 완전히 패하진 않았어요. 날 위하는 예심판사를 얻으려고 당신은 아직도 여기 있으니까요. 당신이 이제 어떻게 말할지. 모든 건 순전히 외과 상처 같아요. 그 경우 우린 위로하며 결과를 기다릴 수밖에 없죠!

그는 책상 쪽으로 달려가 앉더니, 서류를 뒤적인다. 그리고 다시 침대로 몸을 돌린다.

K　어떻게요? 당신은 그리 큰 소송을 제기한 적이 없습니까? 여기서 당신은 법원에 고용된지도 모르겠군요. 내게 불리한 변화를 초래하려고 말이죠! 뭐라고요?

그는 벌떡 일어서더니, 다시 침대 쪽으로 달려간다.

K　(조롱하듯) 그래, 그래요. 정말이지 어려운, 그래서 중요한 소송이군요. 그래, 그래요. 그래서 법원도 주목했고요. 그렇지만 당신은 아직 첫 청원서를 제출하지 않았어요. 이젠 내가 직접 개입하는 게 필요해요.

그는 책상으로 다시 돌아간다. 누군가 그를 부르는 것처럼, 멈춰 선다.

K 내가 다른 사람과 소송에 대해 말했는지 아닌지, 누가 그걸 모두 알겠어요? 그래, 나의 삼촌, 아니면 뷔르스트너 양? 아닙니다! 내가 체포된 걸 그녀는 알아요. 그러나 그 외 것은 몰라요. 어떻게? 모두가 안다고요? 사장대리인도? 내 자리가 위태롭다고요? 당신에게 말할 수 있는 건, 내가 내 자리를 지킬 거라는 겁니다! 죄에 대한 모든 생각을 난 처음부터 거부합니다! 소송은 거래와 다르지 않아요. 종종 은행을 위해 내가 유리하게 끝냈던 거래 말이죠. 아니, 변호사님! 난 당신을 뿌리칠 거예요. 내가 직접 청원서를 제출할 겁니다. 당신이 필요 없어요. 필요, 필요 없다고요!

그가 마지막 말을 하는 동안, 공장주는 왼편 위에서 이쪽으로 등장한다. 그는 발끝으로 K에게 다가간다. 조용하게 말하면서 K는 획 방향을 바꾼다.

공장주 대리님, 간단히 알려 드릴 게 하나 있습니다. 당신에게 소송이 있죠, 그렇죠?

K 사장대리인이 당신에게 말했군.

공장주 아, 아니오. 그가 대체 어디서 그걸 알았겠습니까?

K 그러면 당신이?

공장주 난 여기저기서 법원 소식을 듣지요.

K 참으로 많은 사람들이 법원과 관계 맺고 있군요.

공장주 당신 소송 건에 대해선 티토렐리라는 자를 통해 알게 되었습니다. 그는 화가지요. 티토렐리는 그저 화가명이죠. 난 진짜 이름은 몰라요. 그는 가끔 내 사무실로 오고, 그럴 때면 작은 그림들을 가져와요. 그러면 그 그림 값으로 난 일종의 자선금을 지불해요. 대개 예쁜 그림이죠. 황무지 풍경화나 그와 같은 것들. 그는 법원을 위해 일해요. 주된 수입원은 초상화 그림이고요. 그는 판사를 그립니다. 당신에게도 그는 도움이 될 수 있을 겁니다. 큰 영향력은 갖지 않는다고 해도, 당신에게 조언할 수는 있어요. 그렇지만 그 충고를 당신은 전혀 필요로 하지 않으니. 당신은 정말이지 변호사와 거의 똑같군요. 난 늘 말해요. 대리님은 변호사나 다름없다고. 당신 소송으로 내가 걱정하는 건 없어요. 그러나 티토렐리 씨에게 한번 가 보도록 해요. 여기 추천서를 당신에게 줄 테니까. 그리고 주소도.

K 가 보겠소.

공장주 오늘은 안 됩니다.

사장대리인이 들어온다. 그는 웃으며 공장주의 어깨에 팔을 놓는다.

사장대리인 공장주가 당신에게 이미 다 얘기했소? 우린 당신 실수를 바로잡았소. 그리고 서류에 관한 한, 좋은 거래가 되도록 우리가 마무리지었소. 당신은 서류를 더 이상 안 보려고 하겠지만—

그는 공장주를 저쪽으로 데리고 간다.
K는 서둘러 편지를 책상 안으로 숨긴다. 그는 옷걸이에서 외투를 꺼낸다. 겨울 외투다. 옷깃을 위로 올린다. 사장대리인은 그쪽으로 몸을 돌린다.

사장대리인 이제 가 보려는 겁니까?

K 급해요.

사장대리인 저 밖에 있는 고객들은 어떡합니까?

K는 멈춰 서서, 다시 외투를 벗기 시작한다. 사장대리인은 손을 움직이며 막는다.

사장대리인 그들도 내가 돌볼 거요.

그는 K의 책상 쪽으로 가서, 거기 놓인 서류를 집는다. 서랍을 열더니, 편지 한 더미를 끄집어낸다.

K (힘없이) 그렇지만, 이사님—

사장대리인 물론 모든 서류가 내게는 필요하오.

그는 이미 K를 지나간다. 기다리는 사람들이, 그 옆으로 라벤슈타이너, 카미너 그리고 쿨리히가 서 있는데, 그를 둘러싼다. 그들 모두 어두워지는 뒤편으로 간다.
K는 외투를 다시 입고, 단추를 채우고, 모자를 쓴 다음 이마 밑으로 깊이 누른다. 뒤편의 시끌벅적함이 잦아들고, 그 분위기가 변한다. 쑥덕이는 소리, 소근대는 소리, 킥킥거리는 소리가 어둠 속에서 들린다. 사람 모습이 휙 지나간다. K는 몇 걸음 빠른 속도로 옷장 쪽으로 간다. 주먹으로 문을 두드린다.

12장 화가 집에서

옷장 앞 공간만 밝아 있다.
완전히 어둡게 된 뒤편 멀리로 속삭이는 소리. 쑥덕거림과 이리저리 휙 지나가는 소리.

K는 옷장 앞에 서 있다. 몇 번 문을 두드린 후 그는 긴 외투의 호주머니 속으로 손을 집어넣는다.

천천히, 삐걱거리며, 옷장의 넓은 문짝이 열린다.

한 문짝의 안쪽 면에 티토렐리라는 이름이 보인다. 붉은 색깔, 넓은 붓으로 그려져 있다.

그 안쪽의 좁고도 길게 뻗은 공간이 쇠틀, 캔버스 두루마리, 소묘 종이 더미, 붓, 병과 소폭 그림들로 가득 차 있다. 이 그림들에는 모두 황량한 황무지 풍경이 지저분하게 묘사되고 있다. 티토렐리가 잡동사니 방에서 걸어 나온다. 그는 치켜 올려진 팔자수염을 하고 있다. 머리에는 챙이 넓은 보랏빛 붉은 비로드 화가모자. 그림대〔畵架〕를 가져와 밖에 세운다. 막 시작한 그림을 그 위에 놓는다. 그 그림은 검은 턱수염을 지닌, 법관복 차림의 한 남자 초상화다.

그는 헐렁한 수면용 셔츠를 넓고 노란 아마바지에 쑤셔 넣는다. 이 바지를 그는 끈으로 묶었다.

티토렐리 (K에게 인사하며) 화가 티토렐리라오.

K (주위의 어둠 속으로 쳐다보며) 여기 혼자 사시나요?

티토렐리 아, 이런 낯짝인데 말이요! 그래도 처녀들이 온 사방에서 이곳으로 와요!

뒤편에서 키득대는 소리.

티토렐리 그들 중 한 명을 그려 줬는데, 그때부터 모두가 이곳으로 달려든답니다.

K는 호주머니에서 추천서를 꺼내 화가에게 건넨다.

K 이 양반을 통해 선생님을 알게 되었고, 그의 권고로 여기로 오게 됐습니다.

화가는 편지를 급히 읽고는, 방으로 던진다.

티토렐리 그림을 살 거요, 아니면 그려 달라는 거요?

K (당황하여) 뭐라고요? (그는 화판 위의 그림을 관찰한다.) 지금 막 그림을 그리고 있군요?

티토렐리 초상화요. 아직 완전히 끝난 건 아니고.

K 판사인가요? 그런데 옥좌 위에 앉아 있군요.

티토렐리 꾸민 거요.

K 판사석에 앉질 않나요?

티토렐리 그런 옥좌에 앉아 본 적은 없을 거요.

K 그런데도 저렇게 멋들어진 자세로 그릴 수 있군요. 마치

재판장처럼 그는 저기 앉았네요.

티토렐리 그렇소. 이 사람들은 허영스러우니까.

K 판사 이름은 뭡니까?

티토렐리 말해선 안 되오.

K 당신은 법원이 신임하는 사람인가 보죠?

티토렐리 (더럽혀진 셔츠를 캔버스 그림 위로 던지며) 진리란 늘 같죠. 법원에 대해 뭘 알고 싶은 거로군. 당신을 탓하고 싶진 않소. 그렇소. 당신이 맞소. 난 법원의 신임자요.

K 공식적인 자리인가요?

티토렐리 아니오. 하지만 인정받지 않은 자리가 종종 인정받은 자리보다 더 영향력 있으니까. 외투를 벗지 않겠소?

K는 외투를 벗어 걸상에 놓는다. 모자는 쥐고 있다. 뒤편에서 낄낄대는 소리.

소녀들 목소리 그가 외투를 벗었어!

K 난 잠시만 머물 겁니다.

티토렐리 그렇지만 앉으시오.

그는 침대를 가리킨다. K는 거기 모서리에 앉는다. 티토렐리는 책상의자를 그림대 쪽으로 끌더니, 거기에 자리 잡는다.

티토렐리 당신은 죄가 없소?

K (기뻐하며) 그래요!

티토렐리 그렇군. 당신이 무죄라면, 일은 아주 간단하오.

K (웃으며) 그렇지만 법원은 어디 다른 곳에서 죄를 끌어댈 겁니다.

티토렐리 그렇지만 당신은 죄가 없잖소?

K 그렇습니다.

티토렐리 그게 핵심이오.

K 선생님은 저보다 법원을 훨씬 잘 아시는군요. 전 그저 다른 사람을 통해서 들었을 뿐입니다. 법원이 고발하는 경우 피고자의 유죄를 분명하게 확신한다고, 이 사람들은 모두 생각하더군요.

티토렐리 법원이 이런 확신을 안 갖도록 할 순 없소.

소녀들 목소리 티토렐리, 그가 곧 떠나지 않을까요?

티토렐리 너희들은 내가 이 양반과 상의하는 게 보이지 않아?

소녀들 목소리 그를 그리려고요?

소녀들 목소리 그를 그려 주지 말아요! 그 못생긴 사람을!

티토렐리 (벌떡 일어서며) 꺼져!

키득대는 소리가 더 커진다.

티토렐리 용서해 주시오. 이 소녀들도 법원 소속이라오. (조소하듯) 그래요, 모두가 이 법원에 속하오!

K 아직도 전체를 헤아릴 수가 없군요.

티토렐리 그럴 필요도 없소. 당신은 죄가 없으니까. 나 혼자 당신을 구출하겠소.

K 그렇지만 당신은, 입증의 근거에 관한 한, 법원이 접근할 수 없다고 방금 말했습니다.

티토렐리 접근 불가능한 것은 법원에 제출하는 입증의 근거만 그래요. 법원 뒤에서, 복도에서, 아니면 예를 들어 여기 아틀리에에서 행하는 것은 경우가 다르오.

K 예. 그렇군요. 그건 지금까지의 제 경험과 완전히 일치합니다.

그런데 어떻게 당신은 판사들과 이어지게 됐나요?

티토렐리 그건 아주 간단했소. 난 이런 연결을 물려받았소.

아버지가 법정의 화가였으니까. 거기에 새 사람이 필요한 건 아니오. 비밀규칙만 모두 알고 있으면 되니까. 그리고 판사는 모두, 이전의 위대한 판사가 그려진 것처럼, 그려지길 바라죠. 그건 나만 할 수 있소.

K　그러니까 당신 자리는 요지부동이란 말입니까?

티토렐리　그래요. 요지부동이오. 그 때문에 난 소송을 제기한 가난한 사람을 어디서든 두려움 없이 도와줄 수 있소.

K　어떻게 그걸 하십니까?

티토렐리　먼저 당신이 어떻게 방면되길 원하는지 묻지 않을 수 없군요. 말하자면 세 가지 가능성이 있소. 실제적 무죄판결, 명분상의 무죄판결 그리고 연행이 있소. 물론 실제적 무죄판결이 최고요. 이 해결 방식에 대해 내겐 어떤 영향력도 없소. 게다가 실제적 무죄판결을 아직 난 한 번도 못 겪어 봤소.

K　한 번도 못 했다고요? 그건 법원에 대한 내 생각이 옳다는 걸 보여 주네요. 즉 목적이 없다는 겁니다. 형리 한 사람이 법원 전체를 대신할 수도 있습니다.

티토렐리　일반화해선 안 되오. 난 내 자신의 경험만 말하는 거요.

K　두 가지 다른 가능성도 언급했습니다.

그는 이마를 닦는다.

티토렐리　명목상의 무죄판결과 연행이오. 그런데 외투를 벗지 않겠소? 더울 텐데?

K는 외투 단추를 풀고, 주저하며 다시 옷을 벗는다. 그는 외투를 무릎 위에 둔다.

소녀들의 목소리　그는 외투를 벗었어!

K　두 개의 가능성이란 뭘 말하는 겁니까?

티토렐리　명목상의 무죄판결과 연행이오.

K는 고개를 끄덕인다.

티토렐리　이 두 가지는, 내가 도우면, 해결되오. 물론 큰 힘 들이지 않고. 우선 명목상의 무죄판결로 말하면, 당신이 이걸 원한다면, 종이에 내가 당신의 무죄 증명을 쓸 거요. 이 증서를 내가 아는 판사들에게 한 바퀴 돌릴 거요. 내가 지금 그려 주는 이 판사부터 시작하면 되겠지. 당신이 무죄임을 그에게 설명하겠소. 당신의 무죄를 보증하겠소.

K　그 판사가 믿을까요? 그래도 날 실제로 풀어 주지 않으면?

티토렐리　호의적이게도 그는 내 보증인이 될 거요. 그의 이름을 얻는다면, 다른 이름도 얻게 될 거요.

K　(주저하며) 그렇게 되면, 난 자유로울까요?

티토렐리　그렇소. 하지만 겉으로만 자유롭거나, 아니면 더 나은 경우 잠정적으로 자유로울 거요. 내가 아는 가장 낮은 판사들은 궁극적으로 무죄판결의 권리를 안 가졌소. 이 권리는 오직 가장 높은, 우리 모두가 도달할 수 없는 법원이 가졌소.

K　그런데 하급판사가 날 방면한다면?

티토렐리　그렇게 되면 당신은 고발에서 잠시 벗어나게 되오. 그렇지만 고발은 계속 걸려 있고, 그래서 상급 명령이 떨어지면 곧 효력을 낼 수도 있소.

K　그러면 소송은 처음부터 다시 시작하게 되는군요.

티토렐리　하지만. 하지만 명목상의 무죄판결을 받을 가능성은 다시 있소. 다시 모든 힘을 모아야 하오.

K는 쓰러진다. 화가는 그에게로 간다. 그는 그의 턱밑을 잡고, 고개를 들어 올린다.

티토렐리 사람은 항복해선 안 되오.

K (용기 없이) 두 번째 무죄판결은 첫 번째 경우보다 얻기가 더 어렵습니다—

티토렐리 그렇지만 그게 끝은 아니오. 두 번째 무죄판결 다음엔 세 번째 체포가 따르오. 세 번째 무죄판결에는 네 번째 체포가 따라오고. 그런 식으로 계속되오.

K는 다시 고개를 숙인다. 화가는 소파로 되돌아가서 거기에 앉는다.

티토렐리 명목상의 무죄판결은 당신에게 유리한 것 같지 않소. 당신에게 더 잘 어울리는 건 연행일지도 모르오. 연행의 본질을 설명해야 하오?

K는 고개를 끄덕인다. 화가는 소파 뒤로 느긋하게 기댄다. 그의 수면용 셔츠가 열려 있다. 그는 손을 그 아래로 집어넣어, 가슴과 옆구리를 긁적인다.

티토렐리 연행은, 소송이 가장 낮은 단계에 계속 머무를 때, 행해지오. 해당 판사한테 이곳저곳 정기적으로 가야 되고, 어떤 식이든 그를 친절하게 대해야 하오. 이 모든 걸 잘 한다면, 소송이 첫 단계에서 안 벗어나리라는 걸 생각할 수 있소. 소송은 중단되지 않지만, 유죄판결로부터는 보호되니까. 명목상의 무죄판결에 비하면, 연행은 피고자의 미래가 더 규정되어 있다는 장점이 있소. 갑작스럽게 체포되는 불안감은 없으니까.

K는 일어나서, 외투를 입기 시작한다.

소녀들의 목소리 그는 외투를 다시 입었어!

티토렐리 가시겠소?

K 그렇습니다 —

티토렐리 (따라 일어서더니, K쪽으로 다가가며) 내가 제의한 것을 아직 결정하지 못한 것 같군. 곧바로 결정하는 건 만류하고 싶소. 장점과 단점의 차이란 머리카락처럼 가느니까. 모든 걸 정확히 평가해야 하오.

K는 외투를 입는다.

소녀들의 목소리 지금 그는 외투를 입어!

티토렐리 그림 하나 보지 않겠소? 당신에게 내가 팔 수도 있는데.

K (성급하게) 예, 그래요.

화가는 잡동사니 더미에서 액자에 넣지 않은 작은 그림들 중 하나를 집어내어, K 앞에 높이 든다. 두 그루의 자작나무가 있는 황무지 풍경이고, 그 뒤로는 석양이 붉게 타고 있다.

티토렐리 황무지 풍경화요.

K 좋군요. 이걸 사겠습니다.

그는 편지봉투를 꺼낸다.
화가는 똑같은 풍경이 그려진 두 번째 그림을 가져온다.

티토렐리 여기 그 짝이 있소.

K 두 작품을 사겠습니다.

티토렐리 모티프가 맘에 들었나보군.

그는 똑같은 풍경이 그려진 세 번째 그림을 가지고 온다.

티토렐리 똑같은 그림을 나도 하나 갖고 있어도 좋을 거요.

K 이것도 가지겠습니다. 세 그림 가격이 얼마입니까?

티토렐리 그에 대해선 다음에 말하겠소. 당신은 지금 바쁘니까. 연락이 서로 되기도 하고. 그림이 맘에 든다니 정말 기쁘오. 여기 가진 모든 걸 당신에게 주겠소. 그건 순전히 황무지 풍경화요. 난 황무지 풍경화를 많이 그렸소. 하지만 많은 사람들은 그걸 거부하오. 너무 황량하기 때문이오. 하지만 당신은, 당신은 그걸 좋아하는군.

티토렐리가 말하는 동안 K는 편지봉투에서 지폐를 꺼내, 화가의 손에 쥐어준다. 화가는 거절하는 몸짓을 보이다가, 돈을 받아 든다. 티토렐리는 그림 한 더미를 그의 팔에 끼워 준다.
K는 그림을 가지고 책상 쪽으로 간다. 티토렐리는 그림대를 들고, 옷장 있는 방으로 물러난다. 그리고 문짝을 뒤로 닫는다.
K는 책상서랍을 열고, 그림을 그 안에 차곡차곡 넣은 후, 서랍을 소리 나게 다시 닫는다.
키득대는 소리와 이리저리 쫓는 소리가 잠시 동안 커진다. 전체 무대가 잠시 어두워지는 동안 뒤편에서는 소음과 웃음이 들려온다.

13장 변호사 사무실에서

위 무대는 어둡다. 앞 무대만 부분적으로 밝다. 오른쪽 반쯤 어둠 속에서, 변호사가 침대에 자며 누워 있다. 침대 발치에는 레니가 서 있다. 삼촌이 흥분한 모습으로 나타난다. K는 무릎을 꿇고 있고, 여전히 외투를 입고 모자를 쓴 채, 왼편 책상 앞에 있다. 뒤편에서 삼촌.

K　(갑자기 일어서며) 변호사님! 난 당신의 대표 자격을 취소하겠습니다!

그는 외투를 뒤쪽으로 벗는다. 팔은 한동안 소매에 꼭 끚힌 채 있다. 그는 그렇게, 앞으로 고개를 숙인 채, 마치 구속복을 강제적으로 입힌 듯이, 있다.

삼촌　(급하게 앞으로 나오며) 요셉! 요셉! 제발이지, 요셉! 변호사 해약을 최소해! 그리고 설명해 봐. (그는 팔을 뻗는다.)

레니는 손뼉을 친다.
아주 왼쪽에서부터 한 남자가, 한때 우아했던 그러나 지금은 완전히 허술한 옷차림을 하고, 기어 나온다.

삼촌　설명해 보게. 자네 고객인 이 사람에게, 왜 지금 자네 변론이 필요한지—

K　전 제 변론서를 직접 쓰겠습니다! 거기 법원에 가서 제출할 겁니다!

그는 외투를 벗어서, 바닥에 떨어뜨린다. 모자 역시 그는 벗어 던진다. 남자는 몸을 구부린 채, 반쯤 기면서 침대 가까이 다가간다.

레니　여기, 블록 씨에게 말하세요. 당신 청원서가 얼마나 쓸모없는가를 말이죠!

블록 (K에게 겸허하게 몸을 돌리며) 우린 법원 앞 대기실에서 이미 만난 적이 있습니다.

K 그럴 수도 있겠네요.

블록 당신은 옆으로 서 있었죠.

K 당신의 기다림은 소용없이 여겨졌소.

블록 기다림이 소용없는 건 아닙니다. 쓸데없는 것은 혼자서 개입하는 거죠.

K 저기 앉은 사람들은 그렇게 생각하오?

블록 우린 서로 얘기하지 않아요. 공통된 관심이란 게 없으니까.

K 그 어떤 것도 함께 관철시킬 수는 없단 말이오?

블록 개별적으로만 뭔가를, 아무도 몰래, 때때로 도달할 뿐입니다.

레니 그걸 하려면 요셉, 당신에겐 훌트 씨가 필요해요!

K (블록에게 몸을 돌리며) 그러면 훌트 씨는 당신을 위해 청원서를 제출했소?

블록 여러 가지 청원서를 냈습니다.

K 여러 가지라고?

블록 그래요. 확실히.

K 거기 뭐라고 적혀 있소?

블록 (어색하게, K한테, 구부정한 채, 다가가 입을 손으로 가리며) 아주 박식한 내용이군요. 내가 이해 못하는 라틴어가 무엇보다 많아요. 법원의 일반 간청이 수 쪽이나 걸쳐 있어요. 관리들 몇 사람에겐 아첨도 있고요. 그리고는 변호사의 자화자찬이죠—

레니 (날카롭게) 루디! 딴 소리 말아요!

K 이런 사람이 내게 조언하려 들다니—

레니 왜 변호사 도움이 필요한지 그는 알고 있어요. 그는 안다고요. 당신보다 훨씬 오래 소송을 했으니까요!

블록 그래요. 지난 오 년 동안 난 쭉 이 소송을 이리저리 궁리해 왔습니다. 오, 나 역시 참을성이 없었습니다. 소송 건도 잘 진척되지 못했고, 그래서 그때—

K 그래, 그래요. 그래서 그때?

블록 (속삭이듯) 그때 다른 변호사에게 갔습니다. 그리고 다섯 명의 다른 변호사를 동원했습니다.

K　다섯 명이라고?

블록　당신이 지금 처한 소송 단계에 나도 있었소. 그 당시 내 소송은 반년 지난 상태였어요. 난 소송이 진척되는 걸 보려고 했죠. 손으로 잡을 수 있는 확실한 진전 말이오—

삼촌　요셉, 들어 보게! 들어 봐!

블록　전혀 허락되지 않는 걸 난 했습니다. 말하자면, 내 변호사 이외에 무면허 변호사와도 상의했죠. 패소하고 싶지 않았으니까. 내가 가진 모든 걸 소송에 썼죠. 이전에는 내 사업용 사무실 공간이 건물 전체를 채웠어요. 그런데 지금은 아무것도 없어요. 뒤쪽 건물의 작은 방 하나만 남았죠—

삼촌　요셉, 너도 그렇게 될 거야! 네 일을 돌보지 않으니까! 사장대리인은 네게 불만을 터뜨려! 너의 검사 친구도—난 그와 얘길 나눴는데 — 네가 졌다고 생각해! 그리고 네 엄마도—넌 이 년 이상 엄마를 방문하지 않았지—거의 눈이 멀어서 널 찾아. 그런데도 넌 가질 않아!

블록　난 끝장을 보려 합니다. 내 소송에 대한 소문이 사업 동료 사이에, 내 친척들 사이에 퍼져 있어요. 의혹과 피해가 도처에서 생기고 있어요. 첫 번째 심리만이라도 열릴 수 있다면 좋으련만!

삼촌 그는 망했어! 듣고 있니, 요셉! 그의 가정살림은 엉망이 됐네!

블록 그래서 난 변호사를 속였습니다.

레니 루디, 당신이 어떻게 변호사에게 용서를 비는지 그리고 간청하는지, 그에게 보여 줘요—

블록은 무릎을 꿇는다. 그는 무릎으로 기어 침대로 간다. 그는 변호사의 축 늘어진 손에 입을 맞춘다. 그는 이불을 들더니, 그의 발에 입맞춘다.

블록 (기어서) 그는 나의 위대한 변호사입니다. 저의 위대한 변호사라고 그를 부르겠습니다. 왜냐하면 그는 보잘것없는 변호사들 가운데 최고니까—

K 대체 더 위대한 변호사도 있소?

블록 (나직하게) 오, 그렇죠. 진실하고 위대한 변호사들—

K 그들이 누구요? 어떻게 그들에게 가오?

블록 그들을 안다면, 어떤 피고인이라도 가려고 꿈꿀 거요. 거기에 너무 유혹되진 마십시오! 누가 위대한 변호사인지 난 몰라요. 그들에겐 아마 다가갈 수 없을 겁니다. 그들이 관여했다는 사건을 난 몰라요. 이들을 생각하지 않는 게 더 좋아요. 그렇지 않다면, 다른 변호사와 상담하는 게 역겨워질 것이고, 그러면 모든 걸 내던지고 침대에 누워 아무것도 안 들으려고 할 테니까요!

K 그러니까 당신도 그 당시에는 위대한 변호사를 생각했던 모양이군.

블록 유감스럽게도 완전히 잊을 순 결코 없죠.

잠시 침묵.

레니 (빠르고도 단호하게) 당신 변호사는 누구죠?

블록 훌트 씨가 내 변호사요.

레니 그 이외에는?

블록 그 이외에는 없어요.

레니는 변호사의 손을 블록의 머리 위에 놓는다.

삼촌 요셉, 저기 봐! 이젠 그가 거의 파멸했군. 그러니 변호사가 은총을 선사했어!

블록은 레니에게 기어가서, 머리를 그녀에게 누른다. 그녀는 그의 머리를 손가락으로 쓰다듬는다.

K　(레니에게) 이제 당신은 이 사람을 선택한 건가?

레니　그는 늘 변호사에게 왔어요. 그는 우리 집에 살다시피 하는 걸요.

K　당신 곁에서 아마 자기도 하고?

레니　그래요. 그는 내 방 탁자 밑에서 자요.

블록은 레니의 손을 잡는다. 그는 그녀의 중지와 약지를, 마치 K가 이전에 그랬던 것처럼, 편다. 그는 그녀의 손가락에 입을 맞춘다. 레니는 그의 머리를 위로 올린다.

레니　그가 멋지죠?

블록　(K에게 몸을 돌리며) 레니는 대부분의 피고인들을 멋지다고 여기죠. 그녀는 모든 사람에게 매달리고, 모두를 사랑하지요. 그리고 모든 사람에게 사랑받는 것처럼 보여요. 그 점을 그녀는 가끔 내게 얘기하죠.

레니　(K를 주시하며) 아름다운 사람들 중에서도 특히 아름다운 사람이 있죠. 하지만 모든 이가 아름다운 걸요. 이 사람도—

그녀는 블록을 다시 발길질로 물러나게 한다.

K　죄과 때문에 사람이 아름다울 수도 있군.

레니 아니, 죄과가 아니에요. 그들이 걸린 건 심리죠.

삼촌은 K에게 가서, 그의 어깨 위에 한 손을 놓는다.

삼촌 요셉! 네가 서둘렀다는 걸 변호사에게 이제 말해. 네 문제를 계속 맡기로 그가 내게 약속했으니까. 그래, 그동안 쭉 그는 널 위해 일했지. 아주 관대한 분이야! 오게, 요셉, 와!

K는 그를 뿌리친다.

K 아닙니다. 제 결정은 확고합니다.

레니는 멀어진다.
블록은 기어서 그녀를 따라간다.
삼촌은, 한탄하며, 이마를 치며 그들에게 합류한다.
K는 천천히 책상 쪽으로 간다.
어두워진다.

14장 은행에서

웅성대는 소리, 타자기의 탁탁거리는 소리와 더불어 사무실 공간의 업무가 시작되고, 여기저기로 직원들이 서둘러 다닌다.

카미너, 쿨리히, 라벤슈타이너가 앞쪽 공간을 정돈한다.

K는 셔츠 깃을 열어 젖힌 채 책상 가에 앉아 있다. 두 손을 그는 자기 앞에 납작하게 편다.

옷장 위로 큰 그림 하나가 보인다. 그것은 잘 알려진 풍경화의 지나치게 큰 복제품이다.

사장대리인이 등장하여 천천히 K를 지나간다. K는 그를 알아차리지 못한다. 사장대리인은 냉소적 미소를 지으며 그를 쳐다본다. 그러고는 큰 그림 아래 잠시 머물며 고개를 끄덕인 다음, K쪽으로 몸을 돌린다.

사장대리인 오늘 우리는 특별한, 아주 특별한 위임사항 하나를 가지고 있소. 그건 당신에게 수고가 아니라, 아니, 아니 흔히 있는 수고가 아니라 기분을 전환시키거나 흡족감을 줄 거요.

K는, 멍한 표정으로, 위를 쳐다본다.

사장대리인 이탈리아의 사업 친구가 방문 차 은행에 왔소. 그는 예술에 아주 관심이 많고, 그래서 이 도시의 문화재를 기꺼이 구경하고 싶어 하오. 그러니 당신, 대리가 그를 안내하는 데 적절할 것 같은데.

K (나직하게) 전 할 일이 많습니다—

사장대리인 그렇지만 평상시 당신은 늘 사무실을 떠날 준비가 돼 있잖소?

K 제가 가진 이탈리아어 지식이란 게—

사장대리인 이 언어로 거래 편지도 멋지게 쓰오.

K 내 문화사적 지식이란 건—

사장대리인 당신은 도시기념비보존협회의 회원이기도 하고.

K 그건 오래전에 그만뒀습니다. 그걸 했던 것도 사업상의 이유에서였고요.

사장대리인 사장님의 분명한 바람을 정말 그렇게 거절하는 거요?

K (일어서며) 오, 아니, 아니에요—

사장대리인 그렇다면 준비하세요. 잠시 숨을 돌렸다가 말이오. 피곤하오? (그는 K의 셔츠 칼라를 세워 준다.) 그리고 옷매무새도 좀 손질하시오! 그런 차림으로 어떻게 고객을 맞겠소?

K는 체념한 듯 옷깃의 칼라 단추를 매고, 넥타이를 바로잡는다. 사장대리인은 책상 모서리로 가 앉는다. 그는 책상 판의 ·모서리테를 누른다.

사장대리인 당신 책상— 당신은 이걸 아직 못 봤군. (그는 책상 모서리의 테를 뭉갠다.) 책상이 부서질 것 같군. 이건 (그는 호주머니칼을 꺼내어, 칼날을 위로 한 채, 책상 판을 찌른 후 그 판자를 들어 올려 떼 낸다.) 곧 내려앉겠는데!

그러는 사이 왼편 위에서 사장이, 이탈리아 사업 친구를 대동한 채, 계단을 내려온다. 사장은 창백하고, 몸을 구부린 채 걸으며, 지팡이를 짚고 있다. 이탈리아 사람은 아주 우아한 옷차림을 하고 있고, 회청색의 덥수룩한 코밑수염을 하고 있다.

사장대리인 (사장에게 몸을 돌리며) 보십시오, 대리가 얼마나 잘 회사 재산을 운용하는지!

사장대리인은, 마치 농담을 한 듯, 웃는다. 이탈리아인도 덩달아 웃는다. 그러나 말을 분명히 이해하지는 못한 것 같다. 사장은 K를 가리킨다. 이탈리아인은 웃으며 고개를 끄덕인다.
그는 황무지 그림에 주목하고, 놀라며 그 그림 아래 선다.

이탈리아 남자 오! 운 코노시토레!(Oh! Un conoscitore! 감식가군요!) 운 스페치알리스타!(Un specialista! 전문가이고!) 운 메세나테!(Un mecenate! 후원자이기도 해요!)

K (아니라는 듯 손짓하며) 그건 아니—

이탈리아 남자　쿠알레 카포라보로!(Quale capolravoro! 얼마나 대단한 걸작이오!)

사장대리인은 책상에서 서랍 몇 개를 당기더니, 그 안을 비운다. 여러 장의 작은 황무지 풍경화가 바닥으로 떨어진다. 이탈리아인은 그쪽으로 가서, 그림 몇 장을 집어 든다.

사장대리인　여기 보시오, 대리는 아직도 예술, 이 예술에 골몰하고 있군요.

이탈리아인　오, 바리아치오니!(Variazioni! 변주된 작품이군요!)

사장대리인　아니오, 늘 똑같은 겁니다. 늘 똑같아요!

이탈리아인　제니알레!(Geniale! 천재적이에요!)

말없이 쳐다보던 사장은, 지팡이를 짚은 채, 이제 K에게 가서, 그를 옆으로 이끈다.

사장　(괴로운 목소리로) 우리 친구를 세 시에 돔에서 기다려 주시오. 오늘 오후 산보는—봄날인데—, 당신에게도, 내 생각엔, 좋을 게요.

K　물론입니다, 사장님. 물론이죠. 최선을 다하겠습니다.

사장　어쨌든 우리 고객은 구경거리를 서둘러 보진 않을 거요. 그는 무엇보다 돔, 이것을 철저히 알고 싶어 해요. 학식 있고 친절한 사람과 구경하게 된 것을 그는 기뻐하고 있어요. 대리—

그는 끄는 듯한 걸음걸이로, 천천히 이탈리아 사람에게 되돌아간다. 그리고 다시 한 번 돌아본다.

이탈리아 남자 미오 카로 아미코— (Mio caro amico— 내 사랑하는 친구—)

사장 그의 이탈리아어를 당신은 곧 이해하게 될 거요. 정확히 듣기만 하면야.

세 남자는 뒤로 물러난다.

이탈리아 남자 (K에게 눈짓하며) 아 레비데르시 인 두오모! (A reviderci in duomo! 두오모에서 봅시다!)

그들이 왼편 계단 위로 가자마자, K는 서둘러 옷장으로 간다. 거기서 서류를 뒤지다가, 제본된 책 하나를 끄집어낸다. 그는 책을 가지고 이불로 덮인 침대로 가 드러누운 채 책장을 넘긴다.
라벤슈타이너, 카미너 그리고 쿨리히가 위쪽에서 온다. 그들은 그림을 책상서랍에 집어넣고, 비난하듯 얼굴을 찡그리며, 고개를 갸웃거리다가 K쪽으로 건너다본다. 그들은 책상의 헐거워진 판을 망치로 세게 치면서 고정시킨다. 그런 다음 책상을 완전히 왼편 옆으로 당긴다.

K는 책을 놓고, 팔을 머리 위에 둔다.

세 직원이 퇴장한 후, 그는 옆으로 누워, 무릎을 몸쪽으로 당긴다.

조용해진다.

뒤편은 어두워진다.

K는 눈을 감고 누워 있다.

갑자기 오른편 침대 옆으로 레니가 나타난다. 그녀는 침대 모서리에 기대어, K 위로, 긴장된 몸으로, 비스듬히 숙인다.

레니 (속삭이듯) 당신은 너무 서둘러요!

K는 일어선다. 레니는 이미 다시 사라지고 없다.

15장 돔에서

K가 놀라 일어난 바로 그 순간, 세 번의 강한, 밝은 종소리가 울린다. 동시에 오른쪽 침대 뒤편에서부터 금빛 장막(커튼)이 세차게 펄럭거리며 바람에 날려 들어온다. 이 장막이 옷장 앞에서 뒤편 전체를 덮는다.

천천히 왼편으로부터 한 남자가, 길고 검은 옷차림을 한 채, 들어와, 무대의 중앙에 멈추어 선다. K는 침대에서 튀어 나오는데, 손에는 책을 들고 있다.

신부 당신이 요셉 K군요.

K 예.

신부 당신은 고발되었습니다.

K 그래요.

신부 난 감옥 신부요.

K 예—

신부 내가 당신을 여기로 불러들였소. 당신과 얘기를 나누려고.

K 난 이탈리아 사람에게 돔을 구경시켜 주려고 여기 왔습니다.

신부 사소한 건 제쳐 두시오. 손에는 뭘 쥐고 있나요? 기도서요?

K 이 도시의 볼거리를 담은 책자입니다.

신부 놔두세요.

K는 책을 멀리 던진다.

신부 당신 소송이 불리하게 돌아간다는 걸 아시오?

K 내게도 그렇게 여겨집니다. 전 모든 노력을 기울여 봤지만, 성공하지 못했어요. 청원서도 아직 못 끝냈습니다.

신부 결과가 어떨 것 같습니까?

K 이전에는 잘 끝날 것이라고 생각했죠. 지금은 의심스러워요. 어떻게 끝날지 전 모르겠어요. 신부님은 아시나요?

신부 아니오. 안 좋게 끝날까 봐 걱정됩니다. 사람들은 당신이 유죄라고 여기고 있어요.

K 그렇지만 전 죄가 없어요. 그건 실수입니다.

신부 죄지은 자들은 그렇게 말하곤 하지요.

K 대체 어떻게 죄가 있단 말입니까? 여기의 우리는 모두 인간입니다. 모두 다 같은.

신부 이 일에서 당신은 뭘 하려는가요?

K 전 아직도 도움을 찾고 있습니다.

신부 너무 낯선 도움을 찾고 있어요.

K 대체 신부님이 어떤 법원에 봉사하고 있는지 정말 아시는 건가요?

신부는 대답하지 않는다.

K 절 용서해 주십시오. 신부님을 욕되게 하고 싶진 않아요.
신부 (날카로운 목소리로) 당신은 한 걸음 앞도 못 보고 있어요!

그들은 잠시 서로 침묵한 채 마주보고 서 있다.

K 그러니 어떻게 제가 소송에서 벗어날 수 있는지, 어떻게 소송 밖에서 살 수 있는지 조언해 주세요. 그런 가능성은 정말 있겠지요.

신부는 침묵한다.

K 절 위해 시간을 내 주실 수 있나요?
신부 당신을 위해선 얼마든지.
K 난 신부님을 믿고 있습니다. 난 신부님과 솔직히 얘기할 수 있어요.
신부 자신을 속이지 마세요.
K 대체 왜 제가 속이겠어요?
신부 법원에서 당신은 자신을 속였어요.

K　그렇다면 그게 어떤 법원인지 제게 말해 주세요.

신부　그건 당신만 알 수 있습니다.

K　많은 사람들이 법원에 대해 말하지요. 그러나 법원은 자신을 결코 드러내지 않았습니다.

신부　법원에 대해 말하는 건 법원과 관련 맺는 이들의 의무예요. 그에 대해선 무엇이라도 말할 수 있지요. 원하는 대로 그들은 법을 해석할 수 있어요.

K　그런데 그들이 어떻게 제 죄를 알 수 있나요?

신부　당신에게 모든 죄를 전가하는 건 그들 자유입니다.

K　내 이름조차 때로는 모르는데요.

신부　당신 이름은, 그래요, 하나의 짐이기도 합니다.

K　날 다른 사람과 혼동하고 있어요.

신부　마음 내키는 대로 당신을 부를 수 있어요. 그들은 당신을 한 문자로, 한 부호로 지칭할 수 있습니다.

K　그렇다면 살 권리마저 제게서 뺏는 겁니다.

신부　그들은 마음대로 그 권리를 뺏을 수 있어요.

K　그들의 판결을 제가 인정하지 않는다면?

신부　그들의 선고 없이도 법은 존재합니다.

K　어떻게 법의 입구를 제가 찾을 수 있나요?

신부　법원 문은 늘 열려 있어요. 원하면 언제나 문지기에게 입장을 청할 수 있습니다. 문지기가 막는다고 해도, 당신은 법원으로 들어갈 수 있어요. 그러나 주의할 건, 그가 가장 하급 문지기라는 사실이에요. 방마다 문지기가 서 있고, 이렇게 지날수록 한 문지기는 다른 문지기보다 더 셉니다. 세 번째 문지기는 보기만 해도 더 이상 견디기 어려울 겁니다.

K　그러나 다른 사람도 나처럼 들어가려고 합니다.

신부　들어가도록 정해진 사람 외에는 누구도 입장이 허락될 수 없어요.

K　그렇다면 각자에겐 법원으로 가는 한 입구만 있는 거군요?

신부　그래요. 그렇게 씌어 있어요.

K　문지기의 힘을 제가 의심한다면?

신부　문지기는 여기 있어요. 그들 또한 법원 소속이지요. 이제야 당신은 법원에 이르렀어요.

K　법원을 진실하다고 제가 여기지 않으면?

신부　모든 걸 진실하다고 간주할 필요는 없습니다. 그렇지만 그걸 필연적이라고 우리는 간주해야지요.

침묵.

K 그렇게 거짓은 세계질서가 되는군요.

천천히 신부는 몸을 돌려, 왼쪽 뒤로 간다.

K 기다리세요!

신부는 멈춰 서서, 돌아다본다.

신부 난 기다리오.

K 아직도 신부님은 제게 뭔가를 원하는가요?

신부 아니요.

K 신부님은 이전에 제게 친절했지요. 그러나 이젠, 제게 아무것도 없다는 듯이, 절 밀쳐내군요.

신부 내가 누군지 당신은 아오.

K 감옥 신부님이죠.

신부 말하자면 감옥 소속이지요. 왜 내가 뭘 원한단 말이오. 법원은 아무것도 당신에게 원하지 않소. 당신이 온다면, 법원은 받아들일 것이고, 당신이 간다면 그냥 놔둘 것이오.

신부는 다시 몸을 돌린다.
동시에 길게 울리는 종소리가 한 번, 어두워지면서, 들린다.
금빛 장막이 펄럭이며 뒤로 물러난다.

16장 법원 앞에서

법원에 처음 갔을 때처럼, 궁색한 숙소와 거기 사는 사람들. 사람들이 방에, 탁자 옆에, 침대에 있다. 걸려 있는 빨랫감. 여유 있고 일상적인 움직임. 아이들의 목소리, 노래, 피리소리, 멀리서 들리는 음악. 중앙 무대 쪽으로 난 오른편 계단에 몇 명의 남자가, 작업복 차림으로, 앉아 있다.
K는 앞 무대 중앙에 서 있다.
위편 왼쪽에서 다른 무리의 이 집 거주자들이 온다. K는 그들을 쳐다본다.

K　법원을 찾고 있습니다. 오늘 법정이 열리오?

첫 번째 여자　어떤 법정 말인가요?

K　여기에 심리가 있을 거요.

두 번째 여자　그가 뭘 말하고 있지?

첫 번째 남자　법정이오.

오른편 계단 위로 거주민 몇 사람이 들어선다.

세 번째 여자　(오른편 위에서) 그는 관리자요!

네 번째 여자　(왼편 무리 사이에서) 은행 사람이오.

세 번째 여자　대체 여기서 뭘 하려는 거지?

K　난 법원으로 들어가야 하오.

밑에 있는 무리가 오른편으로 계속 간다. 법원 앞에서 이전 방문 때 K를 도왔던 남자가 무리에게서 걸어 나온다.

남자　도대체 누가 당신을 부른 겁니까?

K　난 출두해야 합니다.

남자　대체 누가 그렇게 명령했단 말인가요? 누가 그렇게 당신을 지배하고 있어요?

K　자발적으로 난 왔소.

남자　그렇다면 당신은 그 판결을 인정했다는 거요?

K　그렇소.

남자　자신을 방어하지 않고?

K　그건 소용없소.

남자　더 이상 이의를 제기하지 않는다고요?

K　그렇소.

두 번째 남자　(아래에서, 지나가며, K를 도와주는 사람에게) 그와 말하지 마시오!

세 번째 여자　(오른쪽 위에서) 혼자서 알아서 하게 그냥 내버려둬요!

네 번째 여자　(아래에서) 저런 사람들은 늘 여기 와요. 그들 법원이 우리와 무슨 상관이란 말이오.

두 번째 남자　(아래에서) 그들은 유죄판결을 받아야 해요!

K는 이전에 도와준 그 남자의 팔을 잡는다.

K　당신들이 내 판사요?

남자　당신의 판사라고? 그럴지도 모르지.

두 번째 남자　(아래에서) 여기 있지 마시오!

남자　(K에게) 여기 있어요. 또 다른 판결이 내려질 거요.

K　너무 늦었소. 어떤 새 출발도 내겐 더 이상 없소.

네 번째 여자　(아래에서, 지나가며) 그래요, 그에겐 없어요.

무리는 오른편 계단으로 간다. 거기 남자들이 일어선다. 모두는 천천히 오른편으로 올라간다.

한동안 기다렸던, 이전에 K를 도왔던 남자는 중앙 무대로 가는 무리를 이제 따라간다.
위에서 웅성대는 소리가 커진다.
노래 부르고 피리를 불고 쿵쿵대는 소리가 들리는 가운데 공간이 바뀐다.
위쪽 무대가 어두워진다.
K는 앞 무대의 중앙에 서 있다.

17장 하숙집에서

중앙 무대: 식탁 옆 왼편에 대위. 셔츠 소매 차림에 바지를 입고 있다. 그는 신문을 자기 앞에 펼친다. 그와 마주한 곳에서 그루바하 부인이 수놓는 일을 한다.
거실 모서리의 오른편에 뷔르스트너 양과 몬타그 양. 뷔르스트너 양은 꽃으로 덮인 큰 모자를 쓰고 있다.
무대의 위쪽 뒤편은 어둡다.
K는 오른편으로 간다.
대위는 손바닥을 편 채 신문을 두드린다.

그루바하 부인 (놀라 쳐다보며) 전쟁인가요?

대위 전쟁, 그래요! 전쟁이 일어났습니다!

K (오른편 계단 아래에서, 위로 부르며) 뷔르스트너 양! 친애하는 아가씨!

몬타그 양이 절뚝거리며 그에게 비스듬히 다가간다.
K는 구겨진 사진을 가슴 호주머니에서 꺼낸다. 그는 그것을 몬타그 양에게 건네준다.

K 이걸 뷔르스트너 양에게 주시오. 그녀가 날 용서해 주길 비오.

몬타그 양은 그에게 인사하고, 사진을 받아 뷔르스트너 양한테 되돌아간다. K는 위쪽에 있는 그들을 응시한다.
뷔르스트너 양은 사진을 보더니, 잠시 웃다가, 그것을 찢어, 그 조각을 바닥에 내버린다.
K는 세면대로 가서 윗도리를 벗고, 물을 대야에 부어, 세수한다.
대위는 신문을 접는다. 그는 일어선다.
그루바하 부인은 뜨개질하던 것을 아래 놓더니, 실 꾸러미를 감는다.
대위는 제복 외투를 입는다.

대위 (작은 소리로) 이제 시작됐어.

그는 외투 단추를 채운다.
몬타그 양은 양산을 펼친다. 그녀는 양산을 뷔르스트너 양 위로 씌운다. 둘은 천천히 앞으로 걸어간다.

그루바하 부인은 식탁에서 일어선다. 그녀와 대위 역시 천천히 앞으로 나온다.
무대 중앙 위 불빛이 아주 낮아진다.

18장 끝

중앙 무대: 아주 앞에는 대위와 그루바하 부인, 몬타그 양과 뷔르스트너 양이 희미한 조명 아래 서 있다. 그들은 앞 무대에서 일어나는 일을 바라본다.
뷔르스트너 양은 높은 그러나 억제된 목소리로 웅얼거리거나 노래한다. K는 옷깃과 넥타이를 조심스레 바로잡은 후, 옷장으로 가 우아한 검은 외투를 끄집어내 착용한다. 그는 모자를 쓰고, 걸상을 오른편 침대 앞으로 밀더니, 몸을 빳빳이 세운 채, 앉는다. 손을 무릎 위에 두고, 저 너머 왼편 계단을 주시한다.
위편 왼쪽의 어두운 뒷면으로부터 두 남자가, 꽉 죄는 연미복 차림으로, 원통 모양의 모자를 쓴 채, 나온다. 그들은 감시원인 프란츠와 빌렘이다.
그들은 천천히 왼편 계단 아래로, 보조를 맞춰, 내려간다. 그리고 정확히 계산하여 돌면서 K에게 간다.
K는 일어선다.

두 사람은 K 옆, 왼편과 오른편에 서서, 그의 팔을 잡고, 어깨로 누른다.

K 왜 하필 당신들을 보냈소?

대답 없다.

K 영광스럽게도 다시 왔구먼?

대답 없다.

K 멋들어지게 차려 입었군. 마치 테너처럼.

대답 없다.

K 게다가 때맞춰 왔어. 내일은 내 생일이니까.

두 사람은 K와 몇 걸음 앞으로 나아간다. 그가 그들과 간다기보다는 그들이 그를 끌고 간다.

K 단기소송이지. 일 년이니까.

그들은 앞 무대 중앙까지 간다. 그런 다음 앞쪽으로 몸을 돌린다. K를 체포했던, 아침에 그들이 있었던 바로 그 똑같은 지점에 그들은 멈춰 서 있다. 그들은 K의 모자를 벗기고, 외투와 조끼 그리고 셔츠를 벗긴다.

나직하게 웅얼거리고 노래하던 뷔르스트너 양의 목소리가 잦아든다.

프란츠는 무릎을 굽힌다. 빌렘은 굽혀진 무릎 위로 K를 뒤로 눕힌다. K의 두 팔이 뻣뻣하게 옆으로 뻗어 있다.

빌렘은 프란츠 옆에서 무릎을 꿇고 앉는다. 그는 자기 연미복을 열더니, 조끼 위에 걸쳐진 허리띠의 칼집에서 길고 가는 식칼을 꺼내, 위로 쳐든다. 그리고 그것이 얼마나 예리한지 불빛 아래 검사한다.

K 판사는 어디에 있소? 어디에 상급 법원이 있소?

중앙 무대가 밝아진다.

대위와 그루바하 부인 외에 삼촌이 파나마모자를 쓰고 들어온다. 한참 뒤에, 검사, 사장대리인, 사장, 공장주, 이탈리아 사업 친구, 라벤슈타이너, 카미너 그리고 쿨리히가, 아무렇게나 흩어진 채, 점점 더 많아지면서 서 있다. 모든 다른 사람들이 자기 자리에서 머물면서 사건을 주의 깊게 보는 동안, 세 명의 은행 직원이 발꿈치를 들고, 지나치게 조심스런 동작으로, 입을 손에 댄 채, 앞 무대가 시작되는 지점까지 몰래 들어온다. 그들은 거기서 웅크리고 앉아, 몸을 구부린 채, 귀 기울여 사건을 관찰한다.

양산은 쓴 몬타그 양과 뷔르스트너 양 이외에 레니와 블록, 정리廷吏 아내가 서 있다. 그들 뒤로, 마찬가지로 왼편처럼 아무렇게나 흩어진 채, 변호사, 정리, 예심판사 그리고 화가 티토렐리가 선다.
한참 뒤에 대학생과, 흰 수염을 하고 외출복을 입은 첫 심문의 참여자들이 보이고, 태형리와, 버클 달린 꼭 끼는 똑같이 검은 옷을 입은—이 옷은 프란츠가 첫 날 아침에 입던 것인데—한 무리의 감시인도 있다.
K를 넘어, 빌렘은 프란츠에게 천천히 칼을 건넨다. 프란츠는 칼을 받아서, K의 손과 팔 그리고 가슴 위로 가져간다. 마치 그에게 이 칼을 쥐라고 요구하는 것처럼. 그런 후 그는 칼을 빌렘에게 다시 건넨다.
빌렘은 벌린 손을 K의 가슴 위에 놓고, 심장이 어디 있는지 더듬는다.
프란츠는 K의 목을 손으로 쥔다.
빌렘이 오른손으로 칼을 들었을 때, K는 머리를 돌리고 뒤편을 비스듬히 주시한다. 옷장 위, 거기에는 한때 K를 도왔던 남자가, 모든 다른 사람들로부터 떨어진 채, 와 있다. 그는 손을 들어 가볍게 몸짓하며, 마치 그가 K를 부르려는 듯이, 움직인다. 그러나 K는 이미 머리를 뒤로 돌린다.
빌렘은, 왼손의 벌린 손가락 사이로 그의 가슴에 칼을 쑤신다.
조용히.

K　한 마리 개처럼.

빌렘은 칼을 두 번 비튼다.
어두움.

새로운 소송

Der neue Prozeß

프란츠 카프카에게 바침

등장인물

요셉 K(Prokurist, 대리, 업무 주임)
뷔르스트너 양
몬타그 양
그루바하 부인
레니
대위
검사
사장
라벤슈타이너
카미너
빌렘
프란츠
여자
남자(+첫 번째 목소리)
두 명의 노인
두 명의 아이
당 대변인
정치적 집회 참석자
화가 티토렐리
장군
미국 대사

1막

1

침대 속의 K. 흰 시트를 덮고 있다. 세 명의 남자가 이리저리 오가면서 손전등을 여기저기 비춘다. 가구와 다른 물건들이 잠시 비춰진다. 침대 옆에는 작은 탁자 하나와, 벗어 놓은 옷가지가 걸쳐진 의자 하나가 있다. 거울문이 달린 옷장 하나. 장롱 하나. 세면대 하나. 큼직한 원형 탁자 하나. 그 옆으로 높은 등받이가 달린 몇 개의 의자. 책이 가득 찬 서가 하나. 벽에는 오려진 신문지와 쪽지, 보쉬, 브뤼겔, 루소, 피카소 그림의 복제품이 걸려 있다. 그 사이에는 돈키호테와 단테 머리를 그린 그림들, 마녀 화형이나 고문실 그리고 특이한 건축물을 보여 주는 그림이 있다. 바닥에는 작은 조상彫像, 고전적 작품들의 복사품, 이를테면 드가의 무희나 그리스의 토르소, 고갱의 부조물이 있다. 도처에 책 더미와 신문 꾸러미가 있다. 벽의 위쪽 높은 곳에는 두꺼운 마분지 인형 표적이 붙어 있다. 뒤편에는 닫힌 문 하나. 남자들 중 두 명은 작업복 차림인데, 그중 한 명은 노란 안전 헬멧을 허리띠에 매달고 있다. 그들은 여러 가지 도구와 호주머니 가득 공구를 지니고 있다. 세 번째 남자는 어두운 옷을 입고 있다. 이들은 상자 하나를 바닥에 놓고, 그 뚜껑을 연다. 그것은 소음 측정기다. 손전등의 불빛이 비치더니 휙휙 지나가면서 침대에 이른다. K는 아직도 구석에서, 다리를 당긴 채, 요동도 않고 누워 있다. 두 명의 일꾼은 측정기 옆에 웅크리고 앉아 지렛대를 돌린다. 세 번째 사람은 침대로 가서, 시트를 걷는다.

K 뭐요?

그러자 두 개의 손전등이 그를 비춘다.

프란츠 (일꾼 중의 한 명, 측정기를 들고) 아무것도 안 들려. 당신이 뭘 말하는지 찾아내려고 애썼지만, 전혀 들을 수 없소.

K 뭐라 했소?

프란츠 당신이 늘상 말하는 방해물 말이오. 그래서 회사 측에서 우릴 파견했소.

K　그렇군—

카미너　(직원, 측정기를 넘겨받아, 바늘침을 가리킨다.) 기준보다 약간 더 나오는군. 저기, 저쪽 거리에서 나오는데—

K　(일어선다. 짧은 팬티 외에는 아무것도 걸치고 있지 않다. 뭔가를 들으려는 듯 머리를 이쪽저쪽으로 돌린다.) 여기, 여기서 들리오. 아주 조용히 서 있으면, 그게 들릴 거요.

카미너는 측정기를 높이 들고, 이쪽저쪽 방향으로 돌린다. 고개를 가로젓는다.

K　웅성대는 소리요. 통풍기에서 나는 게 틀림없소.

빌렘　(손전등으로 벽의 마분지 조각을 비추며) 통풍구는 막혀 있는데—

K　평상시엔 먼지로 풀썩대니까.

카미너　공기도 차단해 버렸군.

K　창문을 열 수 있소.

카미너　그러면 소음이나 먼지가 밖에서 들어올 텐데.

K　웅성대는 소리보단 낫소. 위쪽 모터에서 나는 것 같기도 하고.

빌렘 우린 지붕에도 가 봤습니다. 모터도 조사했습니다. 그건 정상이었어요.

K 아주 작은 소음이오. 그렇지만 날 깨게 만드오. 당신들이 밤에 와야 하는데.

프란츠 여전히 들리는군요.

K (고개를 더 높이 내밀며) 여기서는 아주 분명히 들리는데.

카미너 (측정기를 그 옆에 대며) 아무것도 안 들리는데요! (손가락으로 상자를 가리킨다.) 그건 우리 목소립니다. 우리가 숨 쉬는 소리죠. 밖에서 나는 걸음 소리도 나고. (그는 상자를 K에게 누른다.) 이건 선생님 심장이고. 그 이원 아무것도 없어요. 그리고 저건 문이고—

뒤편의 문이 열린다. 날카로운 빛이 들어온다. 문에는 그루바하 부인과 대위가 서 있다.
K는 도로 앉는다.

2

하숙집 주인인 그루바하 부인. 늙었지만 건강한 부인이다. 앞치마를 두르고 있다. 아침 식사를 담은 쟁반을 가져온다. 그녀 조카인 대위는 제복 바지에 긴 구두를 신고 있다. 러닝 위에 바지 멜빵이 있다. 불빛이 예리한 선을 그리며 방을 가로질러 원형 탁자 위를 비춘다. 공간의 나머지는 어둠 속에 사라진다. K는 이불을 머리 위로 덮어쓴다. 카미너는 그늘진 데서 조명 비친 식탁 위로 몸을 뻗는다.

카미너　내가 말했죠. 당신, 그루바하 부인의 방보다 더 조용한 방은 절대 찾을 수 없을 거라고. (그는 측정기를 끈다.)

대위　시골에 산다면, 그는 새 소리를 투정할 게요. 카미너 기사 선생! 새 소리를 꺼 보시오!

카미너　전화 한 통만 하면 되지요. 그러면 곧장 우리가 달려갈 거니까. 난 두 시간 전에 일어났어요. 아침도 안 먹고. 오로지 그를 도우려고 말이에요.

그루바하 부인과 대위가 나타난다. 대위는 문 옆의 전등 스위치를 켠다. 센 빛이 비치는 곳 이외에는 약한 빛이 비친다. 빌렘과 프란츠는 도구들을 꾸려 모은다.

그루바하 부인 (식탁을 치우며) 아침 식사를 우리와 함께 하지요. 그를 축하해 줘야죠. 오늘이 생일이니까.

대위 그래, 오늘로 그가 서른 살이군. 이제야 삶이 비로소 시작되는 거요. 7월 3일. 그런데 이런 날씨에도 그자는 커튼을 닫고 지내다니!

그루바하 부인 놔둬요. 그는 늘 밤늦도록 일하니까.

대위 일한다고? 읽고 또 읽는 것, 그게 일이오?

빌렘, 프란츠 그리고 카미너가 식탁에 자리 잡는다. 그루바하 부인은 커피를 붓고, 빵을 썬다. 대위 역시 앉아, 자기 앞으로 신문을 펼친다.

그루바하 부인 (K쪽으로 몸을 돌리며) 오세요, 대리님! (K는 침대에 요동도 않고 누워 있다. 그루바하 부인은 식탁의 끝 가에 앉는다. 사람들은 커피를 마시고 빵을 먹는다.)

카미너 (쩝쩝 소리 내며) 난, 예를 들면, 소방서 위에 살아요. 거기서 일은 밤에 일어나죠. 서민들. 싸우는 소리! 차를 탔거나, 사이렌 소리를 내지르기도 하고. 내가 말할 수 있는 건, 그 일에도 익숙해졌다는 겁니다. 사람은 모든 일에 적응해요.

원하기만 한다면.

대위 내게 부족한 건 병영 생활이오. 가정집에 사는 건 장교한테 옳은 게 아니오. 여기 사람들이 벌써 퇴직한 듯 살아가니까. 그렇지만 곧 일이 다시 벌어질 거요! (그는 주먹으로 식탁을 두드린다.)

프란츠 전쟁이 일어날 거란 말인가요?

대위 (신문을 두드리며) 전쟁은 이미 오래전부터 곳곳에 있소! 지구상에 전쟁 없는 곳이 어딘지 보여 주시오—

빌렘 그렇지만 그건 진짜 전쟁은 아니죠!

프란츠 시답잖은 언쟁이군!

빌렘 그들은 그저 싸우는 거죠. 사람들 말마따나, 해방전쟁이라고. 그런데 무엇으로부터의 해방입니까?

프란츠 그런 다음 또다시 서로들 치고받고 싸웁니다.

카미너 그래, 전쟁, 그건 좀 다릅니다.

대위 사람을 완전히 꼼짝달싹 못하게 하지!

카미너 지난번 전쟁은 생각만 해도!

그루바하 부인 내 생애엔 큰 전쟁이 두 번이나 있었어요. 첫 전쟁이 났을 때, 난 아직 아이였죠. 내 아버지가 거기 참전했어요. 그런데 지금 다시 전쟁이라니?

대위 숙모님! 그게 세상 이치예요! 역사를 보세요. 그리스 역사나 페르시아 역사, 로마 역사, 이 모두는 인간의 본성입니다. 그래서 군인이 있어야 해요. 나라가 공격받으면, 나라를 지켜야죠.

카미너는 커피를 한 잔 더 붓는다. 그는 홀짝거리며 마신다. K에게 몸을 돌린다.

카미너 대리님, 당신 건강을 위해! 많은 걸 지도편달 바랍니다. 회사에서 일꾼 두 명과 기사 한 명을 당신에게 보낸 것만 봐도—

그루바하 부인 카미너 씨, 그는 회사에서 정말 능력이 있죠. 그가 승진할 거라고 난 최근에 들었어요.

카미너 그래요. 상관이 그를 높게 평가하더군요. 왜 안 그렇겠습니까? 우리가 그렇게 많은 걸 해낼 수 있나요? 대리님 일은 누가 대신 못한다고 늘 말해지죠. 대리님이 없다면, 그 부서는 허물어질 겁니다.

그루바하 부인 그리 훌륭한 인물이라면, 그가 잘되는 걸 우리도 지켜봐야죠. 매일 직장에서 돌아올 때, 그는 일거리를 가져와요. 그러니 방해해선 안 되죠. 이 집도 회사 소유예요. 그렇지만 그도 그 오래된 방을 나갈 거예요. 우리도 모두 이 좋은 집을 나가야 되고. 그걸 알 겁니다, 카미너 씨. 변화라는 게 모두에겐 쉽지 않겠지만. 엄청나게 큰 회사예요! 회사는 공익을 위한다고 스스로 말하고, 공익을 위해 존재한다고 하죠. 나도 그렇게 늘 말해요.

카미너 (웃으며) 공익이라! 결국 그 일을 떠맡아야 합니다. (입을 닦은 후, 일어선다.) 제기랄, 우리는 너무 늦게 왔어! 자, 젊은이들, 갑시다. 작업 시작 전에 그걸 끝냈어야 했는데!

카미너, 빌렘 그리고 프란츠는 상자와 도구를 들고 퇴장한다. 프란츠는 안전 헬멧을 쓴다.

대위 (다시 한 번 신문을 치며) 자기 사는 도시에서도 사람이 더 이상 안전하지 않다니! 사방으로 다 뚫린 거리에서도 습격당하고! 군대를 투입해야 된다니깐!

그는 벌떡 일어서고, 의자가 그 때문에 넘어진다. 당당하게 방 뒤편으로 걸어간다. 그 뒤에서 문이 쾅 하고 닫힌다.

그루바하 부인도 일어선다. 고개를 절레절레 흔든다. 침대 쪽으로 간다.

3

희미한 빛 아래 방 안 물건들이 어슴푸레하게 보인다. 책 더미와 조상들은 마치 점토 조각처럼 보인다. 벽에 붙은 그림과 쪽지 위로 회색이 탁하게 칠해져 있다. 어질러진 접시와 찻잔, 먹다 남은 빵이 있는 식탁, 아무렇게나 놓인 의자들은 마치 잡동사니 덩어리처럼 보인다. K가 덮어쓴 흰 침대 시트만 불빛에 비친다.

그루바하 부인 이 사람들한테 너무 겁먹을 필요 없어요. 오세요. 이제 옷을 입어요. (그녀는 K에게서 시트를 조심스레 걷어낸다.) 뷔르스트너 양과 관련해 말하자면, 난 그녀를 믿지 않아요. 그렇게 뒤쫓고 싶은 마음도 없어요. (K는 뭔가 대꾸하려 한다. 그녀는 그의 입에 손을 놓는다.) 알아요, 안다고요. 당신은 사람에게서 늘 가장 좋은 점만 보려고 하죠. 그게 당신의 아름다운 점이기도 하고. (그녀는 K의 셔츠를 의자에서 집어서, 그의 머리 위로 끼운다.) 그러나 그게 틀리면, 당신은 믿지 않을 거예요.

K 친애하는 그루바하 부인. 어떻게 말해야 합니까. 난 모든 걸 이해하고 싶습니다. 그렇게 스스로 설명하죠. 모든 건 설명될 수 있어야 한다고 말이죠. 그래요. 정말이지 그 어떤 이해 못할 일은 있어선 안 됩니다.

그루바하 부인은 의자에서 양말을 집어 그에게 신긴다. K는 천천히 미끄러지듯 이불에서 나와 침대 모서리에 앉고, 바지도 걸친다.

그루바하 부인 그렇게 되면, 모든 게 당신을 가로막을 거예요. 당신은 오랫동안 이 집에 살았어요. 이전에 내가 남편에게 이렇게 말했어요. 대리님보다 더 낫고 더 친절한 세입자를 결코 찾아볼 수 없을 거라고 말이죠. 그는 누구도 방해하지 않고, 누구에게도 해를 끼치지 않으니까요. 그런데도 그는 모든 일에 지쳐 있으니, 이 얼마나 엉뚱한가요?

K (셔츠를 바지 안으로 집어넣으면서) 아니, 아닙니다! 그건 가끔 그럴 뿐이에요. 아침에만. 아니면 한밤중에. 밤마다. 이게 어떻게 된 일인지, 어째서 그런지 전 곰곰이 생각합니다. 낮 동안에는 괜찮아요. 훨씬 괜찮습니다. 낮은 순식간에 지나가죠.

그루바하 부인 (그에게 신을 신기고, 그 신을 앞치마로 닦는다.) 그래요? 그렇지만, 당신이 집에 오면, 곧 묻기 시작해요. 대위는 어디에 있소? 대위는 뭘 했지요? 뷔르스트너 양은 어디 있소? 뷔르스트너 양은 아직 오지 않았소? 내 남편은, 그래요, 그이는 사람들과 즐겨 어울렸죠. 그렇지만 당신이 그의 침대로 달려와, 오늘 어떻게 지냈나요? 좀 괜찮은가요? 고통은 줄어들었나요? 등을 물었을 때, 그건 그에게조차 힘겨웠죠. 그는 자기 주변이 어떻게 돌아가는지 알고 있었어요. 전쟁 이후 그는 알고 있었죠. 그는 전쟁을 결코 이겨내지 못했어요. 그런 후 그가 죽었을 때, 당신은 마치 당신 아버지가 그렇게 된 것처럼, 울었죠.

K (고개를 내밀고, 넥타이를 두른다.) 그래요. 죽음에 난 아주 몰두하고 있습니다. 죽음에 대해 두려워서가 아니에요. 아니, 아닙니다. 그건 아닙니다. 그렇지만 죽음은 다른 것입니다. 말하자면 언제나 여기에 있는 것이죠. 죽는다는 게 뭔지 밤마다 난 상상해 보려고 합니다. 당신 남편이 그렇게 괴로워할 때, 난 그가 아마도 그 점에 대해 뭔가를 말해 줄 수 있을 거라고 여겼어요. 보세요, 이 고통. 보험 부서에서 난 매일 이 고

통에 관계된 일을 해요. 거기선 모든 게 사안을 시정하고 수월케 하는 데 관계됩니다. 단지 밤에만, 아니 새벽 세 시경에, 그래요, 아침이 밝아오기 전에, 이 일이 날 덮칩니다. 아무것도 충분치 않다는 것, 어떤 것도 결코 해결될 수 없다는 것, 그럼에도 모든 것은 얼마나 완전하게 질서 지어져 있는가라는 사실 말입니다. 그래요, 그루바하 부인, 일이 더 잘 돌아가면 갈수록, 우리가 얻을 수 있는 것은 적습니다. 이해되나요?

그루바하 부인 (그에게 넥타이를 매어 주고, 윗도리 입는 것을 돕는다.) 벌써 이해했어요. 마음에 너무 담아두지는 말아요. (그녀는 그를 찬찬히 살펴보고, 모자를 가져와 그에게 씌워 준다.) 이렇게 멋진 신사인데! 모든 일이 얼마나 쉽게 당신을 위해 있는데. 좋은 직장에다가 많은 수입에다가. 또 그렇게 몰려드는 여자들하며!

K 여자들이라고요!

그루바하 부인 나도 두 눈 뜨고 살아요. 여기 하숙집에도 여자들이 얼마나 들락거리는지. 그렇지만 당신은 뷔르스트너 양에게 반해 있어요. 그 여잔 내버려둬요. 당신에겐 결혼할 수 있는 여자가 필요하니까요.. 가정을 꾸릴 수 있는 여자 말이죠.

K　그루바하 부인— 당신에겐 이걸 말씀드릴 수 있습니다. 내가 그 누구에게서도 발견할 수 없는 뭔가를 뷔르스트너 양은 가졌다고 말이죠. 그게 뭔지 나도 모르겠습니다. 그녀의 눈동자인지도. 아니면 그녀 목소리이거나. 그 목소리를 들을지라면, 그건 뭐랄까, 전율과도 같아요. 밤이면 난 이 목소리를, 바람결에 들을 때까지 기다려요.

그루바하 부인　그 때문에 밤이면 깨어 있나요? 그녀가 늘 그렇게 늦게 오니까.

K　그루바하 부인—

그루바하 부인　이제 출근하셔야죠. 가야 할 시간이에요. 당신이 생일이라는 사실에 사람들은 신경 쓰지 않겠죠. 그렇게 일하는 곳에선 말이죠.

4

방에서 아직 알아볼 수 있는 모든 것이 희미해진다. 가구들만 어슴푸레한 데서 솟아 있다. K는 장애물로 가득한 곳을 옮아 다닌다. 그는 걸상과 탁자 위를 기어오른다. 마치 어느 낯설고 균열 많은 풍경 속에 그가 처해 있는 듯하다. 어떤 언덕 어딘가에서 그는 서 있다가, 절벽으로 사라지더니, 다시 나타난다. 물건들을 에워싼 세계가 곧 낮으로 변한다. 그가 들어간 사무실은 그렇게 넓지는 않지만, 큰 비례 관계를 보여 준다. 여기저기로 뭔가가 오고 간다. 손동작이 있고, 웅성거리는 목소리가 있다. 로마와 파리, 런던, 뉴욕의 시가 지도. 도표와 약도들. 앞쪽에는 책상 두 개. 왼편 책상 옆으로 라벤슈타이너. 그 앞에 한 무더기의 서류가 펼쳐져 있다. 그 앞 책상 위에는 편지가 쌓여 있다. 여기서도 몇 개의 물건들과 형상들이, 마치 K 방의 그것들처럼, 있다. 목각품, 나뭇가지, 조개, 돌, 수정체, 특이한 상자들, 성당과 사원 그리고 다른 건축물을 찍은 사진들. K가 자기 책상에 앉아 있는 동안, 라벤슈타이너는 기이한 자세를 취하며, 손으로 턱을 받친 채 꿰뚫어보는 듯한 시선으로 K에게 고개를 돌린다. K는 그를 알아차리지 못한다. 그는 편지를 넘긴다. 몇 개를 뜯는다.

K (자기에게 말하듯) 한 번이라도 내가 그리 늦게 왔다면, 어떻게 되었을까? 왜냐하면 그래, 실제로 늦은 건 아니었으니까. 어제 저녁에 그 시간을 만회했더라면 좋았을 텐데. 그래도 거의 매일 밤을 난 모든 다른 사람들보다 늦게까지 있지.

라벤슈타이너 그렇지만, 대리님. 그런 식으로 고려되진 않습니다. 우린 사무실에 갔고, 거기 대리님 자리가 비어 있어요. 소포물은 열어 보지 않은 채 그대로 책상 위에 놓여 있고. 여러 부서에서 사환이 서류를 가지고 와요. 여비서는 당신이 어디 있느냐고 묻고. 얼마나 많은 상담거리가 지금 있는지 대리님은 잘 알 거예요. 영업이 끝난 후 당신이 있다면, 아무도 그걸 모를 거예요. 여기 있으니, 다른 사람들이 당신을 보게 되지요. 영업이 끝날 때, 대부분 일은 다 처리돼요. 중요한 건 내일이니까. 그 때 시작하죠. 마치 달리기할 때 출발신호처럼. 이때 모두가 있는지, 우린 엄격하게 봅니다.

K 내가 오늘 지각했다면, 그건 직장 때문에 일어난 불쾌한 일과 관련되오. 밤새 잠 못 들게 하는 방해물 때문이오.

라벤슈타이너 벌써 여러 차례 당신에게 사람을 보냈습니다. 사장님이 직접 우리 건축 회사에 위임을 줬습니다. 할 수 있는 모든 것을 다 했죠. 그러나 그건 과도기에 불과해요—

K 라벤슈타이너 씨, 거기에 당신의 잘못이 있어요! (그는 몇 장의 편지를 읽는 데 몰두한 것처럼 보인다.)

라벤슈타이너 저는 이걸 말하고 싶습니다. 당신은 사람들의 형편이 더 나아져야 한다고 늘 말해요. 비참함에 대항해 우리가 더 많은 걸 해야 한다고 말이죠. 이제 비참함이 제거

되고 새로운 게 오고 있어요. 그러나 당신은, 제가 믿기로, 시대에 뒤떨어진 분입니다.

K 어떤 것도 전환점에 있진 않소. 모든 게 매우 확고하고 아주 통일되어 있소. 이전의 내 방에서는 모든 게 지금 있는 그대로였소. 그래요, 내 위치는 약간 변했지만, 내가 가진 미래에의 전망은 똑같소. (그는 다시 한 편지를 읽는 데 몰두한다. 라벤슈타이너는 자기 책상을 떠나, K 뒤로 간다. 그는 그의 어깨 너머로 그 편지를 같이 읽는다.) 물론 매일매일 새로운 요구들이 생겨나오. 그러나 처지는 동일하오. 라벤슈타이너, 당신 역시 똑같이 남아 있고! (그는 급히 몸을 돌려, 라벤슈타이너의 얼굴 바로 앞에 편지를 갖다 댄다.)

라벤슈타이너 (뒤로 물러나며) 아, 진보당에 대한 거군요!

K 이 당 소속이오?

라벤슈타이너 제가요? 전 어느 정당 소속도 아닙니다. 그걸 알 텐데요. 제겐 회사면 충분해요. 이게 정당 이상이니까요. 회사가 어떤 여유를 우리에게 허용하는지를 생각한다면 말이에요. 당신은 모든 걸 일치시키려고 해요. 그 때문에 정당을 찾아보고 있고요. 여기서 한 번, 저기서 한 번 하며 집회를 찾아다니죠. 그러니까 정치적으로 활동하고 싶은 겁니다. 제가 보기에, 당신은 불안을 조성하려고, 또 선동하려고 늘 불평하고 있는 것 같습니다. 그러니 정당이 당신 집으로 광고지를 보내는 건 놀랄 만한 일이 아니죠. 그 일로 당신은, 당신은 시간을 잃어요.

K　정보를 얻는 건 내 일에 속하오. 연구 서클이나 협회, 정당이 우리에게 보내는 건 내게만 상관 있는 건 아니오. 거기서 일반적인 일이 연결되니까. 그건 우리 회사 전체에 관련되는 일이오. 여기 이 편지에서 난, 사람이 바깥세상에서는 무엇에 몰두하는지 알게 돼요. 저기 밖 — 우리 활동이 멎는 곳에서 말이오.

라벤슈타이너　전 당신이 우리 일에, 말하자면 보험회사 일에 정통하지 않다고 주장하고 싶진 않습니다. 그렇지만, 예를 들면 토지 시장에 대해, 자본 거래에 대해, 국제적 연계에 대해 당신이 뭘 아는가요? 당신은 우리 본점을 압니다. (그는 도시 지도를 가리킨다.) 그러나 다양한 기업 실적 사이의 관계에 대해선 뭘 말할 수 있나요? 당신은 모든 걸 안전하고 규제된 것으로 여깁니다. 본점 관리처에는, 개인적 사소사가 문제될

때만, 당신이 문의하면 됩니다. 그렇지만 당신은 저 밖에서, 저기서 알려고 해요. 무슨 주제넘은 짓인가요!

K 라벤슈타이너 씨, 그건 거꾸로 되었소. 날 불안하게 만드는 건 안전한 것이오. 확정된 것, 정연한 것 때문에 모든 게 내겐 의문스럽게 나타나오. 내가 질서를 원하지 않는 건 아니오. 난 질서를 바라오! 그렇지만 어떤 다른 질서요. 그걸 당신에게 어떻게 설명해야 할지. 난 어떤 더 큰 질서 — 모든 게 그 속에서 일치하는 하나의 질서를 원하오.

라벤슈타이너 (K의 어깨를 진정시키는 듯 두드리며) 그래, 그래요. 너무 흥분하진 마세요! 그건 그저 농담이었습니다. 농담도 더 이상 이해하지 못하나요? 요즘 당신은 너무 혼자서 지냅니다. 그래요, 언제나 자신만을 위해 홀로 웅크리고 있지요. 내가 그루바하 부인에게 전화해서, 대리님에 대해 물으면 — 당신은 아직도 자기 전화도 안 가지고 있지요 —, 그녀는 이렇게 말합니다. 그와 통화할 수 없다고. 왜 그런가요? 그가 아파서? 방문객이 있어서? 아닙니다. 그는 혼자 있고, 누구에 의해서도 방해받고 싶지 않기 때문입니다. 왜 그래야 합니까? 우리 시대에 당신이 살지 않는다고 내가 말할 때, 내가 뜻한 건 바로 그거였습니다. 그런데 지금 당신 일을 방해하는 건 바로 저군요! (그는 몇 걸음 뒤로 물러나더니, 퇴장한다.)

5

슬픔에 젖은 한 여인, 머리수건을 쓰고 있고, 이불을 외투처럼 덮어썼다. 뒤편에서 K에게 다가선다. 두 아이와 몇몇의 늙은이들이 그녀를 따라온다. 모두 가련하고 궁색한 옷차림을 하고 있다. 여자는 비굴한 자세로 K의 탁자 쪽으로 다가간다. 뒤따르는 사람들은 조금 떨어진 채 서 있다. K는 우편물에서 시선을 떼고 위로 쳐다본다.

여자 그래요. 여름에는 지낼 만하죠. 그렇지만 가을이나 겨울을 걱정하지 않을 수 없네요. 그때가 되면 어떻게 될지? 난방도 안 돼요. 가스도 작동 안 됩니다. 지금은 전기선까지 망가졌어요. 음식을 하려면, 부엌 바닥에서 불을 피워야 합니다. 이전 살던 집에서 가구를 가져와야 했는데— 이 남자는 그런다고 약속했는데— 난 그의 이름을 알지 못합니다.

K 카미너—

여자 카미너, 그 사람일지도 몰라요. 우리를 끌고 갈 때, 그들은 이미 지붕을 때려 부쉈습니다. 우린 오후에 다시 돌아왔죠. 가구는 되돌려주지 않았어요. 그때 그 가구들이 허물어진 집의 잡동사니 안에 놓여 있는 걸 우리는 봤어요.

K 본점 관리처에 알아보지 않았나요? 당신들에게 당연히 새 가구를 즉각 배달해 줬어야 했는데 말이죠.

여자 내 아버지가 그 관리처로 갔어요. (그녀는 고개를 끄덕이며 동의하는 나이 든 한 사람을 가리킨다.) 그리고 내 어머니도. (한 노파가 열심히 고개를 끄덕인다.) 난 아이들 옆에 있어야 했어요. 그래요, 그런 후 이들이 되돌아왔어요. 이들은 아무도 못 만났어요. 그렇지만 많은 이들과 얘기를 나눴는데, 그 일을 아는 사람은 아무도 없었어요. 그런 후 영업은 끝났죠. 그래서 내일 다시 오라고 그 사람들은 말했어요. 다음 날 부모님은 그곳에 다시 갔지만, 그러나 모든 건 이전과 동일했어요.

K 새 집에서는?

여자 그건 더 낡았어요. 임시 거처인 거죠. 거기 바닥에 우린 누워 있어요. 누더기와 짚을 우린 모았어요. 이불을 두어 개 깔아놓고 말이죠. 평상시엔 아무도 그 집에 살지 않아요.

그 집 역시 철거된다고 해요.

K　(책상 서랍을 열면서) 당신 카드 번호가 몇 번이죠?

여자　카드 번호요?

K　세입자 번호가 없습니까?

여자　(고개를 가로젓는다.) 가진 건 임대계약서뿐이에요. (어깨에 걸친 옷에서 그녀는 접은 종이를 꺼내 K에게 건넨다.)

K　(다 구겨진 서류를 열고, 카드를 뒤적이다가 한 카드를 꺼내 읽는다.) 이 회사의 세입자로서 당신은 자동적으로 보험회사에 가입되어 있군요. 그 보험회사를 내가 담당하고 있습니다. 왜 그렇게 오랫동안 기다렸나요?

여자　예. 처음에 우린 크리스마스 전에 이사하려고 생각했어요. 그러다가 새해에 하려고 했어요. 그러다가 일월이 갔습니다. 이런 추위에 말이죠! 아이들이 아팠어요. 우린 대부분 침대에 누워 지냈죠. 당시엔 아직 침대가 있었으니까—

K　그러면 언제 이사했습니까?

여자　이월에, 아니 삼월이 되어서야 했어요. 내 부모님은 모든 부서란 부서에는 다 달려가 봤고, 나도 땔감을 구하려고 할 수 있는 건 다 했어요. (그녀와 함께 온 사람들이, 아이들 동반

한 채, 더 가까이 다가온다.)

내 남편 (그녀는 고개를 끄덕이며 다가오는 남자에게 몸을 돌린다) 은 일자리를 찾고 있었죠. 실업지원금을 받으려고 관공서에 갔고, 부모님은 늘 이곳저곳으로 다녔어요. 그때 우리 윗집 다락방에 사는 한 사람이 마침내 얘기했어요. 보험회사에 가야 된다고요.

K (임대계약서를 쭉 읽고서) 그렇지만 계약은 오래전에 만기가 지났군요. 해가 바뀌면서 이미. 올해엔 집세를 냈습니까?

여자 지난달엔 더 이상 못 냈어요. 관리 직원인 이 사람은—

K 카미너—

여자 그 사람은 우리가 더 이상 지불할 필요가 없다고 말했어요. 회사 측에서 답변할 거라고. 참 친절한 일이었죠. 우리가 새 집으로 들어가면, 그때 다시 지불하면 된다고 했어요.

K 당신은 임대계약서를 갱신했어야 했어요.

여자 관리처에 가면, 대체 누구에게 문의해야 합니까?

K 이 일을 내가 맡겠습니다. 이 종이를 내게 놔두세요.

여자 아니에요. 계약서를 넘겨줄 순 없어요!

K (여자에게 서류를 넘겨준다.) 계약서 없이도 됩니다. 가능

한 한 빠른 시일 내에 당신은 새 집에 들어가야죠.

여자 정말 도와주시는 거예요?

K 제가 약속 드리죠!

이제 모두가 K에게 바짝 다가온다. 노인들은 여러 차례 고개를 숙인다. 여자는 K의 손을 잡는다. 아이들 중 하나는 의자에 앉은 K 위로 기어오르려 한다. 그는 아이를 자기한테서 떼 낸다. 책상 위의 호출장치 단추를 누른다.

K (마이크로 부르며) 카미너 씨!

얼마 되지 않아 카미너가 나타난다. K는 종이 한 장에 뭔가를 쓴다.

K 카미너 씨, 여기 실수가 있었소. 잘 보시오. 여기 이 여자에게 보상금이 지급될 겁니다. (카미너는 쪽지를 건네받는다. K는 사람들 쪽으로 몸을 돌린다.) 카미너 씨가 당신을 계산대로 데려갈 겁니다. 날 믿으세요. 조금만 더 참으면 됩니다.

카미너는 이 사람들 사이를 거칠게 지나간다. 모든 이가 퇴장. K는 서류를 정돈한다. 책상 위 물건들을 이쪽저쪽으로 민다. 사진을 응시한다. 무대가 점점이 어두워지는 동안, 그렇게 앉아 있다. 끝으로 책상 몇 개와 K의 얼굴, K의 두 손만이 보인다. 그런 후 모든 게 어둡다.

6

하숙집의 방. 지금은 아주 밝다. 모든 것이 분명하고 조각상처럼 입체적이다. 가구들과 조각들 그리고 그림들 사이에 K와 그루바하 부인.

K　난 오늘 아침에 그걸 아주 간단히 말했습니다. 그녀의 눈, 그녀의 목소리. 그걸 당신에게 묘사하지 않을 수 없군요. 두 눈. 아니 오히려 눈 아래의 그림자 말이죠. 눈꼬리 옆의 몇몇 미세한 선들입니다. 눈꺼풀이 감길 때면, 거기엔 푸른빛이 어른거려요. 게다가 목소리는. 이 목소리가 울리는 걸 듣노라면, 이게 내 삶을 완전히 바꿔 버릴 수도 있다는 걸 알게 돼요. 그렇지만 이것 역시 아무것도 말해 주진 않습니다. 눈과 목소리, 그건 특징일 뿐이죠.

그루바하 부인　뷔르스트너 양은 오늘 오후에 왔어요. 한 낯선 신사와 말입니다. 그는 당신에 대해 물었습니다. 그는 무조건 당신 방을 구경하려 했어요. 통풍 장치와 관련된 일이라나요. 그렇지만 내가 허락하질 않았죠. 난 그 남자에게 말했어요. 그가 없다면, 아무도 대리님 방으로 들어갈 수 없다고요.

K　자기 이름을 말했습니까?

그루바하 부인　아니에요.

K　어떻게 생겼습니까?

그루바하 부인　그렇고 그런… 그래요, 그는 아주 뚱뚱했어요.

K　그러면 뷔르스트너 양은, 그녀는 그와 친했습니까?

그루바하 부인　글쎄, 그럴 수도 있겠군요. 그래요. 그녀는, 그녀 방으로 들어갈 때, 그와 팔짱을 끼고 있었어요.

K　그녀 방으로 함께 들어갔다고요?

그루바하 부인　그래요.

K　거기서 그가 오래 머물렀나요? 그들은 함께 왔나요, 아니면 그가 그녀를 방문한 것이었나요?

그루바하 부인　몰라요. 난 부엌에 있었으니까. 그들이 그 후에 날 불렀어요.

K　그 남자는 이전에 여기 온 적이 있습니까?

그루바하 부인　안 온 것 같은데요. 아니, 그전엔 결코 본 적이 없어요.

하숙집 안에서 나는 소음들. 한 문이 열린다. 목소리. 웃음. 발걸음이 다가온다. 대위가 머리를 들이밀어 주위를 돌아본다.

대위 우린 여름 산보를 하고 있는데, 그자는 여기 숨어 지냈군. 정확히, 내가 생각했던 그대로. 우린 강가를 따라 걸었소. 성을 지나. 태양이 지고 있소. 얼마나 하늘이 멋진지! 대리, 그는 분명 아직도 사무실에 있을 거야,라고 우린 말했죠. 그는 이 모든 것에 대해 아무것도 모르니까. 게다가 집에 돌아오면, 벌써 날은 어두워지고. 그는 붉은 구름을 보지 못하오.

K 붉은 구름이라—

대위 그는 늘 구부정하게 걸으니 아무것도 못 보지. 단지 길바닥만, 그리고 질질 끌리는 자기 신발만 쳐다볼 뿐.

대위는 방으로 들어가서, 두 발을 밖으로 내뻗으며, 무거운 걸음걸이를 선보인다.

그루바하 부인 그를 가만히 내버려 두거라. 그는 피곤한 몸이니까.

대위 피곤하다고! 그가 피곤하다면, 그건 너무 오랫동안 앉아 있어서예요. 항상 앉아 있는 것, 앉아 있는 것보다 더 피곤하게 하는 건 없으니까! (그는, 마치 사열행진을 하듯, 직립 자세로, 팔을 휘두르며, 뻣뻣하게 걷기 시작하더니, 뒤로 돌아선다.)

내가 그를 신병으로 받았다면, 이걸 가르쳐 줄 텐데!

뷔르스트너 양이 열린 문으로 나타난다. 그녀는 웃으며 손을 문틀에 놓는다. 그녀는 밝은 여름옷을 입고 있다. 그녀의 머리카락은 정수리 부분에서 묶여 있다. K는 그녀 쪽을 쳐다보고, 몇 걸음 그녀 쪽으로 다가가더니 멈추어 선다. 그녀를 쳐다본다.

뷔르스트너 양 (웃으며) 그래요, 대리님. 우리는 당신에 대해 곰곰이 생각했어요. 당신은 정말 말이 없는 사람이죠. 그는 도대체 뭘 생각하고 있지, 사람들은 이렇게 늘 묻는답니다. 우리가 당신을 쳐다볼 때면, 양심의 가책을 받을 지경이에요. 당신은 모든 걸 더 잘 아는 것처럼 보이니까. 내 생각으로, 당신은 뭔가 아주 특별한 것을 바라는 것 같아요. 늘 당신 자신을 위해 행동하지요.

K 뷔르스트너 양— 난 내 자신만을 위해 있고 싶진 않습니다—

뷔르스트너 양 그렇게 애기한다면, 당신은 마치 어디에도 결코 속하지 않은 것처럼 여겨지네요. 당신은 그저 당신 앞만 쳐다보고 있으니까요.

K 뷔르스트너 양, 난 당신을 보고 있어요—

뷔르스트너 양 날 통과해서 다른 무엇이겠죠.

K 그래요. 전적으로 옳은 말씀입니다! 난 무엇보다 당신 목소리를 듣고 있어요. 내가 당신 목소리를 들을 때면, 난 언제나 무엇보다 그 울림을 듣죠.

대위 되풀이하지 않을 수 없소. 당신을 연병장에서 만나지 못한 게 유감이오. 기꺼이 당신을 훈련시키고 싶은데. 당신은 좋은 훈련감이오.

대위는 K한테 급히 가서 그의 팔을 잡아, 위로 올린다. 그러고는 팔을 놓더니, 다른 팔을 높이 추켜올리고, 그의 발도 들어 올려 이쪽저쪽으로 흔든다. K는 이 모든 게 일어나도록 내버려둔다.

K 뷔르스트너 양— 당신이 내게 스스로 말하다니! 난 결코 당신에게 말 붙이려고 안 했는데, 그렇게 감히 하질 못했는데. 당신이 먼저 내게 물어보았으면 하고 난 늘 바랐거든요.

그루바하 부인 (대위를 뒤로 밀어내며) 대리님, 어떻게 당신이 이 모든 일에 관여할 수 있겠습니까!

대위 (흉내 내면서) 대리님! 대리님! 어떻게 당신이 우리와 어울릴 수 있겠소! 그러려면 당신이 아주 착해야 하는데!

K (뷔르스트너 양에게 계속 나아가더니 그녀 앞 가까이서 멈춘

다.) 뷔르스트너 양, 난 당신에게만 말해요. 당신에게 뭔가 말하려고 시도할 겁니다. 그건 내 삶에 어떤 것—멈출 수 없는 싸움과 같은 겁니다. 아니, 그 사이엔 기다림이 있습니다. 대개 그건 기다림이죠. 그런 후 싸움이 오고, 그런 후 치고받다가, 다시 난 기다리고—

뷔르스트너 양은 웃음을 터뜨리는데, 그것은 오히려 어떤 절망적인 흐느낌처럼 들린다. 이런 경련에 몸이 흔들리면서 그녀는 문에 선다. 그루바하 부인이 대위를 문 쪽으로 민다. 그녀는 먼저 뷔르스트너 양을 뒤로 데려가고, 그 다음엔 대위를 밖으로 밀어낸 후, 뒤에서 문을 닫는다. K는 요동도 않고 서 있다.

7

약해진 조명은 방의 모든 것을 회색빛으로, 납처럼 무겁게 보이게 한다. K는 힘들게 움직여 침대로 간다. 침대 위에 쓰러진다. 잠시 후 밖에서 들리는 약한 소음. 소리, 발걸음, 알 수 없는 목소리들. 뷔르스트너 양이 뭐라고 외치는 소리. 문이 닫힌다. 그런 다음 목소리가 더 가까이 다가온다. 그것이 말하는 걸 이해할 수 없지만, 아주 가까이서 일어난다. 묵직한 남자 목소리. 뷔르스트너 양의 웃음. K는 귀를 벽에 댄다. 꼿꼿하게 몸을 세운 채, 그렇게 앉아 있다. 분명한 동시에 잘 알 수 없는 어떤 소리들. 아마 쑥덕대는 소리인지도 모르고, 어쩌면 속삭이는 소리인지도 모른다. 숨쉬는 소리, 헐떡거림. 그러나 그것은 자리를 옮길 때 나는, 어떤 물건을 긁거나 부딪치는 소리일 수도 있다. 어떤 삐걱거림 혹은 흐느낌이 들린다.
소음이 계속된다. 그것은 어떤 노력—아주 낯선, 어떤 압도적이고 고통스런 노력에서 온다. K는 귀를 벽에 누른다. 입을 벌린다. 어두움.

8

사무실에서. 책상 옆의 K. 그 앞에 서류가 펼쳐져 있다. 사장과 검사가 들어온다. 사장은 나이 든 사람이고, 안면 경련이 이는 듯한 웃음을 띠고 있다. 때때로 그는 순간적으로 이를 드러내 보인다. 검사는 아주 뚱뚱하다. 그들은 K쪽으로 가고, K는 일어선다.

사장 여기 하스테러 씨와 왔소.

검사 (K를 포옹하며) 내 사랑하는 친구!

K는 포옹에서 벗어난다.

사장 검사가 생각하는 건—

검사 퇴직! 퇴직 말이야!

사장 내게 당신은 늘 검사요. (이를 드러내 보인다.) 당신 제안은 늘 최고 가치가 있으니까. 그가 승진돼야 한다고 당신이 이번에 말했을 때, 그건 진정으로 말했던 거요. (K에게, 웃으면서) 사실 자네 능력은 여기선 별 소용없지.

K 그렇지만, 사장님, 전 이제 여기에 적응했습니다. 다른 곳에선 더 나은 걸 할 수가 없을 겁니다.

사장 늘 겸손하군, 늘 겸손해! 자넨 자네가 그 모든 걸 자발적으로 할 수 있다는 게 뭔지 전혀 모르는군! 자넨 본부 관리처로 자리를 옮겨야 되네. 거기서 자네가 실제로 발전할 가능성을 갖게 될 걸세.

K 사장님, 전 계속 하고 싶은 너무도 많은 일을 현재에도 처리하고 있습니다. 제가 짊어진 책임이지요.

사장 바로 그거요! 우리 회사에서 자네처럼 자기 책임을 의식한 사람은 없네. 그 점에서 난 검사 말에 완전히 동의해. 책임감이 많을수록 그의 책임도 더 커야 한다고 그가 말했거든. 솔선수범하는 재능을 자기 안에 가진 사람이란 게 얼마나 적은가! 게다가 자넨 여기서 이미 얼마나 오랫동안 있었나?

K 이 년 동안입니다, 사장님. 그리고 그 전에는—

사장 그래, 그래. 이미 알아. 자네가 젊은 법률가로서 우리 법률 부서로 왔을 때, 그때 난 금방 알아차렸지. 저 사람은 미래가 있군, 열린 시각을 갖고 있으니,라고 말이야.

검사 나와 함께 학교에 다닌 게 헛수고가 아니었어!

K 사장님, 난 당신 제안을 받아들일 수 있을지 모르겠어요. 관리 부서로 가는 것 말이죠. 아니, 이 관리 부서엔 제가 맞질 않아요—

검사 그렇지만 요셉! 관리 부서에 가는 것보다 자네에게 더 잘 맞을 곳은 없어. 거기가 네 적성에 맞을 거야. 청소년 시절에 넌 이미 내게, 세계를 얼마나 네가 알고자 하는지, 열광적으로 말했지. 그래서 네 아버지께 난 이렇게 말했지. 요셉은 아주 크게 될 거라고!

K 여기서도 이미, 하스테러 씨, 모든 게 너무 크고 너무 멀리 있다오.

사장 아네, 나도 안다네! 최근에 자넨 힘들어했지. 내가 어떻게 자네를 그런 어려움에 처하게 할 수 있었는지. (웃음.)

새 집 하나 마련해 주길 자네 원하는가?

K　아니, 아니, 절대 아닙니다. 전 지금 있는 집이 아주 편합니다. 그런데 다시 옮기다니, 그건 있을 수 없지요!

사장　그런데 어제가 자네 생일이라고 하스테러 씨가 알려 주더구먼. 어떻게 내가 그걸 잊고 있었는지 모르겠군! (그는 안주머니에서 편지봉투 하나를 꺼내 K에게 건넨다.) 여기 보너스네! 그러니까 다음 주에 자넨 모든 현안을 처리한 후, 카미너 씨에게 그 일을 소개해 주게. 그가 자네 자리를 넘겨받을 거야. 자네가 저쪽 우리한테로 빨리 옮기면 옮길수록, 더 좋네!

사장 퇴장. 검사는 의자를 끌어와 앉는다. K는 다시 책상 가에 앉는다.

검사　그걸 잘 했군. 뭐라고? 승진이 자넨 기쁘지 않나? 그건 수당이 올라간다는 뜻이기도 해.

K　더 이상 필요하진 않네—

검사　사람은 늘 더 많이 필요로 해!

K　하스테러 씨, 내가 법률 부서에서 떠나길 원치 않는다는 걸 자네도 잘 알 거야. 법률 문제에서 사람이 어떤 일에 처해

있는지 우린 아네. 여기선 모든 게 손과 발이 있으니까. 그래서 보험회사에 들어가는 걸 자네도 내게 충고했지. 여기엔 조항과 법칙도 있다고, 자네가 말했지. 그렇지만 그 모든 건 모호하지.

검사 유동적이고, 그 때문에 한결 재미있네.

K 난 얼굴 표정에서 사람 읽는 법을 배워야 했네. 이 일에선 오직 자신의 예리한 판단력만 믿을 수 있었네. 이 년이 지난 지금 난 어떤 사람이 진리를 말하는지 아닌지 판단할 수 있을 정도는 되었네.

검사 그 때문에, 이보게, 여기 이 자리가 자네에겐 더 이상 적절하지 않아. 다른 사람도 만나면, 기분전환도 될 걸세.

K 난 내 자신을 조사했네. 내가 뭘 원하고 무엇에 소용되는지 난 찾아냈다네. 하스테러 씨, 관리부는 생각하지 않고 있네.

검사 그걸 사장에게 말해선 안 되네!

K 하스테러 씨, 자네 어제 내 집에 왔던가?

검사 뭐라고?

K 검사 양반, 어떻게 자네가 사장에게 그런 영향력을 행사하게 됐나?

검사 그래, 친구, 난 몇 가지를 알고 있네. 여기 몇 가지 일을 파악하고 있지. 사장에겐 내 조언을 듣는 일 외에 다른 방도가 전혀 없었네. 자넨 나중에 모든 걸 이해하게 될 거야. 그러려면 그러나 더 많은 이해력이 필요해. 요셉, 난 자네의 성장 경로를 쭉 따라왔네. 자넨 서식을 만들 수 있고 요약 정리도 할 수 있네. 자네의 월별 보고는 높은 도덕적 가치를 가지고 있어. 그건 시 같은 거라고 말하고 싶네. 어쨌거나 그건 하부 부서에나 유용해. 그렇지만 그게 모든 사업에 도움이 돼야 하네. 자네의 이상주의— 그보다 더 많은 걸 우린 필요로 해!

K 하스테러 씨—

검사 자넨 왜 나에게 '씨'라고 말하나? 우린 '너'라고 말하던 사이 아닌가? 오래전부터—

검사는 일어선다. 동시에 책상 위의 전화기가 울린다. K는 수화기를 든다. 검사는 K에게 눈짓하더니 멀어진다. 그는, 그 대화에서 뭔가를 더 들을 수 있도록, 천천히 걷는다.

K 일요일에요? 당신 편지를? 예, 그건 받았습니다. 어디서요? 안 됩니다, 난 차를 몰지 않아요. 아니, 차가 없어요. 택시

요? 안 돼요. 그건 교외에 있어요? 화물역 옆을 지나서? 그건 멀군요. 아니, 택시를 잡진 못해요. 율리우스 거리, 예. 그렇게 일찍? 예, 가겠습니다. 예, 아홉 시에.

그는 수화기를 놓는다. 잠시 움직이지 않고 앉아 있는다. 검사가 퇴장하는 걸 알아채지 못한다. 갑자기 어두워진다.

9

하숙집의 방. 다시 조명이 날카롭게 비친다. K는 옆쪽에서 급히 들어선다. 둥근 탁자 옆, 앞쪽에 있는 의자에는 뷔르스트너 양이 앉아 있다. 뒤편 문은 열려 있다. 몇 번 밖에서 몬타그 양이 지나가며 방 안을 들여다본다. 몬타그 양에겐 요통이 있다. 그녀는, 옆으로 기운 채, 비스듬히 걸으며 한쪽 발을 질질 끈다. 걸을 때 팔을 크게 휘젓는다. K는 방에서 왔다 갔다 한다. 뷔르스트너 양은 탁자에 기댄다.

뷔르스트너 양　내게서 뭔가를 얻어낼 수 있다고 당신은 생각하나요? 뭘 염두에 두나요? 얼마나 마음을 털어놓을 준비가 되어 있어요?

K　이해 안 되는군요. 난 어떤 것도 기대치 않아요.

뷔르스트너 양　내가 어떤 자리에 있는지, 당신은 아세요?

K　당신은 은행 여비서죠.

뷔르스트너 양　(웃으며) 아, 내가 여비서라고요?

K　부기 계원이거나.

뷔르스트너 양　(밖으로 몸을 돌린다.) 아가씨, 내게 가운을 갖다 줘요!

몬타그 양이 마치 수영하는 사람처럼 허우적대며, 잠시 뒤 그녀가 원하는 걸 가지고 들어온다. 몬타그 양은 그녀 어깨 위로 가운을 걸쳐 준다.

몬타그 양　슬리퍼도 필요해요?

뷔르스트너 양　그래요.

몬타그 양이 뒤뚱거리며 밖으로 나간다.

K　뷔르스트너 양, 오늘 저녁에 당신을 초대하려고 해요. 몬타그 양과 함께 기꺼이. 식당으로 말이죠.

뷔르스트너 양　아, 당신이 우릴 초대한다고요? 그럴 능력이 되나요?

K　뷔르스트너 양—

뷔르스트너 양　당신은 내가 누군지 모르고 있군요.

K　회사에서 사람들은 당신에 대해 큰 존경심으로 말하죠.

뷔르스트너 양　그렇게 사람들이 한다고요?

몬타그 양이 슬리퍼를 들고 온다. 그녀는 의례적으로 뷔르스트너 양 앞에 무릎을 꿇고, 신발을 벗긴 다음, 슬리퍼를 신긴다.

뷔르스트너 양　몬타그 양, 내가 어떤 자리에 있는지 대리님께 말해.

몬타그 양　(일어선다.) 뷔르스트너 양은 은행의 여사장님입니다.

K　(멈칫하며) 여사장이라고?

뷔르스트너 양　보세요! 당신도! 당신은 그걸 생각 못했을 거예요. 여사장. 그건 불가능하죠.

K　아무도 내게 말하진 않았소.

뷔르스트너 양　아니, 아무도 그 일에 대해 말하지 않아요. 사람들은 때로는 날 지배인이라 불러요. 그걸 당신은 한 번도 못 들었을 거예요. 여지배인으로서 난 당신과 지위가 같을지도 몰라요. 사람은 출세하면 지배인도 될 수 있어요. 아무도 방해하진 않죠. 여사장 — 그건 비밀로 하고 있죠. 그러나 다른 은행과 협의할 때면, 내가 파견되죠. 그 때면 내가 나서도 되는 거예요. 나서지 않을 수도 없고요. 그래서 다른 사장들의 말문을 막히게 만들죠. 그래서 거래도 할 수 있고.

K 그렇지만 왜 당신은 그걸 스스로 말하지 않나요? 아니 웃지 마시오! 그렇지만 그건 정관과 맞아떨어지는군요. 누가 대체 거기에 반대하겠소?

뷔르스트너 양 누가? 오로지 총지배인은 그러지 않겠죠.

K 당신은 당신 권리를 가지오.

뷔르스트너 양 무슨 권리 말인가요?

K 당신은 은행 여사장으로서 당신에게 부여된 모든 권리와 의무를 가지오.

뷔르스트너 양 총지배인 집에서 그와 식사할 때면, 난 식탁 아래서 내 발로 그의 신발을 쓰다듬는 권리는 가지죠.

몬타그 양이 비틀거리며 일어선다. 그녀는 뷔스르트너 양을 괴로운 듯 쳐다보고는, 그녀의 얼굴을 쓰다듬고, 밖으로 뒤뚱거리며 나간다.

K　뷔르스트너 양!

뷔르스트너 양　당신들이 필요로 하는 걸 가져와요. 당신은 젊은 사람으로서 당신 길을 막는 것들을 치우는 데 능숙해요. 당신은 날 어린 여자 사무원으로 취급했죠. 타자 치는 한 여자와는 관계도 쉽게 맺을 수 있을 거예요.

K　뷔르스트너 양— 내겐 어떤 여자도 없소.

뷔르스트너 양　그러니 더 나쁘죠! 대체 우리 사이에 뭐가 타결돼야 하나요?

K　아무것도 없소, 뷔르스트너 양. 아무것도! 당신은 날 완전히 오해했소. 우린 같은 회사에서 근무하오. 당신과 이 일에 대해 얘기하고 싶었소. 그리고 당신을 믿고 싶었고.

뷔르스트너 양　그러면 당신은 이제 더 이상 날 믿지 않나요?

K　이젠 모든 게 달라졌는지도 모르오. 난 지금 당신에게서 상관의 모습을 보니까.

뷔르스트너 양　그래요, 난 사장들만 만나니까!

K　내 말은 그 뜻이 아니오. 내가 뜻한 건, 당신과의 친교에서 내가 어떤 유리한 점을 찾고 있다고 사람들이 생각할 수도 있겠다는 점이에요.

뷔르스트너 양 당신은 다른 부서로 갈 수 있을 거고, 그러면 거기서 직급이 올라갈 거예요. 당신도 어쩌면 사장이 될 수 있을 거고. 그러면, 다시 모든 게 달라지겠죠?

K 뷔르스트너 양— 당신은 하스테러 씨를 아나요?

뷔르스트너 양 하스테러 씨를 누가 모르겠어요?

K 관리 부서로 내가 옮겨 갈 거라고 하오. 그 점에 대해 당신과 얘기하고 싶었는데. 난 그곳으로 가고 싶지 않아요.

뷔르스트너 양 다음에 제 은행으로 와요! 내 밑에서 일하고 싶은가요?

K 난 보험회사에서 있고 싶소.

뷔르스트너 양 당신은 아나요? 마치 높은 데로 나가고자 하는 것처럼, 당신이 늘 행동하는 걸 보면, 불쾌해요. 그럴 때면, 어떤 얼룩에도 안 더럽혀지려고 하죠. 그래요, 당신은 교양 있는 사람이에요. 당신 주변에는 많은 책이나 그림이 있어요. 당신 방에 사람들이 가면, 경외감을 가질 정도죠. 이 모든 걸 그가 읽었는가, 이 모든 걸 연구했는가, 하고 사람들은 묻죠. 그런데도 낮에는 우리 모두처럼 일해요. 그래요, 직장이 끝난 다음 당신이 그럴 힘을 가진다는 게 난 거의 놀랄 지경이에요.

내겐 그럴 시간이 결코 없었으니까.

K 그렇지만 당신은 나보다 더 큰 책임을 지고 있소. 은행 문을 닫고 나서도, 당신은 저녁마다 협의할 많은 일거리를 분명히 가지니까.

뷔르스트너 양 자, 우리가 다시 왔어요! 내가 계획한 걸 하기 위해서죠. 그리고 이 모든 것 (그녀는 주위의 방을 가리킨다) 이건 직장의 일보다 훨씬 더 가치 있는 것처럼 보이군요. 낮 동안에 당신이 하는 건 사소한 거죠. 당신은 승진도 원치 않아요. 당신은 사장이 되길 원치 않죠. 왜냐하면 그 모든 걸 경멸하니까. 왜냐하면 당신은 여기에 속하니까. 말해 줘요. 대체 무엇이 당신을 여기서 이끌고 가는지? 때로는 내게 너무도 끔찍해요. 아니, 당신이 여기서 밤에 뒤척이는 소리를 들을 때면, 난 구토가 날 지경이에요.

K 이 책들, 이 그림들. 이것들의 도움으로 난 내 약점을 넘어설 수 있소.

뷔르스트너 양 당신이 직접 예술가가 되고 싶나요?

K 잘 모르겠소, 내가 그럴 수 있을지—

뷔르스트너 양 만약 그렇게 된다면, 그 다음엔 무얼 할 작정인가요?

K　잘 모르오. 내가 그걸 안다면, 아마 했을 거요.

뷔르스트너 양　도대체 예술이 매력 있는 이유가 뭔가요?

K　다른 것—

뷔르스트너 양　어떤 다른 것 말인가요?

K　우리를 에워싼 모든 것과는 다른 것 말이오. 그렇지만 그 다른 것이란 우리를 에워싼 것 그 안에, 그 가운데 있소.

뷔르스트너 양　죽음처럼 말이에요?

K　그래요. 죽음처럼. 죽음은 마치 삶과 같소. 그것은 우리보다 더 위대해요. 우리보다 더 오래 살아남으니까.

뷔르스트너 양은 일어선다. 그녀는 높이 일어나 그 앞에 선다. 밖에서 몬타그 양이 문 옆으로 지나간다.

뷔르스트너 양　내게 키스해 줘요!

K　그럴 수 없다오.

뷔르스트너 양　(격렬한 웃음을 터뜨리며) 그는 할 수 없어! 당신의 약점이지! 차라리 몬타그 양을 보세요! 난 그 애의 결함을 사랑해요!

그녀는 웃으며 문으로 서둘러 간다.

K 안 돼요, 다시는 그렇게 울지 말아요!

문이 닫힌다. 흐릿한 어둠이 스며든다.

10

사람들이 모여 있는 한 창고의 공간 구석. 나무로 된 운반용 기둥. 상자. 의자로 쓰이는 널빤지. 청중들이 어두운 뒤편으로 비스듬히 몸을 돌린다. 대부분의 사람들은 일요일 옷차림을 하고 있다. 그러나 몇몇 사람들은 궁색하고 해진 모습이다. 청중 사이에서 가족이, 프란츠와 빌렘도 있다. K가 옆에서 안쪽으로 급히 들어올 때, 막 박수 소리가 들린다. 앞줄에서 몇 사람이 그쪽으로 몸을 돌리지만, 곧 보이지 않는 대변인을 향해 다시 몸을 돌린다. K는 앞쪽에 서 있다.

대변인 (확성기를 통해 나오는 목소리) 그 때문에 어떤 변화를 일으키는 건 우리에게 달린 것입니다. 우린 정치가들의 무능을 충분히 겪었으니까요. 완전히 새롭게 시작할 시간입니다!

짧은, 더 약해진 박수 소리. 연설은 끝났다. 몇 사람은 서 있고, 다른 사람은 앉아서, 서로 토론한다. 이런저런 웅성대는 목소리. 그 무리 가운데 누가 대변인인지 앞쪽에서만 차츰 확인할 수 있다.

첫 번째 목소리 그래요, 진보— 우리는 그걸 결코 충분하게 생각지 못했습니다.

두 번째 목소리 진보—

첫 번째 목소리 그 단어가 뜻하는 건—

두 번째 목소리 그러니까 진보란—

첫 번째 목소리 그래요, 진보죠.

두 번째 목소리 그렇지만 어디로부터의—

세 번째 목소리 어디서부터—

첫 번째 목소리 정치가들이 멈춘 곳에서부터—

세 번째 목소리 그 자신도 정치가요—

네 번째 목소리 봉기가 뭔지를 말하시오—

두 번째 목소리 봉기라—

세 번째 목소리 그러나 봉기가 아니라, 반란과 같은—

첫 번째 목소리 가두투쟁이나 뭐 그런 것으로

두 번째 목소리 차라리 어떤 물건처럼—

첫 번째 목소리 하나의 정신적 봉기요—

세 번째 목소리 바로 이 말이어야 해요—

두 번째 목소리 새로운 의미를 가진—

첫 번째 목소리 더욱 감성 풍부하게 사고하는 것, 그가 말했듯이—

두 번째 목소리 감정— 그것은 고유한 이성이오—

네 번째 목소리 그런데 그건 우리한테는 거꾸로 돼 버렸소—

첫 번째 목소리 정치가들, 기술자들, 전문가들 때문에

두 번째 목소리 어떻게 사람이 느끼는지 말하는 것—

다섯 번째 목소리 난 느껴요, 배가 고파요—

첫 번째 목소리 물질적인 문제에만 매달리지 않는 것—

네 번째 목소리 아니오, 믿음이나 정의 그리고 인간 사랑 같은 문제도 신경 쓰는 것—

세 번째 목소리 다른 당의 그들도 그 점을 말해요—

네 번째 목소리 최근에는 평등당에서—

프란츠 빌렘!

빌렘 여기, 프란츠!

세 번째 목소리 우애당에서는 그렇게 말해요. 진리, 희망—

첫 번째 목소리 그가 전문가들을 험담하는 건 옳소—

두 번째 목소리 그는 그들을 기생충이라 불렀소—

세 번째 목소리 그들은 도처에서 확장되고 있소—

두 번째 목소리 연구해 온 것에 대해 그들은 이제 뭔가 생각하고 있소—

네 번째 목소리 그리고 평화, 평화에 대해 말해요—

다섯 번째 목소리 늘 평화, 무엇보다 평화에 대해—

네 번째 목소리 그건 위협처럼 들리는군—

다섯 번째 목소리 그래요. 당신들은 평화를 잃지 않도록 주의하시오—

세 번째 목소리 그들은 우리를 불안하게 만들려고 해요—

두 번째 목소리 순전한 위험 앞에서 우리는 어쩔 줄 모를 수밖에 없습니다.

네 번째 목소리 우리가 순종하기 위해.

다섯 번째 목소리 그런 다음 그들은 제한조치를 말하지요—

네 번째 목소리 그래요, 제한조치들—

세 번째 목소리 왜 점점 더 사용하는 건 적어지고—

두 번째 목소리 더 많이 생산되는 곳에서—

다섯 번째 목소리 그걸 바로 다른 사람들이 결정합니다—

두 번째 목소리 어떤 다른 사람들?

다섯 번째 목소리 저, 우리보다 멀리 보고, 모든 걸 큰 데서 보는 사람들 말이오— 거기서 중요한 건 사업이오. 시장이 중요해요—

첫 번째 목소리 그는 혁명당 출신 같군—

세 번째 목소리 혁명당 역시 실패했습니다—

두 번째 목소리 여기서 이게 '올바른' 정당인지 아닌지 우리가 대체 어떻게 안단 말이오?

당 대변인은 뒤편에서 앞으로 나온다. 소박한 옷차림. 가죽 외투를 입고 있다.

대변인 그건 옳은 정당이오. 왜냐? 왜냐하면 그 당은 인구의 모든 계층을 다 망라하고 있으니까. 그건 단순히 어떤 무리나 계급만 대표하는 게 아니오. 그렇지 않소! 그 당은 현 상태에 더 이상 만족치 않는 모든 사람들을 겨냥하고 있소. 당의 성공은 여기 모인 사람들을 보면 알 수 있습니다. 자, 둘러보세요. 여기 우리에겐 모두가 있습니다. 임금노동자, 수공

업자, 직원, 사회복지 기관의 사람들, 주부들, 관리들, 그리고 교육 중인 사장들. (그는 K에게 가서, 그의 손을 잡고 악수한다.) 아쉽게도 당신은 좀 늦게 왔군요. 너무 늦었습니다. 당신은 내 연설을 거의 못 들었겠군요.

K　길이 멀었소. 길을 찾는 게 어려웠소.

대변인　당신은 더 일찍 일어나야 했습니다. 일찍 일어나는 데 아직 익숙지 않은 것 같군요? 그렇지만 중요한 건 당신이 왔다는 사실입니다. (몇몇 주위 사람들에게) 여기의 우리 친구는 공익을 위한 연합 회사에서 근무합니다—

네 번째 목소리　그 일로 난 망가졌소!

대변인　(K를 가리키며) 보십시오. 이런 유의 사람들도 우리에게 온다는 사실이 우리 프로그램의 옳음을 증거합니다! 우리가 말하는 혁신이란, 오로지 그 혁신이 모든 사람의 소망과 욕구에 일치하는 경우에만, 생겨날 수 있습니다. 우리는 서로 어울려 살아야 한다는 것을, 그리고 우리 모두는 서로 연결되어 있다는 것을 압니다. 평화에 대한 우리 사랑에 의해 서로 연결되어 있어요. 우리가 얼마나 많은가를 정치가들에게 보여 준다면야—

두 번째 목소리 어떻게 보여 줘야 합니까?

대변인 우리가 당을 강력하게 만듦으로써! 그러니 당원이 되시오! 당신은 가입할 수 있고, 저기서, (그는 한 여자 서기가 앉아 있는 뒤편의 한 책상을 가리킨다) 저기서 회원수첩을 받게 됩니다!

세 번째 목소리 모두가 회원이 될 수 있습니까?

대변인 모두가! 우린 어떤 차별도 두지 않습니다. 젊은이든 늙은이든, 가난하든 부자든.

세 번째 목소리 얼마 듭니까?

대변인 당신들이 지불할 수 있을 겁니다. 영화 입장권보단 적습니다.

세 번째 목소리 그 대가로 뭘 받습니까?

대변인 당신들 스스로 하는 걸 받습니다. 당을 만드는 사람은 바로 당신들입니다. 그게 발전입니다. 그 어떤 것도 거기선 당신들을 위해 만들어 주진 않아요. 당신들 스스로 그걸 만들어 가야 합니다. 모든 건 당신에게서 옵니다. 그게 봉기입니다.

K는 손을 눈앞에 댄다. 다른 손으로 기댈 곳을 찾는다. 한 상자 위에 앉는다. 그의 사무실에 온 적이 있는 여자가 그에게 다가간

다. 그녀 무리가 그녀를 따라간다. 그들은 그의 주위로 모여든다.

남자 그는 누구요?

여자 그래, 저 사람은 보험회사에 있어요. (K를 보고) 불편한가요?

K 너무 덥군요. 숨쉬기가 힘들군요.

여자 (그의 옷깃 단추를 열고, 그의 뺨을 가볍게 토닥거린다. 주위에 선 사람들에게 돌아보며.) 그는 집을 우리에게 약속했어요. 그는 도와주려는 마음이 아주 많았죠.

세 번째 목소리 나도 방이 필요해요!

여자 이제 그를 놓아주세요!

대부분의 사람들은 이제 멀어진다. 그것은 천천히, 아무런 결의도 없이 흩어져 가는 걸음걸이다. 몇 사람은 아직 작은 식탁 옆으로 가더니, 흩어진 채, 책자를 넘기고, 몇 사람은 회원기록부에 이름을 적어 넣고, 돈을 내고 수첩을 받는다. 당 대변인은 아직도 뒤편의 한 무리 옆에 멈춰 있다. 좀 떨어진 곳에서 몇몇 목소리가 들린다.

두 번째 목소리 빌렘은 이미 떠났어—

네 번째 목소리 그는 저 위로, 프란츠 옆에 있어—

대변인 아직도 누군가 책상 쪽으로 가려고 합니다.

첫 번째 목소리 같이 가요, 감자를 가지러—

앞에서 여자 또한, 그녀 가족과 함께, 멀리 가는 길에 동참한다.

여자 우린 지금 가야 해요—

K 조금 더 있으세요. 아니, 그건 별 소용없소—

여자와 그 일가족은 멀어진다. 몇몇 낙오자들이 지나간다.

세 번째 목소리 원래 일요일은 사람들이 쉬는 유일한 날인데, 벌써 오전이 다 가 버렸네. 오후에는 더 이상 거기 가지 않을 거야. 하루 종일 이용할 수 있는 건 다 이용했어야 했는데.

뒤편 몇 사람의 희미한 모습만 제외하면, 모든 곳이 텅 비게 된다. 어두움.

11

하숙집의 방. 보조 탁자 위 작은 전등만 불이 켜져 있다. 뒤편 문은 열려 있다. K는 침대 위에 앉아 있다. 밖에서는 가끔 몬타그 양이 보인다. 그녀는 가방과 보따리를 질질 끌며 나른다. K는 일어서더니, 문으로 간다.

K 그루바하 부인!

그루바하 부인이 나타나, 그에게로 온다. 그녀는 몇 개의 접시와 접혀진 식탁수건을 들고 있다.

그루바하 부인 예, 갑니다.

K 대체 밖에 무슨 일입니까?

그루바하 부인 몬타그 양이 이사하고 있어요.

K 나가나요?

그루바하 부인 아니에요. 그 여자는 뷔르스트너 양의 방으로 옮깁니다.

그루바하 부인은 방 안으로 들어간다. 어슴푸레한 곳에서 그녀는 식사를 차리기 시작한다.

K　왜요?

그루바하 부인　뷔르스트너 양이 밤이 되면 늘 그리 무서워하니까요. 그래서 뷔르스트너 양이 그녀를 옆에 두려고 해요.

대위 역시 밖에서 나타난다. 그녀는 몬타그 양이 짐 나르는 걸 돕는다. 뒤따르면서 그는 칸막이 된 가방, 서랍 달린 옷장, 등받이 의자, 세우는 램프를 가지고 간다. 뷔르스트너 양은 몇 차례 나타나지만, 짐 옮기는 일은 하지 않는다. 그녀는 그저 잠시 서 있다가, K의 방 안을 들여다본다.

K　뷔르스트너 양의 방은 정말 크지 않군요. 저기서 둘이 살기에는.

그루바하 부인　몬타그 양의 침대는 매우 좁아요. 접을 수 있는 야전침대에 불과해요.

K　그렇지만 그녀는 다른 가구도 가져가네요. 난 한 번도 뷔르스트너 양 방에 가 본 적이 없습니다. 거기에 뭐가 있는지 알지 못해요. 그렇지만 저 밖의 홀이나 현관, 화장실을 생각할 때면, 그 방을 좁다고 생각할 수밖에 없어요. (그루바하 부인은 그 방을 떠난다. 그는 그녀를 뒤에서 부른다.) 그건 구석에, 옆집 쪽으로 놓여 있어야 되죠.

그루바하 부인 (떠나면서 돌아보며) 충분히 큽니다. 뷔르스트너 양이 더 이상 혼자가 아닌 게 잘된 거죠.

K 몬타그 양은 대체 뭘 합니까?

그루바하 부인 몬타그 양은 쭉 집에 있어요.

K 어떻게 그걸 아나요? 부인 역시 자주 나가는데 말이죠.

그루바하 부인 내가 갈 때, 몬타그 양은 늘 있어요. 내가 돌아올 때도 여기 있고.

K 그렇지만 그 사이, 그 사이 시간엔 뭐가 일어납니까?

그루바하 부인은 사라진다. K는 그녀를 뒤따라가더니, 문 옆에 선다. 대위가 문서 바구니 하나를 들고 지나가는데, 그 바구니에는 온갖 물건들이 가득 차 있다.

대위 (K쪽으로 돌아서며) 같이 짐 싸지 않겠소? 아니지, 늘 보기만 하니 말이야!

그루바하 부인이 수저와 유리병을 들고 돌아온다.

K 그루바하 부인, 뷔르스트너 양의 지위에 대해 아십니까?

그루바하 부인 (식탁을 차리며) 그녀가 그 기업연합에서 은행 여지배인이라는 사실 말이죠? 당신 생각에는, 그녀가 자기 방을 나눠 쓴다는 게 지위에 안 맞는다는 거군요? 그렇지만 그렇게 하길 그녀가 원하는 걸요.

K　보세요, 난 여기에 이미 오래 살고 있어도, 하숙집의 모든 방이 어떻게 배치되어 있는지 아직 분명히 알지 못하거든요. 내게 아주 중요한 것은 늘, 가장 가까이 있는 주변이 어떤가를 아는 것입니다. 대위 양반 방도 그렇고—

그제야 그는 그루바하 부인이 그 사이에 다시 밖으로 나간 걸 알아챘다. 그녀가 다시 올 때까지 잠시 기다린다. 그녀는 수프 접시를 가지고 와서, 식탁 위에 놓는다. 그녀가 식탁에서 하는 일은 어슴푸레해서 알아보기가 어렵다.

K　제가 말하고 싶은 것은, 란츠 씨 방인데—

그루바하 부인　내 조카 방에 한 번도 안 들어가 봤나요?

K　예. 그가 정말 당신 언니 아니면 오빠의 아들인가요?

그루바하 부인　그래요. 내 언니의 양자지요. 언니가 죽었을 때, 그러니까 전쟁이, 지난번 전쟁이 일어난 직후부터 난 개를 아이 때부터 벌써 데리고 있었죠. 좀 먹지 않겠어요?

K　(앉으며) 아이였을 때부터 당신 조카가 이미 이 집에 있었다면, 그 뒤에는?

그루바하 부인 입대할 때까지 내 집에 있었죠. 그는 내게 아들이나 다름없어요. 대위가 되어 군영 밖에서 살 수 있게 되었을 때, 그때 다시 그는 우리 집에 왔죠. 그래요, 그 당시는 내 남편도 아직 살아 있을 때였어요. (그녀는 식탁 가에 앉는다.)

K는 숟가락을 들지만, 먹지는 않는다.

그루바하 부인 좀 드세요!

K 원래 우리는 한 가족이나 같았죠. 왜냐하면 당신 남편에겐 내가 아들이나 같다고 당신이 말했으니까요.

그루바하 부인 내가 그렇게 말했어요?

K 대위와 난 — 형제죠. 그래요, 그루바하 어머니, 이렇게 난 당신을 종종 부르고 싶었습니다.

그루바하 부인 그러면 당신의 원래 부모님은?

K 결코 볼 수 없지요.

그루바하 부인 (고개를 가로저으며) 그러면 다른 부모님을 찾아야겠어요 —

K 보세요, 가족과 함께, 그러니까 부모와 오누이와 함께 커 간다는 건 다시없는 고통거립니다. 그렇게 꽉 갇힌 듯 살

게 되면, 서로 마음대로 움직일 수도 없어요. 난 내 길을 찾기 위해 집을 떠났습니다. 그래요, 그게 내겐 너무도 어려웠어요. 인정합니다, 그루바하 부인. 난 여기서 제자리를 잡기가 어려웠어요. 이해하시나요?

그루바하 부인 수프가 식겠어요!

K (몇 숟가락 수프를 먹고는, 다시 숟가락을 놓는다.) 보세요. 내 직업은 아주 세분화되어 있고, 이 세분화된 일은 늘 다른 사람의 생존과 관련돼 있어요. 난 오랫동안 그 일만 해 왔습니다. 그러다가 갑자기 더 이상 안 되는 거예요. 그때 이후 난 알고 싶었죠. 내가 하는 모든 게 어디로 가는지, 내게 영향을 주는 모든 것에도 불구하고, 이것이 어디에서 오는지 알고 싶습니다.

밖의 홀에서 목소리가 다시 커진다. 웃음을 띠며 뷔르스트너 양과 대위가 나타난다. 대위는 제모를 썼고, 뷔르스트너 양은 그 모자를 바로잡아 준다. 그루바하 부인이 일어선다.

K 조금 더 있으세요, 그루바하 부인.

그루바하 부인 당신이 먹겠다는 걸 약속하면, 내가 앉지요.

그루바하 부인은 다시 앉는다. K는 천천히, 마지못해 먹는다. 대위와 뷔르스트너 양은 멀어진다. 집의 문이 열리고 닫힌다.

K　내가 여기서 모든 걸 조감하지 않는다면, 밖에 무엇이 일어나는지 내가 어떻게 알겠습니까? 오늘 한 정치 집회에 갔었습니다. 우리 삶에 중요한 문제들이 다뤄지고 있었죠. 그러나 난 아무것도 이해할 수 없었어요. 기력을 잃은 거죠.

그루바하 부인　아, 그건 특별하진 않아요. 많은 사람들과 있으면, 난 늘 그런 걸요.

K　하지만 그렇게 많은 사람들과 함께 있으면, 개인이 할 수 있는 것보다 더 많은 걸 알 수 있어야죠. 그리고 어떤 결정적인 것에 도달해야 되고요. 난 생각했죠. 지금이야말로 어떤 의미 있는 일이 있어야 한다고 말이죠. 일만으로는 더 이상 충분하지 않아요.

그루바하 부인　그래요. 어쩌면 당신은 그 자리에 어울리지 않는지도 몰라요. 어떤 전혀 다른 일을 해야 할지도 모르고요.

K　(갑자기 열심히 먹으며) 그래요! 그래요, 그루바하 부인. 방금 당신이 말한 게 내게 용기를 줍니다. 이미 해결책을 찾았습니다. 바로 지금 이 순간에 난 어떤 해결책이 있다고 느꼈어

요. 그리고 그건 많이 있습니다! 곧 그 일에 착수할 겁니다.

그는 숟가락을 놓고, 벌떡 일어선다. 방에서 급히 나간다.

어두움.

12

사무실. K의 책상만 밝다. K는 옆에서 걸어 들어온다. 그의 책상 가에 라벤슈타이너가 앉아 있다. 책상 위 물건들이 던져진 채 더미를 이루고 있다. 모든 서랍이 빼내져 있다. 라벤슈타이너는 서류를 찾고, 편지를 읽는다. K가 온 것에도 방해받지 않고.

K　대체 여기서 뭘 하는 거요?

라벤슈타이너　나요? 뭐라고요? 당신 후임자를 위해 정돈하지 않을 수 없습니다.

K　그렇지만 그건 내가 할 일이오.

라벤슈타이너　난 그저 당신 수고를 덜어 주려는 겁니다. 내일 본부 관리처에서 사람들이 기다릴 겁니다. 거기서 할 일이 많을 거예요.

K　아직 난 결정하지 않았소!

라벤슈타이너　아니, 결정됐습니다! 당신이 결정했다고 뷔르스트너 양은 말했는데요.

K　뷔르스트너 양이?

라벤슈타이너　그래요. 오늘. 내가 전화했죠. 대리님은 하숙집에 없더군요. 벌써 일곱 시에 일어나 나갔더군요. 어디로 갔느냐니까 정치 집회에 갔다더군요. 거 보세요. 그래, 우리는 업무를 보고 있었는데 말이죠. 일요일 하루 종일. 앞으로 할 당신 일을 우리가 준비했죠. 나, 사장님, 은행 여사장님, 이렇게 말입니다. 당신의 모든 업무 영역을 확정했지요. 당신은 곧장 떠나도 됩니다. 여비서를 한 명 둘 수 있을 거예요.

K　그렇지만.

라벤슈타이너　그렇지만이란 말은 없어요! 관리처에 그러나란 말은 없습니다.

K는 책상 위의 몇 가지 물건들을 들어서 제자리로 옮긴다. 사진 가운데 한 장을 멍하니 쳐다본다.

라벤슈타이너　여기 이 물건들, 이걸 버렸으면 좋겠습니까?

K　안 되오!

라벤슈타이너　집으로 가져갈 건가요?

K　아니오.

라벤슈타이너　새 사무실로 가져갈 건 아니죠.

K　가져갈 거요!

라벤슈타이너　그렇다면, 빌렘과 프란츠가 이걸 넘겨줄 겁니다.

K　빌렘과 프란츠라고요?

라벤슈타이너　여기서 그들이 기다리고 있습니다.

K는, 무엇을 찾는 듯이, 둘러본다. 약한 신음소리와 끙끙거리는 소리, 억눌려진 외침이 들린다. 맨손으로 치는 듯한 박수 소리도 들린다.

K　대체 어디인가요?

라벤슈타이너　방 안에. 여기서 시간을 죽이고 있죠.

K　방 안이라고?

라벤슈타이너　서류보관실 말이오.

나무가 찌직대며 갈라지는 소리. 외침. 뒤편, 어떤 좁은 방으로 통하는 문의 틈이 벌어진다. 그 안에는 빌렘, 프란츠 그리고 뷔르스트너 양이 날카로운 빛 아래 잠시 보인다. 세 사람 모두, 벌거벗은 채, 피로 더럽혀진 것처럼 보인다. 그들은 번갈아 가며 뒹군다. 문이 다시 닫힌다. K는 아직도 어둠 속을 응시한다. 책상 전등이 꺼진다.

2막

13

새로운 사무실에서. 책상 하나뿐이다. 그러나 이것은 이전과 똑같은 책상이다. 책상 위에는 물건들이 이전 순서대로 배열돼 있다. 책상 부근에는 낮은 탁자가 있고, 이 탁자엔 두어 개의 편안한 소파가 달려 있다. 시가 지도 대신 이제는 세계지도가 있다. 주요 도시를 연결하는 노선이 대륙과 바다를 가로지르며 이어져 있다. K는 책상 옆에 몸을 꼿꼿이 한 채 앉아 있다.

라벤슈타이너 정시에 왔군요. 좋아요.

K 당신도 여기서?

라벤슈타이너 나도 여기서 일합니다.

K 카미너에게 들렀다 왔소. 몇 가지 사항을 설명하기 위해

말이오. 모든 걸 알고 있다고 그러더군요.

라벤슈타이너 어제 우린 모든 걸 처리했습니다. 그게 아니라도 이미 오래전부터 그에게 요령을 전수했지요.

K 내가 수년 동안 매달린 일이 무엇인지 그가 어떻게 안단 말이오?

라벤슈타이너 우리가 새 시스템을 도입했다는 걸 당신은 알 겁니다. 이전에는 많은 인력이 필요하던 일이 단순화를 통해 적은 인력으로 처리될 수 있게 되었죠. 그러니 당신이 불필요하게 된 겁니다. 카드 작업하는 일 말이죠.

K 바로 이 카드 작업이 내겐 중요했소. 이 일 덕분에 저 뒤의 사람들에게 더 가까이 갈 수 있었으니 말이오.

라벤슈타이너 새 시스템 덕분에 모든 것으로의 접근이 더 쉽게 되었습니다. 이 보세요, 당신은 박물관에서나 전시될 것이 되었죠!

K 사람은 다른 사람에게 귀 기울여 들어야 해요, 라벤슈타이너 씨. 모든 사람과 얘기를 나눠야 하고요.

라벤슈타이너 그래요. 그렇기도 하죠! 인간이 우리에겐 중심에 있죠. 우리 회사의 명성도 그 위에 기반해 있고. 그래요.

당신은 늘 충분히 이해했습니다. 그렇지만 당신은 너무 많은 의무사항을 말하기도 했죠. 당신은 미리 규정된 친절만을 보이는 것에 자족하지 않았어요. 그래서 너무 많은 약속을 했고요. 그게 실수였죠.

K 보험회사는 우리 사업 가운데 가장 명망 있는 것이었소. 그 회사는 고객을 개별적으로 돌보는 일로 유명했소.

라벤슈타이너 우리의 은행, 우리의 주택 건축, 우리의 운송업체도 마찬가지로 유명하잖습니까? 당신을 그렇게 하도록 회사에선 허용했고요. 당신의 셈은 아주 바르지만, 손실이 증가했어요. 당신은 아주 작은 문제에도 반응하지만, 손실, 이 손실에 대해선 별로 신경 쓰지 않았죠?

K 하지만 내가 보험의 여러 업무를 앞으로는 열람할 수 있기를, 그래서 조사할 수 있길 바라오.

라벤슈타이너 물론이죠! 그래서 당신은 관리처로 옮겨졌습니다. 업무 전체에 대한 시야를 넓히려고 말이죠. 거기서 당신은 모든 부서를 다루죠.

사장이 들어선다. 일그러진 미소를 잠시 띠면서 그는 K한테 간다. K는 일어선다. 사장은 그에게 악수한다.

사장 내가 보기에, 한창 업무 중이군. 좋아요. 서류를 다 살펴보고 나서, 한번 순시할 수 있게 될 거요. 비서가 당신을 안내할 거고. 하스테러 씨도 당신과의 면담을 기다리고 있소. 사람들이 아무렇게나 들이닥치는 일은 여기선 안 일어날 거요. 하스테러 씨를 맞을 준비는 돼 있소?

K는 말없이 잠자코 있다.

라벤슈타이너 그건 중요합니다! 대기실을 잊지 않는 것 말이죠. 당신 부담을 덜기 위해 저 밖에 있는 거죠.

책상 위 확성기 옆에 작은 램프가 반짝인다. K는 움직이지 않는다. 라벤슈타이너는 그 단추를 누른다.

확성기 소리 지금 하스테러 씨가 들어가도 되나요?

라벤슈타이너 그래요!

사장과 라벤슈타이너가 퇴장하는 동안, 검사가 한 여자를 대동한 채 들어온다.

14

검사가 팔을 벌린 채 K 쪽으로 다가간다. 그를 안는다. 여자는 조금 떨어져 서 있다.

검사 당신 비서를 소개하고 싶군요.

그 여자가 K쪽으로 와서, 그에게 인사하고, 소파 중 하나에 자리 잡는다. 거기서 조용히, 주의하며 있다. 검사는 K를 의자에 앉도록 누르고, 자기도 책상 위에 걸터앉는다. 거기 있던 물건들을 옆으로 치우면서.

K '당신'이 내게 이 여비서를 보냈소?

검사 '너'라고 불러 줘, 요셉! 알다시피, 난 자네 부모님 댁에 가서 벌써 알렸다네!

K 대체 뭘 알렸다는 겐가?

검사 승진에 대해.

K 그건 아무것도 아니네.

검사 자네 아버지는 얼마나 자랑스러워하던지! 그렇게 아파 거의 늘 침대에 누워 지내던 분이 벌떡 일어나 방을 왔다 갔다 하셨어. 잠옷 차림으로 말이야. 큰 웃음을 터뜨리며, 아,

그런 일을 겪게 되다니,라며 소리치셨지. 그분이 자넬, 하나뿐인 자네를 얼마나 사랑하는지 자네가 안다면! 게다가— (그는 K에게 머리를 숙이더니 손을 그의 어깨 위에 놓는다.)

K 게다가?

검사 그런데 자넨 어머니에 대해선 전혀 묻지 않는군?

K 내 어머니—

검사 그녀는 눈이 멀었어. 자네 어머니는 눈멀게 되셨어.

K 눈이 멀어지셨군—

검사 일 년 전부터 말이지. 그렇지만 자넬 용서하셨어.

K 뭘 용서하셨다는 건가?

검사 자네가 그분을 홀로 내버려둔 거 말이야. 자넨 집으로 더 이상 찾아가질 않으니까. 자네 소식을 결코 알려 주지 않는 사실에 대해서 말이야.

K 대체 내가 뭘—

검사 아들을 잃고, 그래서 그저 다른 사람들에게만 이 아들이 어떻게 돼 가는지, 그가 무얼 하는지를 물어야만 하는 게 부모에게 어떤 것인지, 자넨 대체 상상할 수나 있는가? 지금이야말로 그분들을 방문할 때라네.

K 그럴 수 없네.

검사 그렇지만 요셉! 가족에게 결속이란 게 얼마나 중요한지 생각해 보게. 자넨 늘 이해와, 서로 귀 기울이며 도와야 할 필요성에 대해 말하지 않는가?

K 더 이상 그럴 수 없네—

검사 잘못이야, 요셉, 잘못되었네! 바로 자네가 필요해. 그런 통찰력 있는 자네 말일세!

K 우릴 서로 갈라놓은 게 바로 내 통찰이었네. 저 밖 세상이 어떠한지 알고 난 후 내가 말하려 할 때, 그분들은 거절했네. 우리에게 그걸 주입하진 말아,라고 말했지.

검사 아니야, 그분들은 자네로 인해 괴로워하셨어! 내가 뭘 요셉에게 해야 하나,라는 말을 자네 아버지로부터 얼마나 내가 자주 들었는데. 그 모든 데서 그는 절망하고 있네!

K 가난한 이들의 구역으로 내가 가는 걸 그들은 금지했다네.

검사 자넨 그때 아직도 아이였네. 그들은 자네 안위를 걱정하고 있었으니까.

K 난 내가 두려워했던 어떤 사람과 놀아야 했고, 내 마음을

끌었던 다른 사람과는 교류해선 안 되었네. 왜냐하면 한 사람이 부잣집 출신이었고, 다른 사람의 부모는 비참하게 살았으니까.

검사 자네를 보호하려는 거였지!

K 그래! 보호하여 흠 없이 되길 그들은 원했지. 불운한 것은 모두 멀리하려고 했지만, 그 때문에 불운을 끌어들이기도 했네! 불운이란 건 복수심이 강하니까. 그걸 무서워하고 부정하는 사람에게 그것은 덤벼드네. 결국 불운은 우리 집에 서식하게 됐네. 모든 말이 불운으로 새겨졌으니까. 그래, 상냥함과 관대함도 있긴 있었지.

검사 위로하는 게 자네 몫이었겠네!

K 그런 표정이 내게 어떻게 나타나는지 나는 잘 보았네.

검사 요셉, 자네가 뭘 말하는지, 이해가 잘 안 되는군.

K 내가 뜻하는 것? 도처에서 사람들이 어떻게 부추겨지고 쫓기고 학살되는지 말하는 걸세.

검사 그래, 그래, 그래. 그렇지만 여기는 그렇지 않네! 그 모든 건 우리에게서 한참 떨어진 곳의 일일세. 우리가 불안해할 이유는 없어.

K 그건 우릴 괴롭히네, 끊임없이.

검사 하지만 이보게! 그런 식으로 살 순 없네! 어딘가 기아가 아직 있다는 사실 때문에 '우리'의 식욕을 망칠 필요는 없네. 어딘가에 파괴가 있다는 사실 때문에 뭔가를 건설하는 '우리'의 즐거움을 빼앗길 필요도 없어. 난 자네 걱정을 존중하네! 그렇지만 그런 곤란에 대한 자네 걱정으로는 누구도 도울 수 없어. 가장 가까운 주변 상황을 개선하는 데 이바지하게. 그럴 기회는 이제 자네에게 있네. 자넨 바르게 일해서 영향력 있는 지위를 갖게 되었어. 영향력을 가진 자만이 개입하고 변화시킬 수 있다네. 명랑한 마음을 가지게, 내 친구여! 이제 쾌활함이 필요해. 이미 온 세상이 자네 앞에 열렸으니 말이야. (그는 세계지도를 가리킨다.) 그래, 여기와 여기에 가난의 얼룩이 아직 있어. 그래, 큰 얼룩이지. 그 점에서 자네 말이 맞아. 그렇지만 그걸 밝히는 데 자네도 참여할 수 있어. 자넨 정말 선구자, 말하자면 새로운 식민지 개척자라네! 그렇네, 새로운 식민지 건설이 시작되었네. 정신에서의 식민지 건설 말일세. 폭력을 통해서가 아니라, 아니, 결코 폭력과 함께 하는 게 아니라 정신력과 함께 짝을 이룬 경제적 식민지 건설 말일세. 자네는 새로운 엘리트에 속하네!

K　그렇게 난 나를 생각진 않네.

검사　자네는 그걸 곧 배울 거야. 모든 학문도 그렇지. 하나의 발견은 다른 발견을 초래하네. 자넨 결코 우둔한 적이 없었어. 자연법에서 경제법으로 얼마나 놀이하듯 넘어왔는가를, 얼마나 목표를 의식하며 보험회사에서 일했는가를, 나는 아직도 알고 있네. 그걸 내가 자네에게 말할 필요는 전혀 없겠지. 자네는 자네가 가진 가능성을 알고 있으니까. 그렇지만 곧 자네가 내던질 성향으로부터 자네 마음을 돌릴 필요는 있겠지. 난 그 점을 확신해. 자네 여비서도 그 일을 도와줄 거야.

여비서가 일어서서, 책상 쪽으로 몇 걸음 걸어간다. 검사는 자리에서 부득불 일어선다. K 역시 일어선다.

검사　필요할 땐 그녀에게 일을 맡기게.

검사는 퇴장한다. 여비서는 책상 가로 다가가, 밀쳐진 물건들을 다시 바로 놓는다.

K　당신 이름을 나는 모릅니다.

여비서　레니라고 불러 주세요.

어두움.

15

사무실은 밝다. 책상 가에 K 홀로 있다. 빌렘과 프란츠가 들어온다. 평복 차림. 그들은 한 무더기의 서류를 책상 위에 놓는다.

K　'여기에' 지금 당신이 있다니?

빌렘　우리 역시 승진했습니다. 관리부에 자리를 얻었죠.

프란츠　전 은행에 자리가 났습니다.

빌렘　뷔르스트너 양은 프란츠에게 도움 받고 있죠.

프란츠　제가 거기에 어울립니까? 당신은 내가 둔하다고 여깁니까?

K　왜 둔하다고 내가 여겨야겠소?

프란츠　제가 알기로, 당신은 대부분의 사람들이 둔하다고 생각하는 것 같으니까요.

K　내가?

프란츠　그걸 알아챘습니다. 그 당시에 말이죠. 한 달 전에. 우리가 당신 집에 갔을 때, 그 통풍구 때문에 말이죠. 그때 당신은 우리가 못 듣는 어떤 걸 듣고 있었죠.

빌렘　손해는 없을 거라고 전 늘 여기죠.

프란츠 당신이 말하면 그런 게 틀림없이 있을 거라고 사장님은 말했습니다. 그리고 당신이 말하는 걸 이해하지 못하는 사람은 모두 어리석다고도 했고요.

K 그렇지만 이제 당신이 승진했다면, 사람들은 당신을 그리 둔하다고 여기지 못할 거요.

빌렘 하지만 해고될 수도 있습니다.

프란츠 그래, 처음엔 우리가 해고돼야 하는 것처럼 보이기도 했지.

빌렘 우리를 해고하지 않은 데는 분명 이유가 있을 거야.

K 당신들이야 능력 있는 사람들이니까. 그러니 출세해서 부서의 우두머리가 될 거요.

빌렘 그래요! 손가락을 든다. 이제야 알겠어! 당신과 나, 그리고 모든 다른 사람들—우리 모두는 끊임없이 자리를 옮길 겁니다. 전 운송부에서 사환으로 시작했습니다. 그 다음엔 건축부로 갔죠. 그리고는 수리 부서로 들어갔고요.

프란츠 뷔르스트너 양도 처음에는 우리 여행부에 있었습니다. 그 다음엔 생산부에서 타자수로 있었고요. 그 다음엔 은행에서 경리를 담당했고요. 지금은 회계원이죠.

빌렘 그리고 당신— 당신은 처음에 법률 담당 부서에 있었습니다. 그 다음엔 보험 부서에 있었어요. 곧 당신은 간부가 될 거요. 아니면 다른 곳으로 가거나.

K 다른 곳이라니?

빌렘 에, 말하자면, 당신이 창문닦이가 되거나, 바닥을 청소하는 사람이 될 거라고 말하고 싶진 않습니다. 그렇지만, 내가 아는 사람 중에 엔지니어가 있었는데, 그는 지금 난방기사가 되어 있죠.

K 빌렘 씨, 내가 내 자리에 맞지 않다고 여기오?

빌렘 누구도 당신보다 더 맞는 사람은 없을 겁니다! 그저 당신 책상에선 이런 일들이 있다는 거죠. 우습기는 한데, 왜 그런지 알 수가 없어요. 마치 당신 책상이 여기에 전혀 없는 것처럼, 다른 어딘가에 있는 것처럼 말이죠. 구식 모자와 콧수염을 기른 이 남자, (그는 사진 중 하나를 가리킨다) 이 사람이 관리처와 무슨 관계를 가졌습니까? 제가 궁금한 건 그거예요. 난 그 아무것도 이해하지 못합니다.

K 그는 광부였소.

프란츠 그가 당신 할아버지였습니까?

K　아니오, 그는 궁전을 지었던 사람이었소.

빌렘　궁전이라뇨?

K　제대로 된 궁전은 아니오. 땅 속으로 박힌 궁전 말이오. 현관과 복도 그리고 기둥을 가진 거요. 모든 걸 거꾸로 만들었소. 계단은 아래로 뻗어 탑 꼭대기로 갔소. 모든 게 점토로 만들어졌지. 그는 손으로 그걸 반죽했소. 벽을 치장했고, 돌과 석탄을 박았고—

프란츠　그 안에서 그가 살았습니까?

K　아니오, 그는 그 안에 살 수 없었소—

빌렘　궁전 하나를 세웠고, 그런 다음 그 안에는 살지 않는다—

K　그는 바로 그 옆 한 오두막에서 살았소. 그러나 나머지 빈 시간엔 건물 안에 있었소. 일평생 내내. 모든 걸 점점 더 좋고 더 아름답게 만들면서 말이오.

프란츠　그런데 주변 것은 모두 뒤집힌 채—

K　모든 게 밑으로 향해 있소. 밖에서는 누구도 그걸 볼 수 없었소. 그리고 무덤 역시 그는 직접 세웠다오. 지하 납골당 말이오—

빌렘 (다른 한 사진 위로 몸을 숙인다.) 이 지역에 난 그 구멍 말이죠.

라벤슈타이너가 옆쪽에서 들어선다. 발끝으로 그는 뒤편에서 K 쪽으로 걸어간다. 동시에 빌렘과 프란츠는 퇴장한다.

16

라벤슈타이너가 K한테 슬그머니 다가가 바짝 붙는다.

라벤슈타이너 듣고 있어요, 당신이 돌과 무덤에 대해 말한 거 말이죠.

K (놀라 뒤로 돌아보며) 아니오, 예술에 대해 말한 거요. 어쨌든 내가 예술 단체를 이끌어야 하고, 그래서 뭔가를 준비한다면, 다시 말해 그에 대한 생각을 일깨운다면 좋을 거라고 여겼던 거요.

라벤슈타이너 하지만 업무시간에는 예술 단체가 직원을 괴롭혀선 안 됩니다. 물론 당신은 예외지만. 당신은 작품 구매건을 처리해야 하니까. 적절한 공간이 있는 벽도 선택해야 하고요. 그래요, 미를 위해 당신은 고민해야 해요. 그래서 회사 분위기에 어떤 경쾌하고도 쾌적한 걸 부여해야지요. 그렇게 되면, 모든 사람에게 영향을 줄 거예요.

K　라벤슈타이너 씨— 난 그에 대해 좀 생각해 봤소. 말하자면, 우리 중 누구도 여기서는 확고하게 있지 않소. 누군가 어떤 일정한 자리에 적응하기 시작하면, 그건 그렇게 계속 되죠—

라벤슈타이너　옳습니다! 우린 모든 걸 끝낼 수 있어요!

K　그러나 그 일을 우리 스스로 결정하진 않소. 우린 여기로부터 저기 저곳으로 밀려가죠.

라벤슈타이너　왜냐하면 그 일은 모든 사람을 포괄해야 하니까. 개별적으로는 종종 이해 못하는 것도 간부라면 동기를 부여하죠. 그런 식으로 직원의 모든 능력이 사용될 수 있습니다. 그리고 그건 실제적 과업에만 해당되는 건 아닙니다. 중요한 건 전체 노동 투입이죠. 난 그걸 혁명적이라고 칭하고 싶네요—

K　그래요. 나 역시 지금 더 자유롭다고 느끼오. 그래요! 모

든 것—전체를 보기 시작했으니까.

라벤슈타이너 몇 주 지나면 당신도 적응할 수 있을 거라고 사장님도 얘기했죠. 그렇게 되면, 당신은 그 초라한 하숙방을 버리고, 뭔가 대표 직에 걸맞는 걸 얻게 되지 않을까요?

K 오, 아니에요. 난 거기 그대로 살 거요!

라벤슈타이너 이젠 소음이 없습니까?

K 없소!

라벤슈타이너 퇴장. 어두움.

17

헛간에 있는 집회 홀의 구석. 뒤편은 어둡다. 방문객들이 개별적으로 그리고 작은 무리를 이루며 온다. 많은 사람들이 상자나 의자 위에 앉아 있고, 다른 사람들은 주위에 서 있다. 속삭이는 목소리들. 여기저기서 몇몇 말들은 또렷하다. 앞쪽만 조명이 비춰진다. 거기 한 널빤지 위에 K와 레니가 앉아 있다.

K 우린 자유당, 평등당 모임에 참석했소. 오늘 회의가 열

리는 당은 어떤 거요?

레니 혁명당, 말하자면 그 일부예요.

K 어떤 일부 말이오?

레니 미리 알 순 절대 없어요—

K 그런데도 저렇게 사람들이 많이 온다는 건—

레니 그건 아무것도 확정되지 않았기 때문이죠. 그게 대부분 사람들의 마음을 끌어요.

K 밖엔 경찰들도 많았소—

네 번째 목소리 구석 편에는 물대포차도 세워져 있어요.

레니 사태가 뭔가 불확정적이면, 늘 경찰이 거기 있죠. 집회가 의문스러우면 의문스러울수록 더 많은 경찰이 있어요.

K 당시 진보당 집회에서 아무런 감시꾼도 난 못 봤는데. 그렇지만 전복적인 뭔가에 대해 말들 했소.

레니 인민봉기로 국가 전복을 꾀하는 자들이었죠. 그렇지만 인민 스스로 봉기하진 않아요. 그렇게 하도록 부추겨졌다고 하죠. 진보당 뒤에는 교육기관 사람들이 있어요.

K 내가 이해하는 한, 인민들은 교육에 대해서도, 말하자면 교양 있는 사람들에 대해서도 반대했소.

레니 그건 흔한 일이에요. 이제야 낚시가 던져진 거죠. 적어도 자기들이 아무것도 모른다는 걸 너무도 잘 아는 사람들이 미끼를 물 거예요. 그들은 스스로 우월하다고 느끼는 축이죠. 그들은 자기보다 더 많이 아는 다른 사람들이 있다고 여겨요. 그러고는 이들을 비난하죠. 그들이 뭔가를 안다는 것에 대해 우리 스스로 아무것도 모르는 건 비난받아 마땅해요. 그렇지만 그들은 분명 그 지식을 부당하게 얻었을 거예요. 미끼 무는 자들은 굶주려 있고, 무엇보다 이리저리 돌아다니며 가만히 있지 않을 겁니다. 물지 않는 자들, 그래서 어떤 불안감도 안 보이는 자들을 낚을 필요는 없어요. 낚시질로 낚은 사람들에게 우린 이렇게 말할 수 있죠. 이제 당신들 차례라고. 이제 당신들이 배워야 할 게 있다고. 이때 그들이 먼저 배우는 건, 그들 자신을 배제시킨 교육을 무시하는 일이에요.

K 그러나 높이 올라가려면, 사람을 끌 만한 뭔가를 가져야 하오.

레니 그들은 목 안에 이미 미끼를 가진 걸요.

K 그러면 질식되지 않겠소?

레니 그들은 알아채질 못해요. 입 안에 역갈고리가 있는 걸.

그래서 끌어올려져요. 결국 공중에 둥실거리죠.

K　그 무슨 공중이오! 대체 거기서 숨쉴 수가 있소?

레니　하지만 그들은 인간인 걸요. 다들 끌려갔죠. 한 집회로.

K　당신이야 혼자 왔소. 자발적으로—

레니　그들은?

K　이 모든 사람들에겐 어떤 충족되지 못한 게 있어요. 불안 때문에 몰려다니고. 그래서 그들은 함께 일하려고 해요. 그들 상황을 개선시키려고.

레니　그들은 낚였죠. 그들을 괴롭히는 것으로 사람은 낚여요. 주택난이나 높은 집세 때문에 말이죠. 가난이나 너무 많은 세금 때문에. 게으름이나 업무 과다 때문에. 고독이나 가정불화 때문에. 그들은 완전히 공허하게 돼 버려요. 그래서 누군가가 뭘 얘기해 주길 기다려요. 조금이라도 알게 되면, 그들은 모든 걸 알았다고 여기죠. 그렇지만 끔찍한 건—

K　끔찍한 것이라고?

레니　그들이 기대하는 건 계몽이 아니에요. 그들은 친절을 기대해요.

K가 잘 아는 여자가 무리 중에 나타난다. 그녀 가족이 그녀를 따른다. 그녀는 K 가까이에 자리 잡는다. 여자는 K를 아직 알아보지 못한 것 같다. 그는 급히 고개를 돌린다.

여자 오늘 이 여자가 말하던가요?

남자 저 절름발이 여자 말이오?

여자 난 몰라요. 그녀가 절뚝거리는지.

남자 그 때문에 이렇게도 많은 여자들이 여기 있는지도 모릅니다.

앉아 있는 사람들 사이에서 불안감이 조성된다. 뒤편에서 여러 손이 보인다. 거기에는 아무것도 보이지 않는다. 마이크를 시험한다. 한 목소리가 하나 둘 셋을 말한다. 새로 온 사람들이 앞으로 나와, 앉을 자리를 찾는다.

K 그건 어떤 충동 때문이오. 생각하려는 충동 말이오. 사람이 생각을 한다면, 어떻게 다른 사람의 생각을 막을 수 있겠소.

레니 생각을 막는 게 아니라, 일정한 방식으로 생각하도록 그들을 가르치는 거예요.

가까이 앉은 한 사람—다섯 번째 목소리가 끼어든다. 여자와 그 가족도 K와 레니 쪽으로 몸을 돌린다. K는 안 보이려고 몸을 뒤로 기댄다.

다섯 번째 목소리 옳소! 그들은 우리와 전혀 관계 없는 걸 우리에게 늘 가르치려 해요.

세 번째 목소리 자넨 혁명당 출신이 아닌가?

다섯 번째 목소리 오늘날 가장 혁명적인 것, 그것은 자기 자신에 대한 시각이오.

여자 그래요. 봐야 할 건 거기에 있어요! 난 역 화장실에서 오물이나 토한 걸 걸레질해요. 거기엔 정신을 잃은 자나 죽은 자들이 누워 있어요. 이들을 닦아 내죠. 우리가 사는 여기에는 평상시 아무도 더 이상 살지 않는데, 이곳에 이들은 여기저기 누워 있어요. 토하고, 술 마시고. 여자들은 손님 데리고 들어가고. (그녀는 몸을 앞으로 쭉 굽힌 채, K쪽으로 간다.) 그리고 남자를 잘 주시해요! (웅크린 채 거기 앉은 남자를 가리킨다.) 그리고 늙은이들! (입 벌린 채 앞쪽을 응시하는 노인들을 가리킨다.) 나의 도움이란 저런 거죠—

K 당신에게 새 집이 할당되지 않았소?

여자 당신은 그렇군요! 다른 사람과 똑같아. 늘 약속뿐, 아무것도 일어나는 건 없어!

K 하지만 난 오래전에—

여자 그들은 오래전에 당신에게 모든 걸 했어요. 아니면 당신 말을 그들이 전혀 듣지 않았거나!

K 내일 곧 조사하겠소. 뭔가 오해가 있소.

여자 그래요, 늘 오해죠! 그 모든 오해에도 어떻게 당신들이 회사를 꾸려 갈 수 있는지 원!

다섯 번째 목소리 바로 그 오해 때문에!

K 그 일을 고려할 거요.

여자 당신네들, 들으시오. 그가 그 일을 돌보겠다고 하네요!

그러는 동안, 두 남자가 모인 사람들 사이로 밀치고 들어온다. 그들은 여기저기서 어떤 사람을 잡더니, 급히 그를 데리고 나간다. 여기 있는 사람들은 이 일을 거의 알아차리지 못하고, 또 그건 약한 조명 아래 일어나서 잘 알아보기 어렵다. 그런 후 두 남자는 앞에서 나타난다. 그들은 프란츠와 빌렘이라는 사실이 밝혀진다. 뒤쪽에서 그들은 다섯 번째 목소리를 낸 사람에게 다가간다. 프란츠는 그의 등에 오른팔을 걸친다. 빌렘은 그의 얼굴 앞으로 신분증을 들이댄다. 그들은 그의 몸을 뒤집더니, 양쪽에서 그를 누른 채 밖으로 끌고 나간다. 동시에 모두들 뒤쪽으로 시선을 준다. 마이크에서 당 대변인 목소리가 울린다.

대변인 청중을 인정하시오! 무엇을 해야 할지 당신들에게 내가 말하겠소!

남자 '그렇지만' 절름발이는 안 돼요!

어두움.

18

사무실. 책상 가에 K. 사진과 다른 물건들은 더 이상 거기에 없다. 사장, 검사, 라벤슈타이너, 카미너 그리고 레니가 들어온다. 레니는 소파에 자리 잡는다. 다른 사람들은 K에게 다가가고, K는 일어선다.

사장 그러니까 우린 엄청난 조처를 앞두고 있소.

검사 내부에서는 쉼 없는 움직임이 있소. 밖은 오로지 하나의 완결성만이 있소.

K 모두는 필요한 곳에 자신을 투입해야 합니다.

검사 민주주의란 구속력으로부터의 자유를 뜻해요. 모두는 모두에 대해 열려 있어야 해요.

라벤슈타이너 모두는 모두와 함께 제 길을 찾아내야 합니다.

검사 거기서부터 우리 모델을 발전시켰죠.

카미너 완전한 이익 공동체 말이죠.

사장 재벌은 오직 시장 위에 근거합니다!

K 어떤 경쟁도 없다면, 사익 또한 없지요. 그렇게 되면 우린 공익에 봉사할 뿐입니다—

검사 아직은 그렇지 않아, 요셉! 네 풍부한 고안력이라면 재벌을 계속 확장시킬 수 있네. 국제적 표준의 성장이 시작되는 거지. 카르텔은 무엇이고, 트러스트는 뭔가! 중요한 건 경제가 선도하는 것이네. 정치에서의 선도 말일세!

라벤슈타이너 우리는 하나의 정당 이상입니다.

카미너 그래서 예술은 우리 정치의 일부죠.

사장 (웃음을 띤 채 K쪽으로 몸을 돌리며) '자넨' 그 모든 걸 이해했겠지! 바로 자네의 고통스런 경험으로 말이야. 자넨 불완전성 때문에 자신을 괴롭혀 왔으니까. 그러면서 끊임없이 다른 가능성들—조용하고 친절한 가능성을 고대해 왔네.

여기서 우리는 어떤 모델—포기와 획득, 인간 사랑과 권위, 예술과 정치, 단순화시키면 감정과 이성의 통일을 보네!

라벤슈타이너 당신 기억하나요—우리는 이전에 이성 사회의 비전에 대해 얘기했죠. 그리고 모든 변혁적 시도의 짧음에 대해서도 말했습니다. 이것은 실현될 수 있기 전에, 이미 파괴되거나 내부에서 망가져 버렸죠. 지도자는 몰락하고 비난받고 살해됐습니다. '우리' 체제의 확고함으로부터는 어떤 것도 결코 생겨날 수 없었습니다.

사장 (찡그린 웃음을 띠며 K에게) 그래서 자넨 말하지—끊임없는 자리바꿈으로 우리 역시 낭비만 일삼는다고! 인간은 스스로 일을 그만두면서, 우리 손 안에 놓인 아무런 의지도 없는 도구가 된다고 말일세.

검사 (K에게) 그렇지만 그렇지 않은 최고의 증거가 자네 자신일세! 자넨 예술가, 시인이 되고자 하네! 어릴 때부터 자넨 늘 그렇게 말했지. 그리고 예술가가 되었고. 높은 의미에서. 삶 자체의 표현이 자네의 매력을 끌지. 지금 자넨 하나의 꿈을 실현해 가고 있어. 삶이라는 소재를 가지고 일을 하네. 모순에 찬 재료를 가지고 말이야. 자넨 천재적인 새 인간이야!

K　우리가 나온 그 전체라는 게 어떤 것이었는지 난 알고자 하네. 그건 너무도 강해서, 오늘날에도 여전히 거의 변하지 않았어.

라벤슈타이너　당신이 관리처로 옮기고 난 후에 변하지 않았다는 건가요? 세 달이 지나면 간부가 된다고 하는데도요! 놀라운 승진입니다!

카미너　빌라로 이사하고! 여행하고! 난 계획을 이미 다 짰습니다!

K는 손사래를 치며 거절한다. 사장, 검사, 라벤슈타이너, 카미너는 함께 떠난다. 사장은 다시 한 번 돌아본다. 그의 얼굴이 웃음 때문에 기이하게 일그러진다.

사장　예술작품 구매만! 그 일은 자네만 할 수 있네! 자네도 알다시피, 우린 새 대표 건물에 들어갈 벽 그림이 필요하잖아.

모두 퇴장. 레니는 일어나, K에게 가서, 그의 손을 누른다.
어두움.

19

화가 티토렐리의 아틀리에에서. 주변에 거대한 그림들. 엄청나게 큰 둥근 덩어리, 도형물들. 어슴푸레한 빛 속 여기저기에 세세한 것들만 알아볼 수 있다. 그 사이로 우첼로, 피에로 델라 프란체스카, 제리코, 쿠르베, 디에고 리베라의 다른 복제품들. 몇 개의 큰 사진들, 가령 카프카와 브레히트의 사진도 있다.

티토렐리는 옆쪽으로 서 있다. 그는 소박한 회색 작업복을 걸치고 있다. K와 레니는 그림 사이로 왔다 갔다 한다.

K 이 그림들이 우리 집에 걸렸다면, 무슨 일이 일어났을까?

레니 뭐라고요?

K 그것이 집을 망가뜨렸을까, 아니면 집이 그 그림을 죽였을까?

레니 끔찍한 싸움이 일어났겠죠.

K 그렇지만 누가 이길까?

레니 그림이 이기겠죠. 그럼으로써 패배할 것이고. 왜냐하면 집은 잘 보존될 테니까.

K 그건 우리 행동에 영향을 미칠 수도 있소—

레니 여전히 그렇게 믿으세요?

K 난 지금껏 그걸 믿어 왔소. 날 지탱한 건 바로 그거였지. 난 도처에 일어나는 그 끔찍한 고통들에 가능한 한 가까이 다가가고자 했소. 지금은 더 이상 믿지 않아. 우린 늘 어떤 일정한 지점에 도달할 뿐. 그리고 거기서 어쩌면 다른 생각들이 시작될지도 모르고. 말하자면 어떤 가시적인 것, 감지할 만한 것에 대한—

티토렐리 예술이 그렇소.

K 티토렐리, 당신은 놀랄 정도로 침착하게 그걸 말하고 있군요. 마치 그것이 세상에서 가장 자명한 일이라도 되는 것처럼 말입니다. 그래요, 당신은 그렇게 삶을 견딜 수 있습니다—

티토렐리 난 견뎌요. 그래요, 난 삶을 거스르지 않을 수 없어요. 여기저기서 잘라내 버리오. 거기서 뭔가를 끄집어내기도 하고. 삶이 내놓길 꺼리는 것, 삶에 고유하게 속하지 않는 것은 없애 버려요. 그걸 우린 준비하오. 그것은 우리가 우리 소유로 제한 없이 만들 수 있는 유일한 것이오. 부끄러운 일이고, 폭력적인 행위이기도 하오!

K 그렇지만, 그 한계를 넘어—

티토렐리 그렇게 생각하오? 그렇지만 대리물일 뿐이오!

K　무엇을 위한?

티토렐리　다시 그 삶이오.

K　그러나 당신은 삶에서 진리를 끄집어냅니다.

티토렐리　그게 진리인지는 알지 못해요. 어떤 진리는 삶을 포함하지 않아요. 전체를 더 이상 볼 수 없을 때, 난 그저, 위로 삼아, 뭔가를 그릴 뿐이오. 몇 시간이고 몇 주고 앉아, 멍청하게 시간을 보내지요. 그림을 그릴 때면, 난 울부짖고 흐느끼고 탄식하며, 때로는 눈물 때문에 무엇이 일어나는지 못 보기도 합니다—

K　우리가 명료성이라고 부르는 게 그건가요?

레니　아니면 아름다움이거나.

티토렐리　그건 내게 더러움이오. 고통의 찌꺼기이거나 그 산물이오. 모든 것에 피가 흐르오. 내장인 셈이오. 그건 똥이오.

K　어떻게 그것이 순수성처럼 작용할 수 있나요?

티토렐리　당신이 그렇게 보려고 하니까.

K　아닙니다. 이미 있는 어떤 겁니다. 그게 우리를 엄습해요. (그는 그림들 가운데 한 작품에 다가가, 그것을 만진다. 바른 지

오래되지 않은 물감이 그의 손가락에 들러붙는다. 그는 더럽혀진 손을 쳐다본다.) 지금 제가 당신 작품을 망가뜨렸군요!

티토렐리 아니오! 난 그걸 원하오. 보시오. 곳곳에 손자국이 있소. 그림을 구상할 때면, 난 거리에서 사람들을 데려와요. 술집에서도 사람을 데려오고. 항구에서도. 때로는 화물차 기사를 붙잡고, 그 호주머니에 돈을 넣어 주며 데려와, 화판 쪽으로 밀어 넣기도 하오. 난 모두가 함께 하길 원해요. 그들은 종종 스스로 오기도 하오. 그들은 티토렐리를 알아요! 그들은 손에 붓을 쥐고서 여기 이 인물, (그는 한 그림을 가리킨다) 이건 한 선원이 그렸소 — 그리고 이 두 여자 인물들 — 알아보겠소? 한 명은 은행 여직원이고, 다른 한 명은 절름발이요. 보시오. 이들은 옷을 걸치지 않았소. 난 색칠했소. 보시오, 배와 무릎, 허벅지. 그렇게 난, 그들이 포옹하는 동안, 그 얼굴을 그려 넣었소. 내가 우는 동안, 그들은 소리 지르기도 했소. 그래요, 단 한 번의 아우성이었소. 당신도 그렇게 하지 않겠소 —

K (불안하여 뒤로 물러서고, 바닥에서 주은 수건 조각에 손을 닦는다.) 아니오, 아직은 아닙니다.

티토렐리 아직은 아니라고? 하지만 당신은 흔쾌히 하려 하오. 당신은 온 몸으로 예술의 악습에 참여하고픈 유혹을 느끼고 있소—

K 그건 악습인가요?

티토렐리 하! 그것이 어떤 악습인데! 당신은 그걸 아오. 당신 여자도 그걸 알고. 그녀에게 물어봐요. 그녀가 대답할 테니까.

K 레니, 당신은 그걸 압니까?

레니 오, 조심하세요. 감시인으로 내가 당신에게 붙여졌으니까요. 난 당신에 대한 모든 걸 알아요. 가장 비밀스런 움직임조차 알고 있으니까요. 당신이 무너지면, 나 역시 무너져요.

K 어떻게 당신이 나에 대해 모든 걸 알 수 있단 말인가요?

레니 당신은 본부에 간 적이 있죠. 이 회사와 잠시라도 접촉한 사람들에 대한 모든 게 다 거기 보관돼 있는 걸 당신은 봤지요. 당신이 한 모든 조치, 모든 말은 다 포착돼 있어요. 그리고 앞으로 할 당신의 행동도, 당신의 가능성에 따라, 이미 계산되어 있고요.

K 예상된 모든 일에서 어긋나는 걸 내가 한다면?

레니 그럴 경우, 당신은 완전히 헛일을 하게 됩니다. 모든 의미를 포기해야 해요. 그렇지만 의미 찾는 일을 당신은 절대 포기할 수 없어요.

티토렐리 그걸 하게 되면, 당신은 지금 내가 있는 데 있게 되오. 여긴 완전히 공허해요. 절대적으로 무의미하지요. 아무것도 미리 볼 수 없어요. 당신은 그걸 무모하게 하진 않을 거요. 그래요. 그럴 경우 당신에게 일어날 수 있는 일을 두려워하는군요. 레니가 더 잘 설명해 줄 거요. 난 할 수 없고. 내가 그걸 한다면, 그게 날 덮칠 거요. (그는 흐느끼기 시작한다.)

그는 붓을 들고, 신문지 위에 칠해진 물감에 그걸 적신다. 반쯤 그려진 구석 캔버스 쪽으로 가는데, 거기서는 아무것도 볼 수 없다.

K 두려움이라고? 아니오. 난 이제 아주 쉽게 그걸 할 수 있을 것 같아요. 안 그래요, 레니? 난 할 수 있다고. 어쩌면 큰 기쁨이 될지도 몰라. 마치 뭔가를 뛰어넘는 듯한 일이 될 수도 있고. 그렇게 되면, 그 일은 이미 불필요해지겠지.

화가의 울음소리, 화필로 뭔가를 쓱쓱 문지르고 바르는 소리가 잠시 들린다.
어두움.

20

하숙집의 방. 침대 옆 작은 램프만 불이 들어와 있다. 옆에서 K가 들어온다. 탁자와 의자 위로 기어오른다. 책 더미와 작은 조각상 위에서 비틀거린다. 침대 위로 몸을 던진다. 뒤편의 문이 열린다. 눈멀게 하는 빛이 들이비친다. 그루바하 부인이 나타난다. 그녀 뒤로 사람들 무리가, 서로 밀치면서, 몰려든다.

그루바하 부인 당신에게 가려는 사람들이 여기 왔어요.

K는 침대 위에 몸을 뻗고 누워 있다. 무리 속에서 여자가 앞으로 나온다. 그녀는 이불로 몸을 감싸고 있고, 몇 개의 보따리를 들고 있다. 그녀를 따르는 사람들도 이불이나 자루를 몇 개씩 끌고 온다. 여자는 그루바하 부인을 지나 방으로 들어간다.

여자 이제 겨울이 될 거고, 그런데도 아무것도 아직 변하진 않았어요. 난 아이들과 저기서 더 이상 있을 수가 없답니다.

K는 일어선다. 아이들이 방으로 들어간다. 두 노인이 문으로 들어간다.

노인 당신이 여행을 떠난다고 누군가 말했소. 그래도 우린 생각하기를—

노파 당신을 방해하진 않을 거요, 우리가—

그루바하 부인 경찰을 부를까요?

K (손짓으로 거절하며) 아니, 아닙니다—

여자 (다가서며) 잠시라도 여기에 우리가 살 수 있다면야—

남자 (앞으로 걸어 나오며) 당신을 위해 우리가 청소해 줄 수 있답니다—

여자 그리고 요리도—

노파 그리고 빨래도—

그루바하 부인 도대체 누구요?

K 아, 그냥 들어오게 하세요.

아이들 이미 우린 들어왔는 걸요!

아이들은 벌써 보따리를 풀고, 바닥에 이불을 펴 놓고, 이불로 몸을 두른다. 노인들도 물건을 끌고 들어와, 탁자 아래에 잘 곳을 마련한다.

K (남자에게) 당신은 사장한테 가야 했습니다. 거기엔 더 많은 자리가 있으니까—

남자 그러나 거긴 들어갈 수 없소.

그루바하 부인 여기서 있을 수는 없어요!

밖의 복도에서 뷔르스트너 양과 대위가 나타난다.

대위 이게 무슨 일인가!

뷔르스트너 양 그의 가족인가요?

여자는 문을 안에서 눌러 잠근다. 남자는 냄비를 꺼내어 탁자 위에 놓는다. 여자는 바닥 위에 놓인, 수건이 든 자루를 비운다. 의자의 자리를 옮기고, 바닥의 물건들을 옆으로 치운다. K는 침대 위에 웅크리고 있다.

어두움.

3막

21

어떤 회의. 규모가 크다는 인상. 오른쪽 반사되는 탁자 옆에는 검사. 그 왼편으로는 장군, 대위 그리고 뷔르스트너 양을 위한 빈 의자. 그 오른편에는 사장, 라벤슈타이너, 카미너, 레니. 밑에는 K.

카미너 (탁자 옆에서 강연하듯) 이미 말했듯이, 그 작품들을 인수하여 행정부가 만족하게 되었습니다. 장군의 부관으로 란츠 씨가 여러분들께—

대위 장군은 대단한 발전 가능성을 보고 계십니다!

카미너 무엇보다 우리는 이제 세계시장을 겨냥하고 있습니다!

사장 (이번에는 웃지 않고) 아마 그가 올 거요—

대위 확실히 오실 겁니다.

카미너 제가 뉴욕을 방문했을 때, 엄청난 환대가 눈에 띄었습니다—

사장 (K에게) 왜 자네는 그 여행을 직접 하지 않았나?

대위 가족 일 때문이라고 우린 알고 있습니다!

라벤슈타이너 카미너 씨가 모든 걸 준비했습니다. 지국에서는 그가 오길 기대했죠.

사장 (K에게) 자넨 그 계약이 성사되기엔 아직 이르다고 여겼던가? 그래서 더 많은 정보를 가지려고 했던가?

K 저는—

대위 그는 가족과 할 일이 있었습니다! 그건 (그는 웃는다.) 노래 단체 때문입니다. 이 사람들은 늘 밤에 노래 부르는 걸요!

카미너 그건 사람들을 방해하는 건데요. 그걸 허락했단 말입니까?

뷔르스트너 양 어쨌든 전 더 이상 참을 수가 없군요.

사장 자넨 지체된 이유를 알려줘야 하네. 겨우내 우린 기다렸네. 그 당시 상황은 무르익었네. 그러나 거래를 거의 망칠

뻔했어. 카미너 씨를 우리가 파견하지 않았다면 말이야. 그는 이제 자네 일을 이어받았네.

K　사장님, 저도 그 일을 하고 있습니다. 불확실한 일들이 너무 많이 일어났습니다. 카미너 씨가 모든 문제를 해결할 수 있다고 한다면, 전 물론 사직할 준비가 돼 있어요.

검사　그렇게는 안 돼, 요셉, 결코 안 되네! 자넨 자네의 자리에 있어야 해. 보게, 우리가 자네를 높이 평가하는 것도 바로 그 신중함이네. 자네가 약간 느리다는 건 인정해. 급히 결정해야 할 때도 자네는 때때로 너무 신중히 생각하거든. 그렇지만 과단성 있게 일하는 다른 사람들은 우리에게 충분해. 모든 걸 곰곰이 생각해 보게. 그러면 좋은 결과가 날 거야.

사장　그런데도 자넨 이미 연락 통로를 만들어 놨어. 자네의 제의에 미국 대사가 감격해서 말했다네.

검사　내 생각으론, 요셉, 자네가 너무 세세하게 모든 걸 생각한다고 여기네. 특히 모든 이데올로기적이고 도덕적인 문제 말일세.

K　난 이런 관점 아래 일을 처리했습니다.

뷔르스트너 양　그렇지만 은행 일에 관한 한, 그는 제대로 하지 못했어요.

K 내게 서류를 내주지 않았습니다.

라벤슈타이너 그건 우리가 지금 계획하는 재배치 문제와 관련될 겁니다.

카미너 그건 업무 보호 때문입니다. 일을 분류하고 인력을 동원하는 일에서 비밀 유지를 엄격하게 하는 게 필요합니다.

사장 그러나 사람을 새로 채용하는 건 아니오!

카미너 새 산업 분야를 제외하면!

사장 거기도 제한할 거요. 알다시피, 성장을 밖으로 보여선 결코 안 되오. 절약을 통해 확장해야 하오. 어려운 처지를 늘 다시금 강조하고!

카미너 우리는 다름 아닌 운송 부서에서 넘어왔습니다. 거기 사람들은 가장 믿을 만해요.

대위 군의 어떤 인력들을 우리가 사용할 수 있는지 충분히 검토되지 않고 있어요. 이들은 엄격하고도 용기 있게 행동하는 걸 배웠습니다. 용기란 다시 복권되어야 할 자질이다,라고 난 말합니다!

검사 란츠 씨, 당신네 장교들을 난 과소평가하지 않소. 그렇지만 경제와 군사의 결합에는 이중의 안전장치가 필요하다는 걸 잊지 마시오. 모든 영역에 최상의 사람들이 필요해요. 경험의 교환, 그래요! 공동작업, 그래요! 그렇지만 어떤 부분에서나 주의해야 하오. 그러면서 '전체'를 바라볼 수 있어야 하오!

대위 그래요, 총지배인 선생!

검사 그리고 요셉, 은행 건은 어떤가?

K 이해하기 어려워. 거기선 거짓 일들이 생겨나는 것 같아.

검사 (뷔르스트너 양에게) 요셉과 함께 앉아서, 어디서 실수가 있는지 살펴보시오. 요셉은 그에 대한 육감을 가지고 있으니까. 난 내 집에 질서가 지배하길 원하오. 명료함과 성실성이.

장군이 들어선다. 훈장 달린 띠를 부착한 제복 차림이다. 모두가 일어선다. 검사는 장군을 자기 자리로 안내한다. 모두가 자리 잡는다. 천천히 어두워진다.

22

하숙집의 방. 둥근 탁자 위에 램프가 타고 있다. 그 방의 나머지는 아주 약한 조명. 침대는 정돈되지 않았다. 작은 조각상들이 구석으로 밀려나 있고, 구겨진 신문지로 반쯤 덮여 있다. 벽에는 여러 그림들이 이젠 걸려 있지 않다. 통풍구는 아직도 봉해져 있다. 옷장 문은 열려 있다. 그것은 정돈 안 된 옷가지로 차 있다. 옷장의 서랍 몇 개는 당겨진 채 있다. 이 서랍 역시 헝겊 조각과 수건으로 차 있다. 세면대 위에는 옷가지들이 놓여 있다. 물통에는 더러운 빨랫감. 방을 가로질러 걸린 팽팽한 줄에는 빨래한 걸레들이 널려 있다. 신발과 옷이 여기저기에 흩어져 있다. 바닥에서는 아이들이 이불을 덮고 잔다. 노인들은 탁자 밑 보따리 사이에 앉아 있다. 책 더미 위에 놓은 냄비 하나에 여자가 손댄다. 남자는, 다리를 쭉 뻗은 채, 걸상에 앉아서, 간혹 코를 곤다. K는 뒤편의 열린 문가에서 뭔가를 기다리며 서 있다.
뷔르스트너 양이 탁자 옆에 선다. K는 그녀에게 의자를 건네고, 식탁 위 음식 남은 접시와 사발을 옆으로 치운다.
뷔르스트너 양은 마지못해 앉는다. K는 그녀 옆에 자리를 잡고, 그녀 손을 잡지만, 그녀는 곧 뺀다.

K 이제 우리가 여기 있게 되었소. 이제는 서로 말할 수 있소.

뷔르스트너 양 하지만 '여기서도' 우리는 서로 얘기할 수 없어요.

K ‘당신’ 방에서도 우리만 있는 게 아니오.

뷔르스트너 양 거기 있는 사람들은 나와 친한 걸요.

K 여기 있는 사람들도 나와 친하오. 여기서 난 모든 걸 말할 수 있으니까.

뷔르스트너 양 이 모든 사람들을 재워야 한다고 어떻게 그루바하 부인에게 당신이 요구할 수 있단 말인가요?

K 이 모두의 집세를 내가 내겠소.

뷔르스트너 양 대체 뭘 하는 사람들입니까?

K 점잖은 사람들이오. 장사를 해요.

뷔르스트너 양 대체 어떤?

K 누더기를 주워요. 걸레를 빨기도 하고. 그걸 먼지헝겊이나 청소걸레로 팔기도 하고.

뷔르스트너 양 내가 ‘여기서’ 당신에게 내 비밀을 털어놓으리라고 생각해요?

K 그렇다면 ‘내’가 먼저 말하겠소. 뷔르스트너 양, 우린 벽을 마주 보며 사오. 난 당신의 모든 걸음 소릴 듣소. 마치 당신이 내 걸음 소릴 듣듯이 말이오. 난 당신 옷자락이 사그락거

리는 것도 듣소. 당신이 어떻게 눕는지도 난 듣소. 내 의식은 '당신의 현존'으로 가득 차 있소. 이미 여기, 이 집에서 당신이 있다는 사실이 내 마음을 채워요. 우리가 함께 하루를 보내는 직장에선 그 느낌이 그리 강하지 않소. 거기서 우린 더 이상 안전하지 않고, 당신이나 나나 엄청난 책임을 떠맡고 있으니까. '여기서' 우린 나란히 붙어 있지만, 저기선 다른 것에 결박돼 있어요. 여기서의 속삭임은 어떤 도전하고픈 일이지만, 저기 궁전 같은 건물에서 당신은 끔찍한 일에 동참하라고 강요하오.

뷔르스트너 양　난 어떤 것도 당신에게 강요하지 않아요.

K　그 정도로 무엇이 내 삶을 짓누른다면, 어떤 결과가 분명 있을 거요.

뷔르스트너 양　수천 방향에서 그게 일어날 수 있어요.

K　그건 당신에게서만 시작하오. 그래서 난 당신 손이 지금 뭘 하는지, 그게 어디를 가리키는지 늘 묻지 않을 수 없소.

뷔르스트너 양　어떤 것도, 어떤 것도 당신과는 무관해요.

K　그리고 당신의 입, 그 입이 어떤 말을 하는지, 무얼 지시하는지, 그것이 어떤 진리와 거짓을 말하는지도.

뷔르스트너 양 난 절대 거짓말하지 않아요!

K 당신은 끊임없이 거짓을 말하오! 난 당신에게서 진실된 뭔가를 들으려고 절망적일 만큼 노력하오. 뷔르스트너 양, 우리 둘은 어떤 일에 빠져들게 되었소. 우리에게 적대적인, 우리를 없애려는 일에 말이오. 그걸 위해 우리는 지치지 않고 일하지만, 더 빠르게 몰락으로 다가가는 것 같소.

뷔르스트너 양 (웃음을 터뜨리며) 당신이 날 구하고 싶다고?

K 우린 그런 가까운 관계에 이르게 되었소. 서로에 대해 그리 많이 안다는 사실을 어떻게 우리가 견딜 수 있소? 우리가 서로에게 속한다는, 서로에게 결부돼 있다는, 그래서 당신이나 나나, 그래요, '당신'이나 나나 함께라면 두 배의 힘을 갖는다는 사실을 더 잘 알 때만, 우린 그걸 견딜 수 있소. 그래서 여기를 우린 빠져나갈 수 있소. 함께 말이오.

뷔르스트너 양 (날카롭게 웃으며) 들으시오! 그가 날 구하겠답니다! 들으시오, 이 누더기 불한당들아, 그가 날 구하겠다고 해요! 들으시오, 잡동사니 외엔 아무것도 없는 그가, 그가 내게 더 나은 세상을 약속하고 있어요! (날카로운 웃음소리. 뒤에서 누군가 벽을 두드린다.) 예, 들어와요! 날 도와줘요!

(그는 걸상에서 일어나 바닥 위에 뒹군다.) 그가 날 덮쳤어요! 그가 내게 덤벼들었어요! 그가 날 강간하려 했습니다! (뒤편의 문을 열어 젖힌다. 몬타그 양이 절뚝거리며 들어온다. 대위가 그녀 뒤에 온다.)

가족은 아무도 관여하지 않는다.

몬타그 양　이 예쁜 아가씨, 무슨 일인가요?

대위　'그'는 당신에게 아무런 해도 끼치지 못할 거요!

몬타그 양은 뷔르스트너 양 옆에 무릎을 꿇고, 그녀를 세운다.

뷔르스트너 양　(웃음으로 몸을 흔들며) 은행 비밀을 그가 알아내려 했어요! 그렇게 강제로 말이죠! 여기, 이렇게! (그녀는 멱살 잡듯 두 손을 그녀 목에 놓는다.) 그는 날 목 졸라 죽이려 했어요!

대위와 몬타그 양은, 뷔르스트너 양을 양쪽에서 부축하며, 일어선다. 뷔르스트너 양의 웃음소리가 흐느낌으로 바뀐다.

대위　(분말 살충제 한 통을 뿌린 후) 문을 잠그시오. 그러면—

그들은 뷔르스트너 양을 데리고 나간다. 문이 닫힌다. K는 요동도 없이 탁자에 앉아 있다. 두 노인은 나직이 뭔가를 웅얼거리기 시작한다. 그건 제대로 된 노래라기보다는 차라리 단조로운, 리듬이 실린 신음 소리 같다. 남자와 여자가 쓰러진다. 아이들의 목소리가 더해질 즈음, 그것은 마치 사제와 신도가 마주 보고 부르는 합창처럼 변한다.

천천히 어두워진다.

23

사무실에서. 책상만 비춰진다. 걸상 위에 K. 레니는, 다리를 당긴 채, 책상 위에 앉아 있다.

K　예술은 내게도 오랫동안 유일한, 어떤 행복을 주는 것으로 여겨졌소.

레니　말을 망설이고 있군요.

K　행복이란 말을—

레니　그래선 안 되죠.

K　대체 언제부터?

레니　당신이 생각할 수 있게 된 후부터.

K　그렇지만 난 늘 다시 생각했소—

레니　그러고는 곧 질타했죠.

K　왜?

레니　직접 말해 보세요.

K　왜냐하면, 왜냐면 그건 늘 거짓이 되어야 했기 때문이오.

레니　누가 거짓으로 만든단 말이에요?

K　내가 거짓으로 만들었소? 아니오. 그것은 진실이어야 했소. 그건 그러나 있었소. 그렇지 않다면, 내가 끊임없이 생각하진 않았을 테니까. 때때로, 아마도 잠 속에서조차 그건 있는지도 모르오. 그러다가 깨어나지.

레니　깨어 있을 때면, 당신은 그걸 생각하나요?

K　그럴 때, 난 화가처럼 된다오. 그 화가도, 생각에 잠길 때면, 운다고 했는데.

레니　하지만 왜 울어야 해요? 행복 때문에 말이죠?

K　더 이상 그 말을 꺼내지 마오!

레니　행복.

K　조용하시오!

레니 뭘 참을 수 없다는 거예요?

K 그 말이 끔찍할 만큼 낯설게 있다는 사실 때문이오. 그 말은 오직 우리의 비굴함을 상기시켜요.

레니 화가는 좀 다른 걸 말했어요.

K 그는 말했소. 그 말로 자유가 얻어질 수 있다고.

레니 그가 말하는 자유란 뭔가요?

K 망각이오. 그는 내가 잊을 수 없는 모든 걸 잊으라고 했소.

레니 그걸 뜻하진 않았어요. 그가 뜻한 건 모든 걸 받아들이는 것, 어떤 것도 거절하지 말라는 거였어요.

K 그건 불가능하오! 그가 어떻게 주변의 불행을 보면서도 평화를 찾을 수 있겠소? 도처에 불운이 자라난다면, 예술이 어떻게 그를 채울 수 있겠소?

레니 잊으면 마음이 가벼워질 거예요.

K 망각이 어떻게 마음을 가볍게 할 수 있겠소? 모든 게 그저 더 어려워지는데—

레니 잠시 동안이라도. 그것으로 충분치 않나요?

K 아니오! 안도하는 마음이란, 이 마음이 이어진다는 걸 우리가 알 때만, 있을 수 있소.

레니 가능성을 감지하는 것으로 충분치 않나요?

K 그건 이미 거짓이오.

레니 왜 거짓인가요?

K 그건 도피일 뿐이기 때문이오. 그건 모든 것에 자신을 내놓는 의지와 상충하는 거니까.

레니 아, 거기엔 아무런 모순도 없어요. 당신을 파헤치는 고통에 기호를 부여하는 건 아무런 모순이 아니에요. 곧 사라질 일을 사라지지 않도록 만드는 건 모순이 아니에요. 당신을 파괴하는 걸 사랑하는 건 모순이 아니에요.

K 레니, 내가 뭘 해야 하오?

레니 당신은 당신의 끔찍한 사랑에 완전히 몸을 맡겨야 해요. 그 일로 비록 허물어져 간다고 해도 말이죠.

어두움.

24

창고의 집회 홀. 앞쪽으로 연단이 비스듬히 있다. 선 채 사용하는 높은 책상 옆에 몬타그 양이, 반쯤 뒤로 몸을 돌린 채, 서 있다. 청중은 어슴푸레한 빛 아래 거의 보이지 않는다. 앞쪽 연단 둘레에 선 사람들 사이에서 카미너와 라벤슈타이너, 빌렘과 프란츠가 자리한다. 그들 역시 처음에는 잘 보이지 않는다. 옆쪽으로 레니와 K.

외치고 나팔 불며 웃는 소리의 물결.

몬타그 양 (마이크에 대고) 나는 그를 꽤 나무랐습니다. 어떻게 제가 그로 하여금 말하게 했을까요? 그래요, 제가 먼저 그 앞에서 제 자신을 직접 열어 보였죠!

목소리(카미너) 그 구부정한 네 다리로 말이지!

몬타그 양 그래요! 모든 게 내겐 기울고 구부정하다는 걸 그에게 보여 줬죠!

목소리 젖가슴이 있어?

몬타그 양 쓸데없는 소리! 갈비뼈만 보이죠. 그래요. 이런 비참한 걸 그는 자기 앞에 가지고 있어요. 난 이 가련한 일로 그의 기를 꺾었죠. 나에게서 넌 모든 비굴한 사람들을 볼 거야,라고 내가 말했죠. 내게서 모든 고통받는 사람들을 볼 거야. 난 학대받은 모든 육체를 대변하지. 내게 있는 고문 흔적을 봐,라고 내가 말했죠. 그 앞에서 난 죽은 아이를 낳은 사람이 되었죠. 그 아이들은, 살아남는다고 해도, 굶주림이나 전염병에 뒈지고, 이걸 이겨낸다고 해도 온갖 살육에 목숨을 잃고 말아요.

나팔 소리, 아우성.

몬타그 양 뭔가요? 당신들은 저기에 속하지 않나요? 대답이 없군요. 당신들도 이젠 말문을 잃었군요. 그가 그렇듯이. 평상시엔 책처럼 말하는 그도 저기에 말없이 웅크리고 앉았네요. 당신들은 조금 다르군요. 말하는 걸 배우지 않았으니까. 대신 당신들은 죽도록 얻어맞았지.

목소리(빌렘) 돼지 같은 년!

몬타그 양 아직 뭐라도 말할 수 있는 사람이 마침내 말을 꺼냈군요. '그'는 결코 말하지 않았는데. 난 그의 넥타이를 부여잡고, 물었어요. 무엇이 그를 그렇게 고통스럽게 하느냐고.

목소리(프란츠) 왜 하필이면 그지? 그는 이미 오래전에 망가졌는데!

몬타그 양 오, 아니에요! 그는 아주 기운 있어요. 그런 사람에게서 아주 특별한 소리가 나오죠. 그걸 뭐라고 하나요? 연민이요!

목소리(라벤슈타이너) 연민이란 아름다운 특성이오!

몬타그 양 그렇죠! 그런 말 때문에 그들이 선의를 가진 것처럼 믿게 되죠. 그들 또한 그걸 가졌죠. 하지만 그건 그들에게만 좋아요. 내가 말하는 그는 지도적 개혁가 중 한 사람이에요. 난 모든 고통을 그에게 우선 보여 주었죠. 아, 눈물이 그의 눈에 넘쳐 흘렀어요. 그런 다음 고백하기 시작했어요. 그래요, 개혁가들은 언제나 위대한 고백자이기도 해요. 당신들은 스스로 약자라고 고백해요. 당신들은 늘 약자 편이라고 말하죠. 그래요, 사람들은 아이들 국에 침을 뱉었어요. 그들은 약했죠. 참여를 통해 그들은 강하게 되었죠. 동정을 통해 그들은 자라났죠. 그들은 어깨 위에 갑자기 온 세계를 짊어졌어요. 손을 대륙에다 놓고, 여기가 개선되어야 해,라고 소리치죠. 좋아질 겁니다. 그들을 위해! 언제나 그들을 위해!

목소리(빌렘) 대체 뭣에 대해 저것이 떠드는 거지? 저년 주둥이를 막을 순 없나?

몬타그 양 그래요, 주둥이를 막아요! 한 여자의 주둥이를 막을 사람이 바로 그였어요. 그는 여자 앞에 무릎 꿇고 앉아, 흐릿한 눈으로 그녀를 응시했어요. 그 힘은 네게서 시작해, 내게도 타당하고, 왜냐하면 난 그 힘을 강하게 느끼니까… 마침내 그가 말했죠. 그렇지만 그 다음엔! 이런 힘으로 그녀는 어떤 것도 스스로 시작할 수 없어요! 곤궁한 환경에서 자라났으니까. 그녀는 아이일 때 비참한 구역에서 살았고, 그는 그곳으로 결코 갈 수 없었죠. 그런데 이제는 그가 그녀를 구하려고 해요. '그녀의' 힘으로 그가 그녀를 구하려고 해요. 난 네 힘을 내 것으로 만들 거야, 하고 그가 소리쳤죠. 내게 네 힘을 다오! 네 힘을 내게 선사해 다오! 그 힘을 뭐라고 그가 부르나요? 그건 사랑입니다!

(웃음. 나팔 소리.)

당신들은 이 사랑을 의심하나요? 그래도 그건 사랑일 겁니다. 그에게는! 그는 그녀의 강함을 말하죠. 그러나 그는 그녀의 힘을 뺏고자 해요. 그래서 그녀가 약해지는 걸 보고 싶어 해요. 그래요, 그는 자기보다 더 약한 여자만 사랑할 수 있어요. 그는 그녀 앞에 몸을 던져요. 그녀에게 기대어 자기를 세우기 위해, 그런 다음 그녀를 짓밟기 위해서 말이죠.

(프란츠는 연단으로 오른다. 몬타그 양 쪽으로 슬그머니 다가선다.)

이 모든 게 그에겐 아무런 소용이 없기 때문에, 그는 한 여자 쪽으로 몸을 돌리죠. 그는 이 여자가 더 강하고 앞으로도 그럴 거라는 걸 알고 있어요. 그는 그녀에게 사랑으로 다가갈 순 없어요. '그의' 사랑으로는. 그래서 뭘 할지 그녀가 말해 주길 그는 간청하죠.

프란츠가 그녀에게 도달하기 전에, 그녀는 날렵하게 연단에서 내려온다. 한바탕 소동이 일어난다.

빌렘 그녀를 내보내선 안 돼!

싸움질. 해산된 집회는 두 부류로 나뉜다. 하나는 소용돌이를 일으키며 옆쪽으로 빠져나간다. 여기에서 몬타그 양은, 갑자기 그녀 옆에 나타난 뷔르스트너 양과 함께, 도망간다. 다른 부류는 반대 방향을 찾는다. 거기, 이미 다시 모인 것 같은 사람들의 뒤죽박죽 속에서, 카미너, 빌렘 그리고 프란츠가 보인다. 레니는 K와 함께 간다.
무대가 어두워지는 동안, 소음은 여전히 이어진다.

25

날카로운, 수직으로 내려오는 빛줄기가 사람들의 일부를 다시 강조한다. 움직임은 이제 약해졌다. 움직임이 이제 더 약해진다. 속삭이는 소리, 신발을 질질 끄는 발걸음 소리. 앞쪽 조명 아래 검사, 사장, 장군, 대위, 미국 대사가 뚜렷이 보인다. 여기에 라벤슈타이너, 카미너, 빌렘 그리고 프란츠가 가세한다. 이윽고 레니와 K. 뒤편에는 사람들 무리가 여기저기로 오간다.

사장 (뒤쪽으로 외치며) 그럼으로써 새로운 대표 건물이 개장되었소! 인간의 평화로운 공존과 정의 그리고 자유에 기여하게 되길!

박수 소리. 사장은 K를 발견하고는, 그에게 가서, 그를 미국 대사한테 데리고 간다.

사장 (웃음을 띠며) 대사님, 여기 책임자를 소개시켜 드리고 싶군요.

대사 (K와 악수하며) 대담하고도 도전적인 행동이에요! 게다가 우리 노력에도 정말 맞고.

K 제가 아니고, 그 화가가 — (누군가를 찾는 듯 주위를 돌아본다.)

빌렘과 프란츠가 티토렐리를 뒤편에서 앞으로 데리고 온다. 화가는 회색 작업복을 입고 있다. 약간 불안하게 걷고, 술 취한 듯 보인다.

대사 (티토렐리에게) 참으로 뛰어나요. 당신이 우릴 위해 그린 그림 말입니다!

티토렐리 당신들을 '위해서'가 아니라 당신들에게 '대항하기' 위해서요. (몸을 벌써 돌린다.)

사장 그렇지만 우리 건물에 걸리고 나니, 우리 본질이 제 모습을 얻게 되었습니다!

티토렐리 (중얼거리며) 그래요, 당신들 본질이—

대사 난 아직도, 뭐라고 하나요, 감정이 다 뒤집힌 듯 충격을 받았습니다!

화가는, 빌렘과 프란츠에 부축된 채, 멀어진다.

사장 그래요. 나 역시 한동안 의심했습니다. 그래서 정말 우리가 그리 할 수 있는지 불안했습니다. 이 문제 많고 불협화음인 세상을 정말—

대사 우리 사는 세상에 그 그림은 정말이지 완전히 일치해요! 이 정직함, 이 꾸밈없음, 바로 그겁니다. 그 속에는 우리를 위협하는 세력들이 반영되어 있어요.

사장 우리가 구입함으로써 그걸 보여 주고 있습니다. 그 힘을 사로잡아 통제하게 됐다는 걸 말입니다!

장군 거기에 실제 폭발물이 들어 있지 않소? 그런 물건 몇 개가, 금방이라도 터져 버릴 것처럼, 보이오!

대사 그림에서 매력적인 게 바로 그거요! 현대 예술에서 형식과 내용이 그 정도의 통일성에 다다른 것은 드물어요!

사장 (웃으면서) 대사님, 전 당신이 가장 강력한 산업국의 대사로서 우리 노력을 그리 높게 평가하신 걸 기쁘게 여깁니다.

대사 (K의 어깨를 토닥이며) 우린 당신 같은 전문가를 갖길 원했습니다!

사장 (K에게) 그래, 이 사람. 난 이렇게 말하고 싶군. 자네의 최정점에 자네가 도달했다고 말이야!

카미너 (앞으로 나오며) 심지어 그가 함께 그렸다고 하네요! 특히 한 그림은 말이죠. 죄수가 처형받기 위해, 사슬에 묶인 채, 기둥 옆에 앉아 있는 그림 말입니다. 이 그림은 그가 직접 그렸다고 합니다.

사장 뭐라고? 어떤 그림 말인가? 그건 전혀 못 봤는데!

(K쪽으로 몸을 돌리며) 그게 맞는가? 자네가 그걸 그렸단 말인가?

K 아니, 아무것도 아닙니다! 아무것도 아니에요!

사장 (빙 둘러보며) 티토렐리! 티토렐리!

빌렘과 프란츠가 화가를 앞으로 떠민다. 화가는 이리저리 휘청거린다.

사장 티토렐리 씨, 당신 그림 그리는 걸 다른 사람이 도왔다는 게 사실이오?

티토렐리 (불분명하게 웅얼거리며) 오, 그래요. 모두가 날 돕죠. 여러 군대가 모든 그림에 같이 작업해요.

사장 (K를 가리키며) 이 사람도?

티토렐리 그래요. 이 사람도. 그리고 당신도. 그리고 저 미국인도. 그리고 장군도.

(그는 휘청거리며, 옆으로 손을 뻗어. 대위를 잡는다.) 그리고 이 사람도. 그는 내 옆에 있었소. 모든 걸 혼자 그리려 했소! (그는 검사를 쳐다본다.) 저 사람도. 그가 그린 건 보여 줄 수 없소!

빌렘과 프란츠가 화가를 끌고 나간다. 사장은 이들을 제지한다.

사장 죄수를 그린 그림은 어디 있소?

티토렐리 어떤 죄수 말이오?

카미너 어떤 사람이 처형된다고 합니다—

티토렐리 뭐라고!

카미너 그는 쇠고랑을 차고 앉아 있어요. 기둥 옆에.

티토렐리 (웃으며) 아, 그것 말이오! 저 노동자! 그는 거리 노동자요. 돌 위에 앉아 있소. 아침 빵을 가졌는지, 급료 봉투를 가졌는지, 난 모르오!

둘레에 선 사람들의 웃음소리. 빌렘과 프란츠는 화가를 끌고 간다. 사장은 대사와 장군을 자기한테로 끌어당긴다. 검사는, 팔을 K 둘레에 걸친 채, 거기로 간다. 이들은 몇 걸음 앞으로 나온다. 라벤슈타이너, 카미너 그리고 대위가 그들에게 가세한다. 레니는 뒤편으로 멀어진다. 그동안에 무리는 앞쪽으로 더 나아간다.

장군 여러 군대에 대해 그가 말했소. 군대들— 무슨 뜻으로 그가 말했지?

어두움.

26

사람들이 회의 탁자로 걸어간다. 자리를 잡는다. 위쪽에는 검사. 그 왼편에는 미국 대사와 사장, 대위. 뷔르스트너 양을 위한 빈 의자. 그 오른편으로는 장군, 라벤슈타이너, 카미너, 레니. 아래에는 K.

검사 (K에게) 요셉, 이것 외에 무엇이 더 있을 수 있겠나?

K 이젠 그에 따라 살 거네.

대사 난 이해해요! 예술과 현실을 서로 결합시킨다는 것 말이에요. 아, 당신도 알다시피, 나 역시 원래는 예술가예요. 나의 활동을 난 늘 하나의 예술적 작업으로 이해했기 때문이에요!

사장 그래요, 우리가 위대한, 지구 전체를 포괄하는 문제를 다룬다면, 우리는 창조적으로 사고해야만 합니다.

대사 그리고 우리 손에 책임이 더 많이 놓이면 놓일수록, 인간성을 강조하는 게 더 중요해요. 우리 노력의 특징이니까!

대위 불안한 일들이 도처에서 늘어나는 요즘에는 특히 더!

카미너 우리의 대안을 매일 더 강력히 정당화해야 할 때는!

대사 사장이 연설에서도 우리의 이상을 강조했듯이 말이에요!

장군 그렇지만 그 이상은 충분히 언급되진 않았어요! '우리'가 말이죠! 왜냐하면 적들도 그걸 사용하기 때문이오. 진리가 우리 편에 있다는 게 분명해지도록 우린 더 설득력 있게 보여 줘야 합니다.

대사 옳소, 장군! 하지만 우리가, 흔히 말하듯 방향타는 쥐고 있지만 때로는 무기력함을 느끼는 것도 인정하지 않을 수 없어요.

장군 평화를 보장하는 게 바로 우리란 사실에는 한 치의 의심도 있어선 안 됩니다!

대사 나는 음악적 인간으로서 정치에서는 말문이 막혔지만, 이렇게 되풀이하지 않을 수 없군요. 우리가 만들어 낸 모든 계획과 모든 프로그램을 탈취하려는 다른 폭력들이 우리 뒤에 있다는 걸 말입니다. 내가 말한 폭력이란 우리가 대항할 수도 없는, 그래서 우리 자신 안에 있을지도 모르는 폭력을 말하는 것입니다.

사장 당신과 당신의 동맹자인 우리를 그렇게 우월하게 만드는 건 바로 이런 휴머니즘적 원칙, 도달된 모든 걸 의문시하는 자기비판의 이런 능력, 이 정신적 자유가 아닐까요? 나 역시, (순간적으로 웃으면서) 경제장관 자리를 이제 맡게 될 나 역시 당신이 말하는 실존적 불안을 압니다. 이런 불안과 더불어 산다는 것, 그것을 언제나 극복하고, 이런 극복에 정치적 기호를 부여하는 것, 그 속에서 나는 우리의 강점을 봅니다!

검사 (대사를 보고) 놀랍군요, 대사님. 새로운 팽창의 시대로 들어서기 전에 우리의 인간적 약점을 상기시켜 주시다니요!

대사 여러분, 난 미래를 당신들의 화가가 그림에서 보여 준 것과 다르게 보지 않아요.

사장 내가 말했죠. 이 그림에는 좋은 게 없다고!

대사 생각하는 인간으로서, 그리고 형성적 인간으로서 우리는 이 같은 전제조건에서 시작해야 합니다. 우리에게만 그리고 당신들에게만 이런 분리가 있는 건 아닙니다. 온 세상에 이것이 있어요. 여기 계몽된 자들, 즉 우리의 지식은 높이 발전했지만, 저기 저 사람들, 뭐라고 말하나, 궁핍한 사람들은—

검사 (K 보고) 요셉, 대사님이 자넬 두고 하는 말은 아닐세!

대사 저기엔 몰락과 불행이 모이고 있어요.

라벤슈타이너 그건 저지될 필요가 있습니다!

대사 여기서는 극복하기 힘든 엄청난 질서가 우리에게 안전감을 주지만, 저기서는 저들 뒤에 재앙이 자리함을 우리는 예감해요. 슬픈 거예요.

장군 그게 우리의 윤리와 우리의 도덕을 다시 강하게 할 거요!

대사 아, 우리는 우리 철학의 수인입니다! 우리가 나눠주는 모든 가르침에도 불구하고 우리 손은 묶여 있어요. 우리는 스스로 평화와 자유의 왕국을 세울 수 없어요. 그렇게 원하면서도 말입니다. 이렇게 말하고 싶군요. 우리 자신과 맞서 일해야 한다고. 우리 자신을 꿰뚫어보고, 우리의 과오와 우리의 거짓을 꾸짖을 수 있도록 세상을 만들어야 해요.

검사 (웃으면서) 대사님, 당신은 모범이 될 만큼 민주적으로 자기를 표현하시군요.

대사 (앞으로 숙인 채, 얼굴을 잠시 손 안에 파묻는다.) 그게 이미 너무 늦지나 않았으면!

사장 그건 우리에게 새로운 시작입니다!

뷔르스트너 양이 나타난다. 조명이 비춰진다. 우아하다. 그녀가 왼편 탁자 옆에 놓인 빈 의자에 자리 잡는 동안, 남자들은 잠시 일어난다. 말없이 인사한 후, 그녀는 K에게 특별히 친절한 고개 인사를 한다.

검사 (K를 가리키며) 사장 자리를 우리는 이제 한 사람에게 — 대사님, 감성과 고귀한 신조란 점에서 당신과 비슷한 사람에게 넘겼습니다.

어두움.

27

넓은 공간. 그 경계는 반쯤 어두워 잘 알아볼 수가 없다. 바닥에 앉아 있는 레니와 K만 비춰진다.

레니 왜냐고 물어보세요. 내가 당신에게 말해 줄 테니. 왜냐하면 당신을 사람들이 아직 필요로 하니까요. 더 이상 필요 없는 순간에는 당신을 단념할 거예요.

K 어떻게 사람들이 날 필요로 할 수 있는지, 심지어 진급까지 시키는지. 난 그들을 위해 아무것도 더 이상 하지 않는데 말이오.

레니 오, 당신은 해결되어야 할 일을 충분히 했어요. 그때까지 당신이 여기 있다는 건 이득이니까.

K 올해 초부터 난 이 관리부에서 억지로 시간을 보내고 있소. 난 어떤 각서도 더 이상 지시하지 않았소. 노트도 더 이상 작성하지 않고.

레니 당신이 해 온 대부분의 일은 그 사이에 홍보부로 넘어갔어요. 당신 그림은 미국에서의 축하 문집이나 남아프리카에 보낼 책자에 크게 실리게 될 거예요. 당신 말은 세계의 모든 언어로 번역되었답니다.

K 그에 대해선 아무것도 모르오.

레니 당신은 알아선 안 돼요. 왜 사람들이 사장인 당신에게 행동의 자유를 뺏는지 놀랐죠. 그건 당신에게 수고를 덜어, 당신이 전적으로 새 업무에 집중할 수 있도록 하기 위해서죠. 어느 곳이나 둘러봐도 좋아요. 그러나 홍보부는 안 됩니다.

K 홍보부가 나보다 높다는 걸 몰랐소.

레니 새롭고도 거대한 영역이죠.

K 홍보부는 원래 내 분야이지 않느냐고 최근 검사에게 물어보았소. 그는 내 분야를 없애 버렸소.

레니 당신이 한 일의 어떤 것도 거기선 다시 알아보지 못할 거예요.

K 레니, 내가 어떻게 이 기업연합에서 수년을 보낼 수 있었는지 상상할 수가 없소.

레니 그 때문에 사람들이 당신을 잡았죠. 당신이 행하는 수고가 누구에게 이로운지 당신은 알지 못하니까.

K 내겐 올바른 것이었소.

레니 그래요. 당신은 옳았던 일을 위해 투신했으니까요. 당신은 정의를 몸으로 보여 줬죠. 도덕적으로 논란의 여지가 없었죠. 그리고 이런 행동에 당신은 표현을 부여할 수 있었고요.

K　왜 그걸 말하오? 그건 기본일 뿐인데. 그렇지 않았다면, 난 거기에 결코 가지 않았을 거요.

레니　그렇지 않았더라면, 보험 부서로 넘어가지도 않았겠죠.

K　그렇지만 사람들은 바로 거기서 내 약점을 비난했소.

레니　당신에게서 더 많은 걸 얻어내려고.

K　뭘 얻었단 말이오?

레니　아직도 그걸 모르나요?

K　아마도, 모르오—

레니　회사는 어떤 의혹도 없고, 그 모든 발전과 차단에도 불구하고 믿을 수 있는 성실성을 가진 사람이 간부진에 있기를 원했어요. 당신은 지명되기만 하면 되니까. 그리고 회사란 진리 자체니까.

K　뭔가 할 수 있다고 내가 더 이상 여기지 못하는 데도 말이오?

레니　당신 몰래 계획된 그 모든 것에 죄 없는 당신이 맞아

떨어졌죠.

K　나처럼 보잘것없는 사람도—

레니　그런 보잘것없는 사람이 권력에 그 얼굴을 부여하죠.

K　권력에 영향도 주지 않으면서?

레니　권력에 영향 주지 않으면서.

K　어떻게 당신이 내게 그걸 말할 수 있소?

레니　이제는 내가 말할 수 있죠.

K　왜 지금에야?

레니　난 해직됐으니까요.

어두움.

28

어떤 회의. 반사되는 탁자 둘레의 공간은 어둡다. 정면에는 탁자. 중앙에는 검사. 그 왼쪽으로 미국 대사, 사장(지금은 장관, 머리가 하얗게 새었다), 대위와 뷔르스트너 양. 그 왼편으로 장군, 라벤슈타이너 그리고 카미너. 그들과 마주 보는 앞쪽에는 K.

대사 그럼에도 전쟁이 '일어나야' 한다고 나로선 말하고 싶진 않군요.

장군 그 때문에 더 경고해야 하오! 사람들은 너무 오랫동안 평화에 젖어 살았으니까. 그래서 비도덕적으로 됐고. 누가 전쟁에 관심 가지냐고 그들은 말하고 있소. 적의 위험이 명시돼야 하오.

카미너 일부 언론은 우리를 곤경에 빠뜨리고 있습니다.

대위 우린 너무 온건하게 그들을 대했습니다.

대사 우리의 강점이 관대함에 있다는 사실을 잊지 말아요. 언론 탄압의 인상을 조금이라도 줘선 안 됩니다! 오히려 언론 자유를 장려해야 해요! 우리 사장의 제안은 여기 어디 있는 건가요?

K 대사님, 무기력하다는 증거들이 쌓이고 있습니다. 사람들이 어디론가 숨으려는 듯이 말입니다. 뚝심 있는 견해를 찾아보기가 어렵습니다.

사장(장관) (웃음으로 자기 신분을 드러내 보이며) 어쩌면 우리가 너무 위협했는지도 모릅니다. 난 묻습니다. 이제 사람들은 위기를 더 이상 안 믿는 것인가? 좋아요. 사람들은 다른 일

자리를 구하려고 임금 인하와 해고도 감수합니다. 그러나 전등불은 아직 들어오고, 기차는 여전히 굴러 가고 있어요. 살 것은 아직도 충분히 있습니다. 손실을 얘기할 순 없어요. 그리고 우리의 체제 유지를 위해 결국 다수의 동참이 필요해요.

라벤슈타이너 우리 계획에 대한 새 사장의 언급은 큰 가치가 있었다고 말하고 싶어요. 그는 반대파의 피폐와 몰락을 간파했으니까요. 우리가 개입할 필요가 거의 없었죠. 싸움이나 중상이 당사자들에 의해 스스로 처리됐으니까요.

카미너 우린 불안정한 분위기를 약간 부추겼을 뿐입니다. 줏대 없는 사람들 — 언제나 힘없는 이 사람들은, 우리가 바랐던 것보다 더 빨리, 우리에게 넘어왔죠. 몇 년 전만 해도 우릴 비난했던 두목 중의 많은 자가 오늘날에는 우리 편에 있지 않습니까?

대사 우리의 전술이 옳았습니다. 우리는 한동안 — 어떻게 그들을 말해야 할지 — 그 비참한 자들의 운동에 여유를 허용했어요. 그들에게 심지어 작은 성공과 승리도 몇 차례 허락했어요. 그런 식으로 단순 가담자 중 가장 불안해하던 사람들의 주의를 돌릴 수 있었어요. 국내적 이유에서부터 어떤 혁명적인 장기 목표로 말이에요. 그런 후 영웅적 행위가 더 이상 사람을 끌지 못할 때, 그래서 급박한 곤경이나 조직 문제의 어려움이 중요해졌을 때, 주의하던 일은 금방 사라졌어요. 무기가 없을 때면 늘 그렇듯이.

검사 우리의 공간에서 이것은 젊은이들 — 이 빈털터리들의 감정 분출이 때로는 유용하다는 걸 뜻합니다. 남아 있는 활동력이 수포로 돌아가면, 그때는, 사장이 적절하게 언급했듯이, 몇 사람을 골라내는 것으로 충분해요. 저항이 전체적으로 성공할 수 없다는 걸 보여 주기 위해 말이죠.

사장(장관) (웃으며) 우리의 무장 상태는 어떻소?

카미너 우리는 노동력을 계속 전환시켜 왔습니다. 교육은 스포츠식으로 이뤄집니다. 일부만 원래의 경비 업무를 합니다. 대부분은 구호 기관이나 통신 단체, 주거 소개 등의 분야에 있습니다.

대사 (손사래를 치며) 너무 상세히 말하지 말아요!

카미너 조금의 의혹거리도 일으키지 않습니다.

대사 (욕지기가 난 듯) 이 일은 그냥 내버려둬요. 우린 큰 전략에나 몰두해야 하니까. 중요한 건 평등에 대한 낡은 개념을 어떤 새로운, 합법화된 생각으로 대체하는 일이에요. 우리 사장은 어떤 제안거리를 가지고 있어요?

K는 말이 없다.

뷔르스트너 양 우리는 사장의 지시 사항에 있던 걸 지금까지 준수해 왔어요. 최근에 와 그것은 아쉽게도 충분치 않았어요. 전 '아쉽게도'라고 말합니다. 왜냐하면 그를 걱정하고 있으니까요. (그녀는 검사 쪽으로 몸을 돌린다.) 총지배인님, 전적으로 우릴 위해 일하도록 그를 데려갈 수 있을까요?

사장(장관) 당신에게 생긴 문제들은 해결되었소?

뷔르스트너 양 오, 은행 일이라면 이젠 완전히 분명합니다!

라벤슈타이너 일이 지체되었던 건 안전본부가 은행에 설치됐기 때문이에요.

카미너 왜냐하면 특별히 믿을 만한 사람에게 보호 업무를 맡겨야 했으니까요.

검사 (뷔르스트너 양 쪽으로 몸을 돌리며) 그렇다면, 최선을 다 하시오. 그를 데리고 가시오. 서둘러야 해요. 그와 함께 얘길 나눠요.

뷔르스트너 양은 일어선다. 그는 K의 손을 잡고, 밖으로 데리고 나간다.
어두움.

29

뷔르스트너 양의 사무실. K의 사무실과 유사하다. 책상 위에서 빌렘과 프란츠가, 일본식 요포(허리 모포) 이외에는 아무것도 걸치지 않고, 서로 엉겨 붙은 채 권투하는 자세다. 뷔르스트너 양이 K를 뒤편에 데리고, 안으로 들어온다. 그녀는 소리 지르고 때리며 두 남자를 쫓아내더니, 발을 구르며 뒤편 옷장 방으로 그들을 몰고 간다. 이 방의 문은 열려 있다. 빌렘과 프란츠는 그 속으로 사라진다. 뷔르스트너 양은 발로 차서 문을 닫는다. 이어 그녀는 옷을 벗어 젖힌 후, K를 책상으로 데려간다. 그녀는 이 책상 위에 앉는다.

뷔르스트너 양 당신, 이제 당신을 위한 내 일은 끝났어요! 그래요! 우린 서로 같아요. 당신은 한때 깨끗한 양말을 신은 소년이었고, 난 자루로 짠 옷을 입고 맨발로 걸어 다녔죠. 그러나 그런 굴욕 속에서도 우리는 서로 구분되지 않았어요! 더러움 속에서도 넌 날 원했고 — 지금 넌 금고 사이에 선 날 가질 수 있어! 왜냐하면, 내 귀여운 것아, 그렇게 해야만 하니까 —, 난 널 이기기 위해 승진해야 했지. 너는 날 알기 위해 내려와야 했고. 그래서 이제 우리는 하나가 될 수 있어. 두루 겪었던 우리의 고통은 같은 것이었으니까!

K　안 돼! 난 그걸 원하진 않았어! 여기선 아니야!

뷔르스트너 양　여기 은행에선 아니라고. 하지만 네 방에서도, 네 잡동사니가 있는 곳에서도 안 되지!

K　제3의 장소를 찾아야 해 —

뷔르스트너 양　제3의 곳은 없어! 없단 말이야! 여기여야 해! 너 스스로 말하지 않았어? 우린 이곳으로 몰래 숨어들어 왔다고. 우린 뭔가 공통된 것을 정복했다고 말이야. 우린 여기서 강해질 수 있어. 강력하게.

K　우리 떠나자! 여기서 멀리!

뷔르스트너 양　떠날 수는 없어! 우린 더 이상 갈 수 없어! 우리를 방해하는 모든 것은 오직 여기에서 극복될 수 있어.

K　여기가 가장 나빠! 옷장에는 시신이 있고! 밖에서는 총성이 울리고! 그들이 어떻게 아우성치는지, 어떻게 달리고

넘어지는지 들어 봐.

뷔르스트너 양 아무것도 없어! 아무것도 안 들려! 너무도 조용해. 우리에겐 경비원이 있어. 철문도 있고. 아, 여기에 평화가 있어! 어서 와!

K (뒤로 더 물러난다.) 아니야, 여기의 우리는 수인囚人이야!

뷔르스트너 양 오로지 여기에서, 여기서 우린 안전해!

K 여기 머무는 것, 그건 우리의 죽음이야!

뷔르스트너 양 그건 평화야. 네가 찾던 그 평화 말이야!

그녀는 날카로운 웃음을 터뜨린다. K는 달아난다. 동시에 반대편에서 대위와 검사가 들어온다. 그들은 뷔르스트너 양을 붙잡고, 그녀를 탁자에서 끌어가더니, 밖으로 데리고 나간다. 웃음이 날카로운 울음으로 된다.
어두움.

30

하숙집의 방. K가 옆에서 급히 들어온다. 그동안 뒤편 문이 열리고, 빌렘과 프란츠가 밀치듯 들어선다. 빌렘과 프란츠는 작업복을 입은 채 사다리를 들고 있다. 그들은 가족을 누더기 더미에서 쫓아내, 구석으로 몰고 간다. 아직도 움직이는 사람은 두들겨 맞는다. 프란츠와 빌렘은 판지가 붙은 벽에 사다리를 기대 세운다. 밖의 현관에서는 한 경비원(단역)이 나타난다. 프란츠는 사다리로 올라가 판자조각을 떼 낸다. 통풍구에서 거센 바람이 확 불어온다. 테이프 조각들이 너덜거린다.

K는 방 중앙에 서 있다. 밖의 홀에서는 그루바하 부인이 보인다. 그녀는 놀라 손으로 머리를 감싼다. 몬타그 양도 나타나서, 가방과 보따리를 끌고 온다.

빌렘 (그루바하 부인에게) 그렇게 놀라진 마세요, 그루바하 부인! 당신은 훨씬 나은 걸 얻는다는 걸 알잖아요!

프란츠 당신은 좋은 양로원에 들어갈 거예요. 자격 있는 기업연합의 직원을 위한 자기 방도 가질 겁니다.

빌렘 (K에게) 당신도 마침내 이런 거지와 강도로부터 해방될 거요!

프란츠 그래요, 이런 황폐한 곳은 사라져야지요. 새 지역이 여기에 들어설 거요! 공기와 빛! 이게 우리 선거구호닙다!

빌렘 그걸 이해하지 않으려는 사람은 우리가 가르칠 거예요.

빌렘과 프란츠는 가족을 방에서 내쫓는다. 밖으로 쫓겨난 모두는 경비원에 잡혀서 멀리 끌려간다. 노파가 넘어지고, 아이들은 그녀에게 들러붙는다. 그녀는 강제로 끌려간다. 남자는 방어자세를 취한다. 그는 흠씬 두들겨 맞고, 기어서 밖으로 나간다. 그루바하 부인은 방으로 들어선다. 경련하듯 두 손은 치마를 꼭 쥔다.

그루바하 부인 아, 요셉, 요셉, 내 아들아! 어떻게 이런 일이 우리에게 일어날 수 있다니!

K 놔두세요, 어머니, 놔두세요—

어두움.

31

산보. 저녁 어스름. 검사, 사장(장관), 미국 대사, 장군, 대위, 라벤슈타이너와 카미너. 희미한 빛 아래 검사도 나타나고, 대사와 장군은 머리가 하얗고, 나머지 사람들도 백발이 되었다.

사장(장관) 우린 오늘 일 년 전보다 더 겸허하고 청렴하며 '존경받는' 위치에서 여기 있게 되었군요. 우리 또한 어떤 전성기를 맞이하고 있어요. 그래서 우리의 여름을 맞이하고 있습니다.

대위 (깊게 숨을 들이쉬며) 아, 이 공기!

사장(장관) (대사에게) 우리, 고도로 발전한 사람들과 문명 이전의 사람들 사이의 지속적 대치는 너무도 일상적이어서 이젠 누구도 더 이상 놀라지 않기 때문이오.

카미너 서로 부딪히고, 불꽃 튀기며 잠시 타오르다가 짓밟혀 결국 질식될 지경에 처해 있습니다. 허나 꺼지진 않고, 우리 도움을 청하고 있어요.

대사 그래요. 주고받는 거지요. 그게 새로운 평등 아니겠소? 우리가 원료에서 취한 것을 교육이나 기술로 되돌려주는 거요. 이걸 이해 못하는 자에겐 더 나은 걸 가르칠 거요. 배고픔이라는 학교보다 더 유용한 건 없소!

라벤슈타이너 대단한 책임의식입니다!

대위 대단한 인내심이기도 하고요, 대사님!

대사 그런 인내심을 연마하는 건 당신 자신이오, 대위!

검사 아, 이 인내심! 이 인내심이 우리의 피와 살이 되었습니다. 이 인내심이 없었더라면, 우리가 어떻게 되었을지—

대사 그 덕분에 우리의 젊음이 지탱되는 거요!

사장(장관) (날카롭게 웃으며) 그 덕분에 우리가 우월합니다! 싸워야 한다고 다른 사람들이 믿는 동안, 우리는 거의 애쓰지 않았으니까. 우린 자연법칙에 따라 확장하고 있죠!

라벤슈타이너 끈기와— 친절로 말이오!

장군, 대위, 카미너 친절로!

라벤슈타이너 '우린' 기다릴 수 있습니다. '그들'은 이 기다림에 망가졌죠! 우리는 기업들을 문 닫게 합니다. 독점기업을 파산시키고요!

장군, 대위, 카미너 끈질기게! 친절하게!

라벤슈타이너 우리가 잘살려고 하는 게 아니에요. 이건 강조해야 해요. 오, 그게 아닙니다. (웃는다.)

대사 (웃음을 터뜨리며) 아니오, 우리가 더 잘살 순 없어요!

라벤슈타이너 우리 이윤이 중요한 건 더 이상 아닙니다. 중요한 것, 그것은 다른 사람의 이윤을 없애는 겁니다.

대사 그리고, 그럼으로써 우리는 적에게 자라나는 파괴력을 절멸시켜요!

장군, 대위, 카미너 평화의 사랑!

검사 그 때문에 '아량'은 우리의 강인함입니다. 그래서 우리는 적에게 어떤 은총도 보이지 않죠. 하지만 우린 더 강해져야 해요! 거기에 뭐가 필요한지 우린 잘 모릅니다. 그렇지만 적은 우리가 강제하는 군비 때문에 무너질 겁니다.

장군　모든 갈등의 해결을 위해 우리에게 아직 남은 최고 수단은—

모두　(장군만 제외하고) 전쟁이오!

대사　그리 되면, 우리는 마침내 우리의 교육기관을 실현하는 데로 나아갈 수 있습니다!

모두　(장군만 제외하고) 참된 평화군으로서!

검사　요셉이 여기에 있지 않다는 게 참 안타깝군요.

무리 퇴장.

32

반대되는 반향으로 한 무리의 사람들이, 도망가듯, 지나간다.

목소리　빨리! 그들이 와요!

목소리 부상자들! 우리가 그들을 데려와야 해!

목소리 아니 더! 더 멀리!

사람들 무리가 사라진다.
옆쪽에서 레니와 K. 그들은 적막감 속에 서 있다.

K 그런데 이제는 어디로?

레니 몸을 숨겨요. 누구에게도 보여선 안 돼요. 지금 가요. 날 뒤돌아보지도 말고. 내일, 해 뜨기 전에, 화가에게 가요. 내가 도망갈 준비를 할 테니.

K 내일—

레니 그래요. 내일, 당신 생일날에—

레니 퇴장. K는 망설이듯 서 있다.

33

떨어진 곳에서 몇 번의 총성. 한 무리의 사람들이 뒤로 몰려간다. 부상당한 몇 사람들이 부축되어 끌려간다. 달려가던 사람들 중 한 사람—다섯 번째 목소리를 대변했던 사람이 K를 부른다.

다섯 번째 목소리 여기서 얼쩡대지 말아요!

이제 총소리가 점점 다가온다. K는 몸을 비튼다. 무리가 사라진다. K는 옆쪽으로 쓰러진다. 그렇게, 다리를 당긴 채, 몸부림치며 누워 있다.
빌렘과 프란츠가 가죽 제복을 입고 나타난다. 그들은 K 쪽으로 느릿느릿 걸어간다. 프란츠는 그를 발로 툭툭 친다. 빌렘은 그 위로 몸을 숙이고는, 고개를 절레절레 흔든다.
그들은 그에게서 몸을 돌리고, 계속 간다.

빌렘 한 마리 개처럼—

프란츠와 빌렘은 퇴장한다.
잠시 후 레니가 급히 들어온다. K 뒤에서 무릎을 꿇는다. 그의 얼굴을 만진다. 몸이 뻣뻣해진다. 그런 다음, 주먹 쥔 손을 위로 쳐든다. 끔찍한 아우성을 내지른다.
어두움.

| 작품 해설 | 거짓 질서에 항소하다

페터 바이스Peter Weiss는 1916년 독일 베를린의 노바베스Nowawes에서 헝가리-유대인 출신의 직물업자인 아버지와 스위스 바젤 출신의 여배우인 어머니 사이에 태어났다. 브레멘과 베를린으로 옮겨 다니다가, 절박한 시대 사정으로 1935년에 영국으로 이주했고, 2년 후에는 체코 쪽으로 다시 옮긴다(이 무렵 그는 회화 외에 글쓰기 작업도 병행하며, 헤르만 헤세를 방문하기도 한다). 그 사이에 프라하 예술아카데미에서 수업하기도 하고, 아버지의 회사에서 디자인 일을 하기도 한다.

1941년에 바이스는 스웨덴의 스톡홀름으로 이주했고, 1943년 헬라 헨쉔H. Henschen과 결혼한다. 1944년에는 스웨덴어로 첫 작품을 쓴다(이것은 1947년에 《섬에서 섬으로》라는 제목으로 출간된다). 1946년에 그는 스웨덴 시민권을 얻고, 1947년에는 베를린 통신원으로 활동한다. 1952년에 첫 번째 실험영화를 제작했고, 이때 평생의 동반자인 팔름스티르나G. Palmstierna와

만난다. 그 사이에 희곡 〈탑〉이 초연되고, 에세이집 《아방가르드 영화》가 스웨덴어로 출간된다. 1960년에는 《마부 몸의 그림자》가 첫 번째 독일어 작품으로 출간되었고, 이듬해에는 소설 《부모로부터의 작별》이 나온다. 그 이후 《소실점》(1962), 《길을 가는 세 사람의 대화》(1963) 이외에 1964년에는 큰 반향을 일으킨 〈마라/사드〉를 초연하였고, 팔름스티르나와 결혼한다. 이 무렵 그는 아우슈비츠 재판을 방청하고, 아우슈비츠 수용소도 방문한다. 1965년에는 아우슈비츠 재판을 희곡화한 〈심문〉을 동서독에서 공연한다. 이때 이후 그는 현실참여를 적극적으로 실천한다. 미국의 베트남전을 비판하고, 반전평화운동에 뛰어들거나 희곡작품인 《망명지의 트로츠키》(1969)와 《횔덜린》(1971)을 쓴 것은 이때를 전후해서다. 1970년 심장발작을 일으킨다.

1972년에 생애의 결산작이라고 할 수 있는 방대한 소설인 《저항의 미학》에 대한 노트를 시작했고, 이 해에 딸이 태어난다. 1975년에 카프카의 《소송》을 희곡화한 〈소송〉을 브레멘에서 초연했고, 《저항의 미학》 제1부가 출간된다. 1976년에는 첫 그림 전시회를 갖는다. 1978년에 《저항의 미학》 제2부가 나왔고, 1981년에 제3부가 출간된다. 이 작품에 대한 《노트Notizbücher》 4권도 연이어 출간된다. 1982년 '뷔히너 상'을 수상했고, 〈새로운 소송〉을 스톡홀름에서 초연한 후, 같은 해 5월 스톡홀름에서 죽는다.

위에서 대략 드러나듯이, 바이스의 삶을 특징 짓는 것은 무엇보다 사회정치적 위기로 인한 끊임없는 이주와 망명의 삶이다. 이런 이주로 말미암아 베를린에서 브레멘으로, 독일에서 영국으로, 영국에서 체코로, 다시 스웨덴으로 옮겨다니며 그는 살아야 했다. 그는 스웨덴 국적으로 스웨덴어를 쓰는 스웨덴 시민이었지만, 다른 한편으로 모국어인 독일어를 놓지 않았다. 잦은 이주와 국적 변화 그리고 불안정한 삶은 이런 삶을 야기한 기존의 정치경제적 질서에 대한 거리 두기를 가능하게 했을 것이고, 강대국의 제국주의적이고 식민주의적인 입장에 대한 비판의식은 아마도 이런 거리 두기에서 나올 것이다.

더 중요한 사실은 바이스가 여러 예술 장르를 거침으로써 젊은 시절부터 표현의 가능성을 지속적으로 실험했다는 점일 것이다. 그는 열여섯 살 무렵 회화 수업을 시작하였고, 그때 이후 연극, 실험영화와 기록영화, 아방가르드 운동, 소설 등 예술의 거의 모든 장르나 흐름을 섭렵하였고, 이 각각의 장르마다 매체가 제공하는 최대한의 묘사 가능성을 그 나름으로 시도하지 않았나 여겨진다. 그렇다는 것은, 문학의 사회정치성에 그가 깊이 관여하면서도, 이때의 관여가 그의 아방가르드적 성향과 다매체적 표현 가능성의 실험으로 말미암아 단순 리얼리즘적 미학을 넘어서는 데 이르렀을 것임을 암시한다. 이것은《마라/사드》에서 전개되는 여러 내용 형식적 시도(극 속의 극, 정신병자가 내뱉는 진위의 모호성 등)에서 단편적으로 확인된다. 그러나 본격적인 것은 아무래도《저항의 미학》이라고 해야 할 것이다. 그리고 이 옆에 희곡《소송》이나《새로운 소송》이 있다.

바이스는 끊임없는 이주와 망명의 불안정한 삶 속에서 정치적으로는 강대국의 모순된 억압 정책을 문제시했고, 실존적으로는 세계시민으로서 보편적 삶을 지향했으며, 언어적으로는 형식 내용적 실험을 부단히 탐색하였다. 왜냐하면 표현적 가능성의 극한에서야 말로 어떤 새로운 각성에 도달할 수 있고, 이 각성을 통해 기존과는 다른 삶이 시작되리라고 믿었기 때문이다.

한 작가에게 영향을 끼치는 다른 작가와의 관계가 간단할 수 없다면, 이것은 바이스와 카프카의 경우에서도 그렇다고 할 수 있다. 바이스는 청년 시절부터 카프카를 읽었고, 이 흔적은《노트》나《저항의 미학》의 곳곳에 나타난다. 그러나 직접적으로는 1975년에 초연된 희곡 작품인《소송》이라고 할 수 있다. 바이스는《저항의 미학》을 생애 말년에 거의 10년에 걸쳐 쓰면서 그 전까지 해 오던 연극 작업에 대한 미련을 버리지 않았다. 특히 1975년에 초연된〈소송〉이 여러 기법상의 이유로 실패한 것이 오랫동안 마음에 걸렸고, 그래서 그는《저항의 미학》을 탈고한 후 이를 다시 쓴 것이다. 이렇게 쓴 것은 1982년에〈새로운 소송〉이라는 제목으로 초연된다. 그는 이 작품을 직접 감독한 후 3개월 있다가 세상을 떠난다.

바이스의 희곡《소송》이 카프카의 원작을 충실하게 재구성하고 있다면,《새로운 소송》은 그와는 상당히 다르다고 할 수 있다. 이러한 차이는, 제목이나 주요 인물들 그리고 사건의 얼개만 빌려 올 뿐 그 이외의 것은 이 후자의 작품에서 거의 모두 바뀐다는 데 있다. 인물들은 상당 부분 축소되고, 각 장은 제목 대신 숫자 표시만 된 채 이어지며, 시간적 배경도 1920-30년대가 아니라 바이스가 살던 현재—1980년대를 전후로 한 동시대로 바뀐다. 또 법원이나 변호인과의 관계가 사건의 중심에 있는 것이 아니라 은행-기업의 사적 경제 활동이 줄거리를 끌고 가는 주요 동인이 된다. 사장이나 사장 대리인, 미국 대사나 장군, 검사는 이런 기업연합(재벌)의 이사진으로 활동한다. 그리하여 이들의 활동은 단순히 산업경제적 영역에 한정되는 것이 아니라 정치군사적 외교적 분야에서도 막강한 힘을 발휘한다. 특히 미국 대사나 장군의 역할이 그렇다. 이런 구체적 현실 연관성으로 인하여 카프카 작품을 지배하던 어떤 비의적이고 모호하며 신비적인 분위기는 상당 부분 탈락하고, 사회적 경제적 정치적 분위기가 압도하게 된다.

말할 것도 없이 《소송》이나 《새로운 소송》은 별개의 독자적인 작품으로 나뉘어 분석되어야 한다. 그러나 별개의 독자성만큼이나 필요한 것은 이 두 작품의 연속성이고, 이보다 중요한 것은 바이스의 카프카 읽기의 내용이 될 것이다(이것은 여기에서 쓸 수 있는 원고 매수의 제한 때문에 더 그렇다). 즉 바이스는 카프카를 어떻게 읽고, 어떻게 해석하며 재구성하였는가? 그리고 이렇게 재구성한 것은 오늘의 나/우리의 현실에 어떤 의미를 지니는가? 독자는 무릇 이 두 가지 사항—바이스와 카프카의 관계 이상으로 카프카를 읽는 바이스가 나에 대해 갖는 현재적 관계를 놓쳐선 안 된다.

다시 이 관계를 재구성하면, 그것은 바이스-카프카-독자의 관계이다. 이런 관점에서 보면, 두 작품의 핵심은 어디에 있을까? 이것은 물론 어리석은 질문이다. 왜냐하면 문학작품은, 그것이 뛰어난 것이면 뛰어난 것일수록, 한두 개념으로 환원될 수 없는 다의미적 불확정성의 구성물이기 때문이다. 그것은 여러 주제를 가지고 여러 방향으로 뻗어 나간다. 그렇지만, 몇 가지 의미로 파악할 수는 없을까?

이 작품에는 체포/법/재판/판결의 자의성과 폭력성, 고통과 희생의 반복, 세계의 모호성 혹은 거꾸로 된 세계, 승진에의 압박과 경쟁 사회, 다가오는 전쟁, 매끈하게 흘러가는 세계의 부조리함, 이 부조리함 속에 개처럼 죽어 가는 삶 등 여러 가지가 서술된다. 그 핵심은 무엇일까? 나는 세 가지를 말하고 싶다.

1) 자기기만 — 부자유의 삶

주인공인 K는 어느 날 갑자기 체포되지만, 왜 그가 체포되었는지, 무슨 죄를 지었는지, 누가 이러한 명령을 내렸는지 알지 못한다. 말해지는 것이라곤 "당신은 체포되었을 뿐, 그 이상은 아니기 때문"이다(32쪽). 이러한 모호성은 현실의 모호성이기도 하면서 인간이 만들어 내는 모호성이기도 하다.

사람이 말하는 내용이 반드시 명백한 것은 아니다. 그것은 불분명할 때가 많고, 명료한 것이라고 해도 이 명료한 것의 앞과 뒤에는 불분명한 것이 도사린다. 혹은 말해지지 않거나 이해되지 않은 것은 여전히 불분명성의 영역 안에 자리한다고 할 것이다. 그러나 다른 한편으로 인간은 이런 모호성을 만들어 낼 뿐만 아니라 '이용'하기도 한다. 자기 이익을 위해, 혹은 무관심하거나 무감각하기 때문에, 혹은 성가시기 때문에 그냥 주어진 일을, 해 왔던 그대로, 따라 하는 것이다. K를 체포하러 온 사람이 이 일에 나선 것은 그저 '상부'로부터 돈을 받았기 때문이다.

이러한 공모 관계는 그러나 K를 둘러싼 사람들에게만 나타나는 것이 아니다. 그것은 소시민들 사이에 잘 나타나지만, 이 모든 걸 관찰하고 직시하는 K에게도 전혀 없는 것이 아니다. 왜냐하면 그는 법정의 판결을 받아들이고, 자기를 변호하는 것을, 결국에는, "소용없는" 것이라고 말하기 때문이다. 그는 일이 "너무 늦었고", "새로운 시작이란" 자기에게 "더 이상 없다"고 말한다(159쪽). 그 점에서 K는, 적어도 희곡《소송》에 나타난 K는 카프카적 인물에 닮아 있고, 어떤 점에서는 지나치게 순응적이거나 너무 모호하거나 혹은 종교적이라고 할 수도 있을 것이다.〔K는 "판사는 어디에 있소? 어디에 상급 법원이 있소?"(164쪽)라고 묻는 적이 있지만, 가령 '신의 법정'이란 측면에서 보면, 인간의 법정은 왜소하고 제한적일 가능성이 높다. 그런 점에서 '너무 모호한 면모'는, 다른 각도에서 보면, 보다 넓은 현실을 직시하였기 때문일 수도 있다. 인간의 정당성이란, 엄격하게 말하자면, 작거나 부분적 정당성이다.〕 이 점에서 바이스는 "자기기만"을 본다.

"이 사회의 대변자들은 비열함과 거짓 속에서 자기를 드러낸다. K는 이 모든 걸 분명하게 본다. 그럼에도 불구하고 모든 것은 늘 그를 다시 거짓의 옹호자들 — 억압에 봉사하는 판사와 법정에게로 이끈다. 그의 계획에서 고통스러운 것은 자기기만에 있고, 그는 이 기만에 헌신한다. 그에게 나타나는 사람들은 가장 지위 낮은 관리나 막일꾼 그리고 앞잡이들이고, 그래서 그는 더 높은 심급에 가게 해 달라고 간청하며, 이들에게 도움과 정의를 얻고자 한다. 이에 반해 저 위에서는 거짓과 강제의 진짜 관리자들이 머무르고 있다. 그가 지칠 대로 지쳐 순응하게 되는 것은 사실 이 사람들 때문이다. 그가 관계하는 소매상인이나 속물들, 부패한 출세주의자들은 그에게 사적으로 아무런 관심도 없다. 그들은 체제의 도구일 뿐이고, 그래서 그 자신만큼이나 부자유하다."(14-15쪽)

한 사회의 많은 것은, 그 속에 사는 사람들이, 의도하든 의도하지 않든, 함께 어울려 만들어 내는 것이다. 여기에는 최상부층의 책임이 가장 크다고 하겠지만, 그렇다고 중간계층이나 하부계층의 책임이 사라지는 것은 아니다. 대개는 일정한 자기기만 속에서, 작가가 지적하듯이, "이 기만에 헌신하며" 사는 까닭이다. 이들은 기만-부패-불합리의 열매를 한편으로는 누리면서도, 다른 한편으로는 바로 그 열매 때문에 고통받고 신음한다. 그리하여 사람은, 마치 K가 그러하듯이, '자기 허약성에 무너지는' 것이다(16쪽). "모든 것의 무의미"(75쪽)는 이렇게 해서 순환된다.

2) 억압의 편재화

끔찍한 일은 '지나치게 일반적으로', 너무 자주 일어난다. 그러나 그 일은, 우리가 적당한 이름을 붙일 사이도 없이, 그래서 제대로 그것을 알아차리기도 전에, 나타났다가 곧 사라진다. 남는 것은 그렇게 엄습한 사건에 우리가 당한다는 사실이다.

이러한 체제에서 인간은 거부하거나 부정하기 어렵다. 그는 주어진 조건대로, 위에서의 명령에 따라 산다. 여기에는 현대의 산업사회적 조건—이윤과 수익을 위한 무한경쟁의 무자비한 체계가 자리한다. 사람들은 이제 부단히 다른 자리로 옮아 다녀야 하고, 이런 자리에서의 실적을 통해 더 높은 자리로 올라가야 한다. 옮겨 가지 않거나 올라가지 않으면, 언제든 도태된다. 자리를 옮기라는 회사의 명령에 K가 "그렇지만"이라고 말하자, 라벤슈타이너는 "그렇지만 이란 말은 없어요! 관리처에 그러나란 말은 없습니다!"라고 대답한다(232쪽).

이러한 항구적 자리 옮김의 상황은 삶의 곳곳에서 일어난다. 시간적 압박과 정체성의 상실, 이런 상실에서 느끼는 개인의 내적 모순은 회사에서 일어나듯이, 하숙집에서도 반복된다(《새로운 소송》에서는 하숙집마저도 회사 소유로 나타난다). 자본주의적 이윤의 메커니즘은 소규모 사적 공간에서부터 대규모 공적 공간으로, 나아가 다국적 재벌기업으로까지 걸쳐 있고, 이런 맹목적 활동에는 경제인들만이 아니라 정치가들(미국 대사 등) 그리고 군인(장군과 대위)까지 관여한다. 삶을 위협하고 관계를 격리시키며 자유를 옥죄는 요소는, 공간의 성격과 활동의 영역을 불문하고, 전방위적으로 자리하는 것이다. 그리하여 등장인물들은 이런 전방위적 억압 구조에 노출되어 있다. K는 기소된 후에는 재판에 몰두하느라 회사일도 하지 못하고, 결국 개처럼 죽는다.

이런 전방위적 구조를 두고 아도르노는, 발터 벤야민에 기대어 "반복강제의 단조로움die Monotonie des Wiederholungs-zwangs"이라고 일컬었다. 누구든 살아남기 위해 이윤-효율-수익-시장이라는 자본주의적 규율에 적응해야 하고, 누구든 밀리지 않으려고 거짓과 매수의 그물망에 자신을 어떤 식으로든

엮어 놓아야 한다. 개인이 집단의 구조에 시달리듯이, 여성은 남성사회적 억압에 시달린다(이것은 사장 대리인에게 농락되는 뷔르스트너 양이 잘 보여 준다). 폭력의 연관 항은 겹겹으로 위계화되어 있고, 이렇게 위계화된 강제 체계는 시작도 끝도 없이 재생산된다. 그래서 K는 이렇게 탄식한다. "도처에서 사람들이 어떻게 부추겨지고 쫓기고 학살되는지."(242쪽) 여기에서 개인은 이런 체계에 참여하는 공모자이면서, 이 체계를 지탱하는 수혜자로 산다. 그래서 이런 불합리 아래 "소송을 한다는 것은 이미 소송에서 패했다는" 뜻이 된다(104쪽). 법정 소송 역시 하나의 거래와 같다.

억압적 요소는 강제적 반복 체제 아래 도처에 그리고 무수한 형태로 자리한다. 그것은 권력일 수도 있고 정치체제일 수도 있으며, 언어일 수도 있고, 어리석음과 편견 혹은 탐욕일 수도 있다. 인간은 이 보이거나 보이지 않는 요인에 이끌려, 그것에 강제된 채, 이것을 이용하기도 하면서 살아간다. 그러나 그들의 활동은 그리 절실해 보이지도 않을뿐더러 필요한 것 같지도 않다. 그렇다면 그 노동은 사회적으로 유용한 것일까. 아도르노가 카프카에게서 후기자본주의 사회의 사물화된 삶에 대한 암호문을 읽었던 것은 그 때문일 것이다. 이것은 바이스의 작품에도 해당되는 것으로 보인다.

많은 것은 무기력한 몸짓에 비틀어지고 기형화된 형태로 나타난다. 혹은 편집증적이거나 강박적이고 정신분열적이어서 우리 안의 동물처럼 불안과 두려움에 떨고 있다. 어떤 것도 자유로워 보이지 않는다. 전적인 기생 상태라고 할까. '충족된 삶에 대한 갈구'는 어디서도 없는 듯하다(254쪽). 그래서 "거짓은 세계의 질서가" 된다(156쪽).

3) "어떤 다른 질서"

모든 것이 거짓인 세계에서는 어떤 판단이건, 또 어떤 평가나 진술이건, 충분하지 않을 것이다. 그리하여 우리는 '전적으로 새롭게' 시작하지 않으면 안 된다. 체포되면 선고가 되고, 이 선고의 유무죄에 따라 수감되거나 방면된다. 그러나 방면된다고 해도 기소/체포는 사라지는 것이 아니라 계속 이어진다. 훼손과 낭비, 어리석음과 부패, 억압과 속박, 불안과 고갈이, 마치 시간을 잊은 듯, 초시간적으로, 하나의 밀폐된 공간 안에서처럼, 되풀이되는 것이다.

우리는 이 체포-방면 혹은 피소-항소의 무자비한 반복 과정을 진술-오해-해명의 과정으로 바꾸어 해석할 수도 있다. 혹은 텍스트와 이해, 창작과 수용의 과정으로 해석할 수도 있다. 그렇게 되면, 그것은 단순히 법률적 판결적 차원을 넘어 삶의 일상적 경험 과정으로 이해된다. 나날의 삶에서는 의미 없음의 동질적 질서가 무한하게 되풀이되는 것이다. 그러는 한 소송의 항의 과정은 무한하게 이어지고, 또 이어져야 한다. 그렇다면 역사는 전혀 나아가지 못한 것일까? 나아간다고 여겨질 때조차도, 지나고 보면, 그만큼 뒤로 다시 물러나 있다.

이런 항소의 과정은 무엇보다 K에게서 나온다. 특히《새로운 소송》의 K는 이런 해명 의지로 가득 차 있다(그러면서 이 의지는, 특히 레니를 통해, 정의감으로만 차 있는 것이 아니라 포용, 행복, 헌신, 사랑과 이어진다. 이 중요한 점은 더 자세히 논의되어야 한다). 이런 의지 역시 그러나 결국에는 현실에 부딪혀 좌초된다. 그러나 그는 모든 것을 이해하고자 하고, 스스로 설명하여 자신에게 납득시키고자 한다. 그는 "일이 더 잘 돌아가면 갈수록, 우리가 얻을 수 있는 것은 적다"(183쪽)고 말하면서, '확고하다고 하는 것이야말로 자신을 불안하게 만드는 것'이기에 '어떤 다른 질서'—'모든 것이 일치하는' '하나의 더 큰 세계'를 원한다(189쪽)고 말한다. 이런 그가 예술에 기대는 것은 자연스러운 것인지도 모른다. 왜냐하면 예술은 기억과 표현을 통해 기존과는 다른 세계를 암시하는 까닭이다. 이것은 더 정확하게 서술되어야 한다.

삶의 다른 질서란 예술 이외의 활동, 예를 들면 정치나 경제나 과학이나 철학도 만들 수 있다. 예술은 이들 활동과는 달리, 첫째, 집단이 아니라 개인과 관계한다. 둘째, 이때의 관계 방식은 이성이나 논리가 아닌 감각에 호소함으로써 이루어진다. 셋째, 그러면서도 개인적 감각에의 호소는 사회역사적 차원—보편성의 차원으로 나아간다. 바로 이 점에서 예술의 언어는 정치적 슬로건이나 철학의 개념적 논증 혹은 과학의 실증언어와 분명하게 구분된다고 할 수 있다. 《새로운 소송》에 나오는 정치 집회의 한 사람은 '발전이란 당신들 스스로 해야 하는 것'이고, '모든 것은 당신에게서 오며, 그것이야말로 봉기'라고 말한다(221쪽).

그러나 많은 경우, '다른 질서'를 위한 노력—항소적 행위는 행해지지 않는다. 대부분의 사람에게 항의는 철없어 보이거나, 너무 늦었거나, 그럴 여력이 나질 않기 때문이다. 선의가 행해진다면, 현실에서 그것은 '그럴듯한 명분 아래' 이루어진다. 이것은 사장이나 대사가 일련의 연설을 통해 '휴머니즘적 원칙'을 강조하는 데서 잘 드러난다. 이들은 평등이나 소통, 평화나 우정 등의 말을 내세우며 전쟁을 획책한다(290-299쪽). 그리하여 사물화된 삶—인간이 자기 삶의 주체가 되지 못하고, 누군가 혹은 외부의 힘에 휩쓸리며 자기 생애를 고갈시키는 반복강제의 삶은 지루하게 계속된다. 세계의 불의는 처음에서처럼 지금까지 이어졌고, 지금껏 그래 왔듯이 앞으로도 이어질지 모른다. 삶에 '다른 판결'은 불가능한 것인지도 모른다. 바로 이 점을 바이스는 보여 준다.

거짓의 세계 질서에서 이 질서에 짓밟힌 상처를 기록하며 다른 질서로 질주해 나가는 것, 그것이 바이스의 희곡 언어이고 카프카의 소설 언어이다. 예술은 미비한 것, 아직 이루지 못한 것, 그르치고 만 것의 음울한 재고목록이다.

인간은 낯선 것에 포박되어 세계의 잉여물로, 그 찌꺼기가 되어 산다. 온갖 부당하고 편파적이며 속물적인 것들은, 우리가 자각하지 못하는 만큼, 당연한 것으로 나타나고, 우리가 무감각한 만큼 산만한 현실을 이루며 자리한다. 그리하여 사람은 자기 자신의 삶에서도 박탈된 채, 마치 재고품처럼, 생애를 탕진해 가는 것이다. K가 자주 할 말을 잊고 고개를 숙이는 것은 그 때문일지도 모른다. 사물의 구제처럼 인간의 구제처럼 이젠 자기 구제도 어렵게 되어 버렸는지도 모른다.

그러나 '다른 질서'를 꿈꾸지 않는다면, 이 질서를 생각하며 질의하지 않는다면, 불협화음은 세계에 더욱 커 갈 것이다. 당연시되는 것들의 부당한 횡포에 대해 항의하지 않는다면, 우리는 피조물의 구차한 삶을 넘어서기 어려울 것이다. '물음이 핵심'인 것이다(128쪽). 항소하는 물음, 그것이 예술 언어다.

번역본으로는 Peter Weiss, Der Prozeß, in) ders. WerKe in 6 Bde, Bd. 6, FranKfurt/M, 1991, S. 261–336; Peter Weiss, Der neue Prozeß, in) ders. WerKe in 6 Bde, a. a. O. S. 337–407을 사용하였다.

2010년 5월

문광훈

|작가 연보|

1916 11월 8일 독일 베를린의 노바베스Nowawes에서 헝가리-유대인 출신의 직물업자인 아버지 오이겐 바이스Eugen Weiss와 스위스 바젤 출신의 여배우인 어머니 프란치스카 바이스Franziska Weiss(결혼 전의 성은 훔멜Hummel) 사이에서 태어났다.

1919 브레멘으로 이사.

1929 베를린으로 이사.

1932 회화 수업을 받고 그림을 그리다.

1934 사랑하던 여동생 마르기트 베아트리체Margit Beatrice가 죽다. 큰 형태의 그림을 그리고, 텍스트를 쓰다.

1935 가족이 영국으로 이주하다. 아버지 사무실에서 일하다. 사진 교육을 받고, 그림을 그리다.

1937 체코의 봐른스토르프Warnsdorf로 이사. 회화 작업 이외에 글쓰기 텍스트를 재개한다. 헤르만 헤세를 만나려고 테신Tessin으로 여행.

1938 프라하의 예술 아카데미에서 수업. 테신에 있는 헤르만 헤세를 두 번째 방문.

1939 스위스를 거쳐 스웨덴 서쪽의 알링사스Alingsås로 이주.

1940 아버지 공장에서 무늬도안자로 일하다. 회화와 텍스트 작업.

스톡홀름에서 첫 번째 그림 전시회를 개최.

1941 스톡홀름으로 이사.

1942 스톡홀름 예술아카데미에 청강생으로 다니다. 한 농가에서 일함.

1943 벌목꾼으로 일함. 헬가 헨셴Helga Henschen과 결혼.

1944 스웨덴어로 된 첫 책을 쓰다(이것은 1947년에 《섬에서 섬으로》라는 제목으로 출간된다).

1946 스웨덴 국적을 취득하다.

1947 베를린에서 통신원으로 활동.

1948 산문 텍스트 《탈법자Der Vogelfreie》를 썼으나, 출판업자 페터 주르캄프Peter Suhrkamp는 거절하다.

1949 카를로타 데토레이Carlota Dethorey와의 짧은 결혼생활.

1950 스톡홀름에서 〈탑〉을 초연.

1952 첫 번째 실험영화를 제작. 평생의 동반자가 될 구닐라 팔름스티르나Gunilla Palmstierna를 만나다.

1953 《결투》를 스웨덴어로 자비 출간.

1953-59 기록영화와 실험영화를 만들다. 에세이집 《아방가르드 영화》가 스웨덴어로 출간되다.

1958/59 부모의 죽음. 소설 《부모와의 작별》을 쓰기 시작.

1960 네 편의 단편영화를 만들다. 《마부 몸의 그림자》가 첫 번째 독일어로 된 책으로 주르캄프에서 출간되다. 이때 이후 스톡홀

름에 살면서 글쓰기 작업에만 매진하다.

1961 《부모로부터의 작별》이 나오다.

1962 《소실점》이 나오다. '47 그룹회의'에 처음 참석.

1963 '샤를 베용Charles-Veillon 상' 수상. 《길 가는 세 사람의 대화》 출간. 서 베를린에서 〈손님들이 있는 밤〉 초연.

1964 팔렘스티르나와 결혼. 〈마라/사드〉를 서 베를린에서 초연. 아우슈비츠 재판을 방청하고, 아우슈비츠 수용소도 방문하다.

1965 '레싱 상'을 수상. 《분단된 세계에서 한 작가가 갖는 열 개의 작업 항목》을 출간. 아우슈비츠 재판을 작품화한 〈심문〉을 동서독의 16개 극장에서 동시에 초연.

1966 '하인리히 만 상'을 받다. 피터 브룩P. Brook이 〈마라/사드〉를 영화화. 미국 프린스턴에서 인민공화국 베트남을 위해 처음으로 공개적 지지를 표명.

1967 〈루지타니아 꼭두각시의 노래〉가 스톡홀름에서 초연됨. 스톡홀름에서 열린, 제1차 베트남전을 위한 러셀-법정에 참석.

1968 〈베트남 담론〉을 프랑크푸르트에서 초연. 〈모킨포트 씨의 고통은 어떻게 제거되었나〉를 하노버에서 초연. 북베트남을 5주간 여행. 소련의 체코 점령에 공개적 항의. 스웨덴의 공산주의 좌파 정당VPK에 입당.

1969 〈망명지의 트로츠키〉 작업.

1970 〈망명지의 트로츠키〉를 뒤셀도르프에서 초연. 심근경색. 《회

복기》를 쓰다.

1971 〈보험Die Versicherung〉을 에센에서 초연. 〈횔덜린〉을 슈투트가르트에서 초연.

1972 《저항의 미학》에 대한 첫 노트. 딸 나쟈Nadja가 태어남.

1973 스톡홀름에서 열린 제2차 러셀-법정에 참석.

1974 작가회의에 참석하는 길에 소련을 여행.

1975 카프카를 희곡화한 〈소송〉을 브레멘에서 초연. 《저항의 미학》 제1권 출간.

1976 전시회 '페터 바이스—회화, 콜라주, 소묘 1933-1966'을 죄더텔제Södertälje에서 개최하다.

1977 파벨 코후트Pavel Kohut를 지지하는 공개 편지를 쓰다.

1978 '토마스 델러 상' 수상. 《저항의 미학》 제2권 출간.

1979 《저항의 미학》 제3권 작업.

1980 전시회 '화가 페터 바이스'를 보쿰에서 개최. 《이방인》을 싱클레어란 필명으로 발표.

1981 《저항의 미학》 제3권과 이에 대한 작업일지인 《노트북 1971-1980》을 출간.

1982 '게오르크 뷔히너 상' 수상. '브레멘 문학상' 수상. 〈새로운 소송〉을 스톡홀름에서 초연. 5월 10일 스톡홀름에서 죽다. 《노트북 1960-1971》은 사후에 출간되다.

문광훈

고려대학교 독어독문학과와 같은 대학원을 졸업하고 독일 프랑크푸르트 대학교에서 박사 학위(독문학)를 받았다. 2001년부터 2007년까지 고려대학교 아세아문제연구소 연구교수로 재직. 현재 고려대학교 강사. 저서로는《아도르노와 김우창의 예술문화론》(2006)을 포함하여 김우창론 3권이 있고,《시의 희생자, 김수영》(2002),《숨은 조화》(2006),《정열의 수난 — 장정일론》(2007),《교감》(2007),《렘브란트의 웃음 — 문광훈의 예술론》(2010)이 있다. 이 이외에 김우창과의 대담집인《세 개의 동그라미: 마음-지각-이데아》(2008)가 있다. 사진평문으로〈거친 현실의 내면〉(《강운구》, 2004)과 역서로《요제프 수덱》(2004)이 있다.

소송 · 새로운 소송 | 고려대학교청소년문학시리즈 020

초판발행 · 1쇄 2010년 6월 30일 | 지은이 페터 바이스 | 옮긴이 문광훈

펴낸곳 고려대학교출판부 | www.kupress.com kupress@korea.ac.kr

136-701 서울특별시 성북구 안암동 | Tel 02-3290-4230, 4232 Fax 923-6311

찍은곳 한국컴퓨터인쇄정보

값 9,000원 ISBN 978-89-7641-726-8 04850 | ISBN 978-89-7641-639-1 (세트)

* 잘못 만들어진 책은 바꿔드립니다.